绿房

Green Room

[英] 沃尔特·德拉梅尔 著
刘敏霞 译

上海文艺出版社
上海故事会文化传媒有限公司

编委会

总策划 夏一鸣

主　编 黄禄善

副主编 高　健

编辑成员（按姓氏拼音为序）

蔡美凤　高　健　胡　捷

黄禄善　吴　艳　夏一鸣　杨怡君

名家导读

/刘敏霞

刘敏霞,中国地质大学外国语学院副教授,复旦大学英语语言文学博士后,硕士生导师,美国加州大学洛杉矶分校访问学者,世界英语短篇小说协会会员。主要研究领域为英美文学和西方文艺理论。出版专著一部,译著一部,在《外国文学评论》《当代外国文学》等本专业核心期刊上发表学术论文二十余篇,主持国家哲学社会科学基金研究项目一项、教育部社会科学研究项目一项、省级社会科学研究项目两项。

恐怖文学源远流长,这应该与恐惧是人类最古老、最强烈的情感有关。不过,从最早的文学作品中包含的恐怖元素到恐怖文学发展为独立的文学样式,恐怖文学总体来说偏于小众。但即便如此,恐怖文学依然克服重重阻力,生生不息,很多百读不厌的作品由此诞生,也孕育了不胜枚举的伟大作家,其中一位不容忽视的便是英国作家沃尔特·德拉梅尔。

沃尔特·德拉梅尔(1873—1956)出生于英国肯特郡查尔顿镇,

父亲有法国血统，母亲是苏格兰军医和作家之女。沃尔特·德拉梅尔从小就喜欢诗歌，十几岁时便开始诗歌创作，并以笔名沃尔特·拉马尔投稿发表。1902年出版首部诗集《童年之歌》(Songs of Childhood)。事实上，德拉梅尔最初正是凭借诗歌为人所知，《诗集》(Poems) 的问世更是奠定了其20世纪初英国文坛杰出诗人的地位。中学毕业后，德拉梅尔没有读大学，而是选择去美国标准石油公司伦敦办事处从事统计工作。直到1908年，在律师、作家亨利·纽波特爵士（1862—1938）的努力下获得政府颁发的荣誉市民年金，才得以专心创作。在从事统计工作期间，德拉梅尔一直坚持写作，发表的作品除了诗歌外，还包括小说、评论、戏剧和儿童文学，成为英国20世纪上半期最重要的作家之一。

1921年，德拉梅尔的长篇小说《侏儒回忆录》(Memoirs of A Midget) 获詹姆斯·泰特·布莱克纪念奖，该奖项是英国最古老的文学奖；1947年，德拉梅尔凭借《儿童故事集》(Collected Stories for Children) 赢得英国图书馆协会颁发的卡耐基儿童文学奖，这是英国作家首次获得该奖项，《儿童故事集》被认为是当年最佳儿童文学作品。到20世纪50年代，德拉梅尔已累计出版诗集16部、短篇小说集14部、长篇小说5部、戏剧1部，以及非小说4部和作品选集5部，是名副其实的多产作家。

遗憾的是，就在获得儿童文学大奖的同一年，德拉梅尔患上冠状动脉血栓症。之后身体每况愈下，并于1956年病情再次发作，不幸去世，他的骨灰被安葬在圣保罗大教堂的地下墓室，这座教堂正是德拉梅尔小时候经常参加唱诗班宗教歌咏活动的地方。

虽然作为诗人和儿童文学作家在英国广为人知，事实上，德拉梅尔的小说创作也独树一帜。除了上文提到的《侏儒回忆录》等5部长篇小说外，他的超自然恐怖中短篇小说也广受好评，影响深远，英国后来的许多恐怖小说家，如罗伯特·艾克曼（1914—1981）、拉姆齐·坎贝尔（1946—）、雷吉·奥利弗（1952—）、戴维·麦克金蒂（1968—）等，都公开承认从德拉梅尔的超自然恐怖小说中获得过灵感；恐怖小说研究专家S·T·乔西认为，德拉梅尔的超自然恐怖小说将永远有读者，读者会为他小说中的恐怖而战栗，并为他深刻的哲理而沉思。

德拉梅尔的超自然恐怖小说并非单纯沿袭西方恐怖小说传统，即运用吸血鬼、幽灵、狼人、炼金术、怪物等手段制造出恐怖效果，而是深受20世纪上半期心理学研究的影响，借助人的意识、感官和幻觉乃至错觉，利用大自然中的光与影、风与雨、静与动之间的相互作用及其给人的意识造成的主观感受，充分调动读者的想象力，从而制造恐怖氛围，使得恐怖的感受逐渐加强，最终达到使人战栗的效果。比如《万圣教堂》中，教堂内部的光线在教堂外暮色将至时，产生变幻莫测的影响，教堂顶部和外侧的雕像及纹饰在昏暗苍穹和大海的相互作用下形成的模糊影像，加上海风、海雾、教堂内外气流的交换等，使得恐怖感随着"我"在教堂内部的迂回上升而相应加强，并在抵达教堂顶部时达到高潮：远处像倒扣深渊一样的苍穹，脚下高耸的屋顶，警觉的老人时不时的拽扯，身旁鬼影重重，让人感到一种深入骨髓的恐怖。这时读者所处的物理空间似乎都变得阴森可怖，恐怖感如此真切，让人不得不相信恐怖并非仅仅存在于非物质的意识领域，而是客观存在的现实，这种看不见摸不着却又真切存在的神秘世界，正是德拉梅尔超自然恐怖小说的独到之处。

尽管在制造恐怖效果方面堪称一绝，德拉梅尔却并不满足于感官的刺激或心理的冲击，而是追求战栗之后能引发关于人对现实的不可把握、对未知世界的无法理解以及对人性的思索。比如《绿房》中的年轻人由于偶然看到诗歌的手稿，便像着了魔似的希望能够出版手稿中的诗歌，借此帮助手稿主人完成生前遗愿，却最终带来超乎想象的后果。年轻人涉世未深，好奇心强烈，同情心泛滥，妄自揣度他人甚至亡灵的心意并一意孤行，看似着魔，实则暴露了人性中最为普遍的弱点——自以为是；同时触及了现代主义文学关注的一个核心主题，即 20 世纪早期笼罩西方世界的幻灭和孤独。本选集的其他几则故事都不同程度地涉及这一主题，比如《陌生人与朝圣者》中的教堂司事在面对陌生来访者时全然不顾对方的需求，滔滔不绝地说个不停，言说本身就成了内心孤独的外在体现，陌生人所象征的孤独更是达到了无以复加的程度；比如《西顿的姨妈》中，虽然西顿的姨妈以怪异诡谲的扭曲形象让人过目难忘，但在和"我"单独相处时，她内心的孤独凄楚短暂流露，很容易引起读者对她的同情和对她过往的猜测。

值得一提的是，德拉梅尔在他的恐怖小说中还探讨了 20 世纪上半期文学评论的重大问题，如文学作品中语言与思想之间的关系，比如究竟应该沿袭传统，根据作家的生平经历评判其作品，还是响应新批评的主张，割裂作品与作者之间的纽带，根据文学自身的美学原理和艺术规律评判文学作品的艺术价值。比如《绿房》中关于诗歌价值的观点。再比如《还魂》中，美国著名作家埃德加·爱伦·坡在去世80年后归来，质问和训斥一名对他的人生经历添油加醋，对他的人品妄言置评，并据此对他的诗歌和小说妄加置喙的文学教授，让读者在感受到恐怖的同时思索作家与作品之间的复杂关系以及文学作品的本质问题。此外，作为卓有成就的杰出诗人，德拉梅尔敏锐的观察力和强烈的感受力，乃至优美而精准的语言都使他的小说独树一帜，耐人寻味。

需要指出的是，和美国著名女诗人艾米莉·狄金森（1830—1886）一样，德拉梅尔也习惯大量使用破折号，但和狄金森不同的是，德拉梅尔小说中使用的破折号都在句子中间，而不是句尾。而且不论破折号后面的内容是插入，还是解释，大都发挥了延长句子的功能，随着时间的推移，这些成了德拉梅尔的标记，成为他与众不同的标签之一。

本选集中的六则故事都是德拉梅尔的代表作，也是超自然恐怖文学中的名篇，曾多次受到赞誉和推荐。其中，美国恐怖小说家霍华德·菲利普·洛夫克拉夫特（1890—1937）的《文学中的超自然恐怖》被认为是西方第一部恐怖文学研究论著，而洛夫克拉夫特在该论著中认为德拉梅尔是"少数几个能够将非现实呈现得如此生动、真切的作家之一"，更称之为"罕见的恐怖文学大师"。

Contents

西顿的姨妈　1

绿房　48

隐士　106

万圣教堂　156

还魂　207

陌生人与朝圣者　256

西顿的姨妈

　　见到西顿的姨妈前,我对她早有耳闻。只要感觉到一点点自信,或只要我们表现出一丁点儿耐心,西顿就会说"我姨妈""我年迈的姨妈,你知道的",就好像他家亲戚是同窗情谊的黏合剂。

　　西顿的零花钱数额巨大。至少,他拿到的钱相当可观,花起钱来也大手大脚,但没有一个人觉得他"慷慨大方"。我们经常对他说:"嗨,西顿,你家贵夫人呢?"每学期开学伊始,西顿都会戴着圆顶礼帽突然出现在古米治学校,还总是带着一个装有挂锁的盒子,盒子里塞满各种充满异域风情的精致物品。

　　西顿皮肤暗黄,眼睛棕色,眼神迟钝,身量瘦弱,在我们这些男孩看来，他的长相有点像不讨人喜欢的外国人。仅仅因为他的外表，我们这些出身高贵的英国人大部分都会对他抱有敌意和不屑。我们以前老喊他"猩猩"，并不是因为他皮肤的颜色，而是纯粹要给他取个绰号。总而言之，西顿是被大家取笑的对象。

我和西顿在学校时其实并没有走得很近，我俩的交集仅限于课堂。我尽量和西顿保持距离，因为我隐隐能感觉到他有点鬼鬼祟祟，而且总是显得焦躁不安。若他想要主动接近我，除非我表现得宽宏大量，否则通常我都会以男孩特有的粗暴方式，傲慢地忽视他。

我俩都腿脚麻利，在玩捉俘虏游戏时，有时会藏到一起。因为这个，我才清楚地记得西顿——[1]夏日黄昏里，他那又瘦又长的面庞和充满警惕的神色，还有他蹲着的样子，以及他自言自语时几乎听不见的嘟嘟囔囔。除此以外，西顿玩任何游戏都显得松弛无力，一副懒洋洋的样子。他常常和一两个好友站在存物柜前吃零食，直到把零食全部干掉；要么就胡乱地把钱浪费在稀奇古怪的小玩意儿上。有一次，西顿买了一个银手镯，戴在左胳膊肘的上方。几个同学瞧不上他那样子，便硬生生把那个镯子套到了西顿的脖子上。

所以，能和西顿成为朋友，要么交友需求与众不同，要么勇气可嘉，

---

[1] 德拉梅尔在小说中大量使用破折号。为了能最大限度呈现原著的风格，译者在翻译时尽量保留原著中使用的破折号。——译者注

根本不在乎他人眼光。我既没有这样独特的需求，也没有如此大的勇气。即便如此，西顿还是对我非常主动。我清楚地记得，有一次他费尽心机，非要送给我一个罐子，里面装满深红色的奇怪胶状物，那个学期他有不止一罐一模一样的东西。出于感激，我答应西顿接下来的期中假期和他一起去他姨妈家。

很快，我便把这事忘得一干二净。期中假期前两三天，西顿找到我，得意扬扬地提醒我去他姨妈家。

我颇有礼貌地对西顿说："那个，说实话吧，西顿，老朋友——"没等我说完，西顿就打断我："我姨妈一直盼着你去呢。你要和我一起去，她可高兴了。她一定会热情招待你的，威瑟斯。"

我吃惊地看着西顿，从没想到他会这样强调，就好像他说的并不是我们一直提起的那个姨妈。此外，西顿说话时流露的情感，与其说是欢迎，不如说是惴惴不安。

我和西顿先是乘坐火车，再转一辆空空的农用拖车，接着又走了一段路，才来到西顿的姨妈家。假期有两天时间，所以我们晚上要在这里过夜。我至今还记得，西顿那天晚上借给我一套非常奢华的睡衣。村里的街道异常的宽阔，两条路汇合处有一块公共绿地、一个小旅馆，角落里还有一块高高竖起的绿色牌子。离大街一百码左右有个药店——

"特纳先生的药店"。我俩走下两级台阶，进入这个昏暗的、弥漫着药味的店里，我记得西顿当时买了老鼠药。药店不远处有个铁匠铺。我们沿着高墙下一条覆盖着杂草的狭窄小路往前走，来到一个花园的铁门前，看到门里高大悬铃木下巍然矗立的房子。房子左侧是马车房，右侧是一扇大门，通向一个果园一样郁郁葱葱的园子。左侧马车房外是块草坪（整个花园是个斜坡，坡底是长满灯芯草的溪流，看上去像个池塘），草坪尽头是牧场。

我们在正午时分到那儿，烈日当头，风尘仆仆。走进大门，眼前便是在阳光下闪闪发光的窗户，都挂着深色的窗帘。西顿立马让我进了花园小门，给我看他的蝌蚪池塘。池塘里有很多在我看来非常吓人的生物（我对低等生物没有半点儿兴趣）——密密麻麻，形状各异，大小不一。很显然，西顿和这些水生生物关系亲密。直到今天，我都还能看见他蹲在地上，把那些黏糊糊的水生生物托在蜡黄色的手心时那全神贯注的样子。终于逗完了这些水生宠物，我们漫无目的地游荡了一会儿。西顿看上去在侧耳倾听，至少是在等什么事发生或等人过来。可最终什么也没发生，也没有人来。

这就是西顿一贯的风格。总之，我俩又渴又饿地等了又等，直到远处传来一阵"咣咣"声后，我们才从花园走进屋里吃午饭，这时我才第一次见到西顿的姨妈。我们往屋里走的时候，西顿突然停下来。

事实上，我到现在都觉得他当时扯了一下我的衣袖。突然，我感觉到有人把我往后拽了一下。就在这个时候，西顿紧张地喊道："小心，她就在那儿！"

西顿的姨妈正站在楼上一个洞开的窗户那儿，窗户框连在铰链上。一眼望去，她显得非常高大。尽管脸狭长，脑袋硕大，但其实她的身材很矮小，是她卧室的落地窗让人产生错觉。我现在觉得，她肯定一动不动地站在那里盯着我俩很久了，产生这样想法的原因是西顿突然发出的警告以及看到他姨妈时那种警觉和压抑感，这一点我当时就清楚地意识到了。我现在知道，当时我毫无缘由地突然感到一阵罪恶感，就好像我被她"抓了现行"。她丝质长裙上缀着一个闪闪发亮的银色五星图案，我站在室外的地上都能看到她头发上无数个发卷和摸着连衣裙小扣子的左手上戴着不止一个戒指。她不动声色地看着我俩往前走，无声无息地抬起双眼，望向远方。当我们离房子很近时，她像幻影一样突然出现在我们上方。

"我猜，这就是你的朋友，斯密瑟斯先生吧？"她上下晃动着头说。

"是威瑟斯，姨妈。"西顿答道。

"都一样嘛，"她盯着我说，"威瑟斯先生，进来吧。把他领进来。"

她一直盯着我——至少，我现在感觉是这样的。她上下打量的眼神和带着讽刺口吻称呼我为"先生"这个举动，都让我感到极不自在。

除了这一点，她对我特别热情，关怀备至，尤其是和对西顿的视而不见相比，显得尤为如此。我至今记得她对西顿说的唯一一句话是："斯密瑟斯先生，我一看到我外甥，就会想起我们来自尘土，也将归于尘土。亚瑟，你满脸热汗，浑身脏兮兮的，真是屡教不改。"

她坐在餐桌主位，西顿坐在她对面，我坐在他们两个中间，面前铺着一大块锦缎桌布。餐厅陈旧，显得颇为拥挤，窗户洞开，窗外是葱郁的花园和一片瀑布一样的玫瑰花，花已有些凋零。西顿姨妈高大的椅子正对着窗户，玫瑰花映衬下的光照在她暗黄的脸和眼睛上。她的眼睛与西顿的一样，都是深棕色，唯一不同的是她的眼睛被特别长而厚重的眼皮遮住了一半。

她坐在那儿，不紧不慢地一边吃饭，一边用迟缓的眼神盯着我的脸。她两眼之间靠近眉毛的位置有一条深深的丫形皱纹，再往上是宽宽的额头，额头上垂着很奇怪的刘海。午餐非常丰盛，我至今还记得每道菜对于中学的男孩来说都太过油腻，简直无福消受——有龙虾蛋黄酱、野味冷肠，以及超大的小牛肉火腿派，上面配以鸡蛋、块菌和很多其他味道鲜美的佐料；精美的菜肴旁摆放着各种奶油和蜜饯；我们还有酒喝，每个人面前放了半杯年份久远的深色雪利酒。

西顿姨妈胃口大开，食量惊人。受她的影响，加上男孩天生的好胃口，我很快便不再因她感到紧张，开心地享用了一顿罕见的大餐。

西顿却非常拘谨，只吃了点儿杏仁和葡萄干，而且都是悄无声息的，一小口一小口地吃，好像吞咽困难。

在我的记忆中，西顿姨妈当时算不上"和我聊天"，她只是一会儿对着我说一些尖酸刻薄的话，一会儿又向我抛出一个让我恼火的问题。而她的脸会随着她说的内容随时发生改变，表情丰富，神情专注。让我感到轻松的是，她很快就不再称呼我为"先生"，而是直接叫我威瑟斯，或者威瑟，或者斯密瑟斯。午餐快结束时她甚至还喊了我一次约翰逊，也许是我的名字或者我的长相让她想起了某个叫约翰逊的人，我至今无法想象。

"威瑟先生，亚瑟在学校表现好吗？"这是她问我的诸多问题中的一个，"他的老师对他满意吗？他在班上是优秀学生吗？牧师古米治博士觉得他怎样？"

我知道她是在奚落西顿，但她脸上的表情异常严肃认真，完全看不出一丝嘲讽或滑稽可笑。我两眼紧盯着一只红红的龙虾。

"你上八年级了，是吧，西顿？"

西顿把他那小小的瞳孔转向他的姨妈，可他姨妈一直冷漠地紧紧盯着我。

"恐怕西顿永远也不可能成为一个才华横溢的学者。"她一边说，一边熟练地盛起一大勺食物，送进张开的大嘴里。

吃完午饭,她带我去我的卧室。卧室不大,但很舒适,床边装了黄铜挡板,地上铺了一块小地毯,地板打磨得光滑锃亮,我后来发现甚至可以在地板上玩"滑雪"游戏。盥洗盆的上方挂了一小幅黑框水彩画,画的是一只大眼睛,像鱼眼睛一样死气沉沉,黑色的瞳孔上闪着亮光。画的下面印着几个小字:"上帝看顾我"[1],后面角落里是拖得长长的椭圆形字母组合图案"S.S."。墙上挂的其他画都和大海有关:一幅画的是蓝色海面上浮着双桅船,一幅画的是白垩悬崖上停放着一艘战船,还有一幅画的是陡峭的岛上两个体形很小的水手正在费力地往海滩上拖曳一艘巨大的船。

"就是这间卧室,威瑟斯,我可怜的弟弟,威廉,很小的时候死在了这里。好好欣赏风景吧!"

窗外是树冠顶部,我透过窗户向远处望去。天气炎热,阳光照耀着绿油油的田野,一群群牛站在浅浅的溪水里,悠闲地挥动着尾巴。一想到西顿的姨妈很快就要询问我是否带了行李,而我连个牙刷都没有带,我就感到紧张。因为紧张,当时窗外看到的风景给我留下的印象就更加深刻。事实上,我根本没必要害怕什么,因为西顿姨妈这样的贵妇人满脑子想的可不是这些细枝末节的世俗小事,从我第一眼看

---

1 出自《创世纪》。——译者注

到她，就丝毫没有感觉到她身上有任何普通女人所拥有的母爱光辉。

她站在卧室中央，对我说："我可不会背着我外甥向他的同学问东问西，但你要告诉我，斯密瑟斯，为什么亚瑟在学校那么不受欢迎？据我所知，你是他在学校唯一的好朋友。"她站在刺眼的阳光中，厚重眼皮下的两只眼睛像要看穿我一样，紧紧地盯着我，就好像我的所思所想都一览无余地写在脸上。"好吧，算了，算了，"她把头稍微低下一点儿，像是讨好一样地继续说，"没必要回答我了，我可从不喜欢强人所难。男孩都奇奇怪怪的。他的大脑至少应该想到午饭前要先洗手，可是——这并不是我的选择，斯密瑟斯。但愿别再发生这样的事！你这会儿可能还想去花园里看看。事实上，我从这儿什么都看不到，可如果亚瑟正鬼鬼祟祟地躲在篱笆后面，我一点都不意外。"

西顿的确正躲在外面的篱笆后面。我看到他的脑袋露出来，匆匆地往楼上窗户瞟了一眼。

"斯密瑟斯先生，你过去找他吧。我希望能在晚餐时再看到你。我下午需要休息。"

我和西顿发现牧场上有一匹步态笨拙的灰色老马，我俩便各拿一根绿色棍子，一圈儿又一圈儿地骑马。没骑多大一会儿，我看到水塘另一侧的田间小路上出现一个缩成一团的人影，打着紫红色太阳伞，尽力把伞放低，伞对着我们这个方向，缓缓地朝我们移过来，就好像是一根磁针，而我们就是那个固定的轴。西顿一下子对骑马失去了勇气和兴趣，那匹老马再次抬起蹄子时，他一下子从马背跌落到草地上。我也从老马光滑的背上跳下来，站在他旁边，用手摩挲着他的肩膀，带着敌意地看着远处那个傲慢的身影，直到它消失得无影无踪。

"那是你姨妈吗，西顿？"直到影子消失，我才问他。

西顿点了点头。

"可她为什么根本不看我们一眼？"

"她从来不看。"

"为什么不呢？"

"呃，她不用看就什么都知道，这才是他妈的最可怕的地方。"在古米治中学，没有几个人会以说脏话为荣，而西顿就是其中之一。西顿也听别人对他说了不少脏话，深受其害。我现在知道，他说脏话并不是虚张声势。我至今相信他确实比其他同学更加强烈地感受到某些东西，而那些东西，幸运的普通人根本感觉不到——以英国中学生独特的想象力，他们更感觉不到。

"跟你说吧，威瑟斯，"西顿双手插在兜里，鬼鬼祟祟地穿过牧场，心情沉郁地继续说道，"她什么都看得见。就连她看不见的东西，她也知道。"

"怎么知道呢？"我这样问，并不是因为感兴趣，而是午后又热又累，也没有什么好玩的,与其沉默,还不如随口问问,否则更无聊。西顿忧郁地转过身来,压低嗓音说:"如果你不介意的话,假装我们不是在说她,因为——她和魔鬼是一伙的。"他点了点头,停下来,弯腰捡起一块圆形鹅卵石。"跟你说吧,"他说话时一直弯着腰,"你根本不知道怎么回事。我知道我有点紧张,但如果有个老女人时时刻刻都能听到你的所思所想,你也会紧张。"

我看了看西顿,然后转过身,挨个仔细检查房子的每一个窗户。

"你父亲在哪儿呢?"我有点儿尴尬地问他。

"去世了,很多年前就去世了,我母亲也去世了。事实上,她都算不上我的姨妈。"

"那她是你的什么?"

"我的意思是,她并不是我妈妈的姊妹。我的外祖母结过两次婚,她是外祖母和第一任丈夫的孩子。我不知道你怎么称呼,但不管怎样,她算不上我的姨妈。"

"她可给你不少零花钱。"

西顿用平静的眼神看着我,说:"就这她也没有把属于我的钱全部给我。等我长大了,一半的财产都是我的。还有——"西顿把背转向房子——"我会让她交出属于我的每一分钱。"

我把手插进兜里,盯着西顿,问道:"很多钱吗?"

西顿点了点头。

"谁告诉你的？"听到这话，西顿一下子大为光火，双颊变得通红，眼睛里闪着光，但并没有回答我的问题。于是，我们继续在花园里闲逛，直到晚餐时间。

我和西顿畏首畏尾地走进客厅时，看见西顿姨妈穿着一件奇特的花边夹克。她和我们打招呼，脸上迟迟才出现的笑容显得很浮夸。接着，她让我搬一把椅子到那张小桌子旁。

"我希望亚瑟能让你有宾至如归的感觉，"她一边说一边用有些变形的手递给我一杯茶，"他和我话不多，但那是因为我是上了年纪的女人。威瑟，你一定要再来我家做客，把他从他的壳里拽出来。你这个老蜗牛！"她对着西顿摇了摇头。西顿坐在那儿，大口吃着蛋糕，眼睛专注地看着她。

"也许我们需要保持通信。"她几乎闭着眼对我说，"你一定要写信给我，告诉我这个小东西的所有情况。"我不得不承认，和她待在一起让我感到非常不安。夜幕降临了。一个相貌没有任何特征的男佣悄无声息地把灯拿进来。西顿的姨妈让西顿拿出国际象棋。我们——我和她——下了一盘棋。她每走一步，都要把硕大的下巴伸到棋盘上，欣喜地看着每一颗棋子，时不时地发出低沉的一声："将军！"下完一盘后，她缩回身子，靠在椅背上，神秘莫测地盯着我。事实上，这盘棋并没有下完，她用棋子把我的王牢牢围住，我根本没法动，可她就是不肯对我可怜的王发出最后一击。

钟表敲了十下。她对我说："好吧，威瑟斯先生，咱俩打了个平手。咱俩真是棋逢对手。你守得非常不错，威瑟斯。你已经知道卧室是哪一间了。晚餐已经好了，在餐厅的盘子里，别让这个小东西吃多了。早餐准时开始，餐前十五分钟会有咣咣的提醒声。"她把脸颊伸向西顿，西顿敷衍地亲了她一下。她和我握了握手，和蔼可亲地说："棋下得很好，但我的记忆力差，所以——"她把棋子胡乱扫进棋盒里——"结果永远不得而知。"说着她把头往后仰，仰得老远，然后发出一声："呃？"

她是在向我发出挑战，但我只是低声咕哝了一句："呃，我完全处于困境，你知道的！"听到我的话，她突然哈哈大笑，然后用手示意我们出去。

我和西顿站着吃晚餐，餐厅角落里点了一根蜡烛照明。西顿小心翼翼地把头扭向一边，背对着门，轻轻地问我："那个，你感觉如何？"

"什么感觉如何？"

"被人监视的感觉——你做的每一件事，你心里的每一个想法。"

我答道："如果她真的在监视我，我肯定一点也不喜欢。"

"下棋时你居然让她把你打得落花流水！"

我气愤地说:"不是我让她把我打得落花流水!"

"好吧,那就是你怕了。"

"我也没怕,"我反驳道,"她太会用马了。"西顿盯着蜡烛,悠悠地说:"马,等着瞧。就这样吧。"然后,我俩上楼去睡觉了。

我还没睡多久,感觉有人的手放在我肩膀上,我立马醒了。烛光下,我看到西顿的脸——他两眼盯着我的眼睛。

"怎么了?"我用胳膊肘撑起身子。

"嘘!别急!"他小声说,"她会听到的。抱歉吵醒你了,我没想到你这么快就睡着了。"

"怎么了?几点了?"西顿穿着很不寻常的睡衣。

西顿从外套兜里拉出他的那块大银质手表。"差一刻十二点。我十二点之前从来没有睡着过——在这儿从来没有。"

"哦,不睡干吗呢?"

"嗯……读书,或者聆听。"

"聆听?"

西顿盯着蜡烛火焰,就好像正在聆听着什么。"你不知道我能听到什么声音,都是读的鬼故事里的声音,糟糕透了。我看到的并不多,威瑟斯,但我什么都知道。"

"知道什么?"

"知道他们就在那儿。"

"谁在那儿？"我一边往门口看，一边烦躁地问。

"呃，就在这座房子里，房子里到处都是。就这样静静地站着，半夜时分，聆听我卧室的门外有什么动静。很多次，我就这样静静地聆听。他们都在那儿。"

"听着，西顿，"我对他说，"你邀请我来，我盛情难却，就来了，因为我答应你了要来。但你现在别说这些乱七八糟的东西，不然的话，等我们回到学校，你就知道后果了。"

"你别烦，"西顿转过身，冷淡地说，"我不会在学校待多久了。况且，你既然已经在这儿了，我也没有别人可说，不然我就和别人说去了。"

"听着，西顿，"我说，"你可能觉得能用这些稀奇古怪的声音吓唬我，但我只希望你赶快出去。你想怎样闲逛都可以，逛一整夜都可以。"

西顿站在梳妆台前，透过烛光看着镜子，没再说话。过了一会儿，他转过身，慢悠悠地盯着周围的墙。

"就连这个房间都和棺材差不多。我想她已经告诉你了——"我打断西顿，接着他的话说："'这房间还和我弟弟威廉去世的时候一模一样'——她是这么说的！我对她说愿她弟弟安息！看那个。"西顿举起蜡烛，凑近我说的那幅小画，然后说："这所房子里有几百只这样的眼睛。就算上帝真的能看见你，他也会想尽办法不让你看见他。他们也是这样。

跟你说吧，威瑟斯，我真是受够了。我坚持不了多久了。"

房子里面和外面都一片寂静，淡黄色的烛光映在我卧室的百叶窗上，闪着昏暗的银白色。我已经完全清醒了。我从被子里钻出来，不知所措地坐在床沿上。

"我知道你是在和我开玩笑，"我生气地说，"可这房子怎么会到处都是——你说的是什么？你怎么会听到——你到底听到了什么？跟我说清楚，你这个傻瓜！"

西顿在椅子上坐下来，把蜡烛放在膝上。他平静地对我眨了眨眼，抬了一下眉毛，然后说："都是她带过来的。"

"谁？你姨妈吗？"

西顿点点头。

"怎么带过来的？"

"我跟你说过了。"西顿恼火地说，"她和魔鬼是一伙的。你根本不了解情况，她还害死了我母亲。这个我知道，但不是她一个人干的。她会把你榨干，我知道的。她会这样对付我，因为我跟她很像——我的意思是，我像我母亲。她就是不想看到我活着。无论如何，我和那个老女人毫无相似之处。所以——"说到这儿，西顿突然停下来，对着蜡烛挥了一下手，继续说道："他们一直都在这儿。哼，走着瞧，等她死了再看！告诉你吧，到那时她也能听见。现在还不错，可等到那个时候！等到她——因为某种原因——不得不滚开的时候，我可不会像她这样。你可别以为我相信鬼，不管你叫他们什么。我和他们的处境都一样，都在她的掌控之中。"

西顿冷冷地看着天花板。突然，我看见他脸色大变，他的眼睛像是被射中的鸟一样陡然垂下来，一眨不眨地盯着他进来时留着的门缝儿。从我坐的位置能清楚地看到西顿的脸色变了，变得发绿。他像动物一样蹲在那里，一动不动。我吓得大气都不敢出，呆呆地坐着，紧张地看着他。他的两只手终于放松下来，接着叹了口气。

"刚才就是吗？"我小声问，小心翼翼的语气里流露出一丝得意。他转过脸，张着嘴巴，点了一下头。我又追问他："是什么？"西顿动了一下大拇指，向我投来意味深长的眼神。我知道他的意思是他姨妈刚才在门缝儿外偷听。

"听我说，西顿，"我晃着脚对他说，"你可能觉得我是个傻瓜，随便你怎么想吧。但你姨妈对我不错，我根本不相信你说的关于她的那些话，从来没有相信过。每个人到了晚上都会有点疑神疑鬼。跟我说这些鬼话，你可能觉得好玩儿。可我在睡着前明明听见你姨妈上楼去了，我敢打赌她这会儿正躺在床上。还有，你把这些鬼故事留给自己吧。在我看来，人就是做了亏心事才怕鬼敲门。"

西顿专注地看着我，有好一会儿什么都没说。

"威瑟斯，我没有撒谎，可我现在也不想跟你争论。至少，你是我唯一关心的人，也是唯一到这儿来做客的人。这种感觉，我需要跟人说一下。我根本不关心什么鬼，尽管我知道他们就在这屋里，对此我可以发毒誓。可她——"西顿小心翼翼地转过身，继续说道，"——你刚才说敢打赌她在床上，威瑟斯。可我知道，她根本不在。她晚上基本上都不在床上。我要证明给你看，就想告诉你我不是你想的那样。过来！"

"去哪里？"

"当然是去看一下。"

我有点犹豫。西顿打开一个大储物柜，拿出一件并不长的深色长袍和一件披肩夹克。他把夹克扔床上，穿上长袍。他暗黄的脸上毫无血色，从他往袖子里伸手的动作我看得出他在发抖。这会儿再说害怕也没用了，于是我把带流苏的夹克披在肩上，把明亮的蜡烛放在椅子上，便和他一起走了出去，来到走廊里。

西顿小声说："你听！"

我俩站在那儿，身子探向楼梯方向，下面像一口井，四周寂静无声，冷气森森。很快，我听到不知道从哪里传来各种窸窸窣窣的声音，夹杂着回声，但我想很多老房子里都这样。接着又传来陈年旧木发出的咔嚓声，陈旧的护壁板后面还发出急促的细碎声响，仔细听，声响又好像没有了。就是在这些声音混杂交错时,我的意识开始变得越来越清醒,听到似有似无的脚步声,轻得就像梦里发出的声音,越来越微弱。西顿悄无声息,只有两只眼睛在黑暗中闪着亮光,看着我。

西顿咕哝着说:"英勇的战士,你到时候也会跟我一样听得到那声音。快来!"

西顿沿着楼梯往下走,瘦长的手指滑过护栏柱。在楼梯圆形平台处,西顿往右边转去,我光着脚,踩着走廊里厚厚的地毯,跟在他后面。走廊尽头,有个门开着,我俩从这里蹑手蹑脚地往下走,在一片漆黑中下了五级狭窄的楼梯。西顿格外小心,慢慢地推开一扇门。我俩站在门口,看到门里面黑乎乎的,有一张大床,旁边一灯如豆。地上堆着衣服,衣服旁边有一双拖鞋,隔得有一两英尺远,鞋头对着鞋头。不知道从哪里传来钟表指针的移动声,声音钝钝的。屋里的味道很浓重,有薰衣草味儿、古龙香水味儿,还夹杂着古老的香袋、肥皂和药的味儿,但这几种味道混合在一起后似乎又产生了很多其他怪味儿。

对呀,床!我警惕地往床上看去。床上鼓鼓囊囊的,但空无一人。

西顿脸色苍白,转向我,小声说:"我说什么来着?现在谁——谁才是傻瓜?可我们现在怎样才能在不撞见她的情况下返回卧室呢?你回答呀!上帝啊,威瑟斯,我真希望你根本没来这儿。"

西顿穿着显得局促的长袍站在那里,我能感觉到他在瑟瑟发抖,牙齿抖得都快没办法说话了。西顿话音刚落，我就清楚地听到窸窸窣窣的声音，声音显得不紧不慢。西顿紧紧地抓住我的胳膊，把我拉进房间右边的一个大橱柜里，随手关上橱柜门。我蜷缩在橱柜里，顾不得心怦怦跳，立马透过橱柜门缝儿往卧室里看。卧室挂着窗帘，房间里显得宽敞晦暗。我看到她了，黑乎乎的，一团影子似的，头发高高地挽起（对于一个老人来说，她的头发可真多），厚重的眼皮堆在那双既迟缓又充满警惕的眼睛上。她刚好从我昏暗的视野内穿过，但我看不见床。

我俩一直等啊等。后来听到沉闷的钟声响起。终于，大床上再也没有传来任何声响，她要么狡猾地躺在床上专注地侧耳细听，要么就是睡得像孩子一样香甜。我俩就这样挤在一起，蜷缩在橱柜里，好像藏了好久，都快冻僵了，也闷得要喘不过气了，才从里面爬了出来，害怕得心怦怦直跳。我俩就这样一路爬过五级狭窄的台阶，爬回到燃着昏暗烛光的卧室。

刚进卧室，西顿就像泄了气的皮球一样，脸色乌青地坐到椅子上，双眼紧闭。

"嗨，"我摇着他的胳膊说，"我要上床睡觉了，我真是受够了这种愚蠢的行为。我要睡觉了。"他的嘴唇抖了抖，却没说话。我往盆里倒了些水，就在盆架上那只蓝色眼睛的凝视下，往西顿蜡黄的脸和额头上洒了点水，又弄湿了他的头发。他长叹一口气，睁开毫无生气的双眼。

"快起来！"我对西顿说，"别装了，伙计！你要愿意的话，到我背上来，我背你去你的卧室。"

西顿对我挥了挥手，让我走开，然后站起来。我只好一手擎着蜡烛，另一只手把他夹在腋下，搀着他从走廊往他卧室走去。他的卧室比我的脏乱多了，地上到处扔着盒子、纸张、笼子和衣服。我把蜷缩成一团的西顿弄上床，转身准备离开。突然间，我感到一阵刺骨冷意，巨大的恐惧紧紧地攥住我，我至今也不知道是怎么回事。我冲出西顿的卧室，眼睛紧紧地盯着前方。我吹熄蜡烛，把头蒙进被子里。

一阵敲门声——不是咣咣的早餐提醒声——把我吵醒。阳光洒在屋檐和床柱上，窗外花园里鸟声啁啾。一想到昨晚的愚蠢行为，我就感到羞愧，于是行动利索地从床上爬起来，穿上衣服，走下楼去。餐厅飘着花、水果和蜂蜜的清香。西顿的姨妈站在花园里敞开的落地窗旁，正在喂一大群鸟。我看着她，偷偷地观察了一会儿。她戴着一顶大太阳帽，帽檐下阴影中的脸像梦幻一样模糊不清。脸上皱纹横生，五官扭曲，面部的表情很奇怪，显得非常空洞、呆板，我简直没办法描述。我礼貌性地咳了一下，她转过身，脸上浮现出夸张的笑容，问我睡得可好。不用说一个字，我就知道她昨晚上监视了我，知道我说的每一句话、每一个举动，我还知道她正以胜利者的姿态，嘲笑我伪装起来的天真以及友好而冒失的行径。我和她就这样神秘地窥到了对方内心的秘密。

我们——我和西顿——返回学校，我俩都带了很多东西，一路上都是坐火车。我再也没有提起头天晚上我们说过的话，我下定决心再也不看他的眼睛，或对他的各种暗示做出任何反应。回去时我感到如释重负——同时也有些歉意。从火车站出来后，我大步往前走，西顿紧紧地跟在我后面。他非要再买一些糖果——给我的那一份，我收下时甚至连"谢谢"都没说。西顿给我的那份糖果，感觉更像是贿赂，可我既没有跟他年老古怪的姨妈争吵，也根本不会去相信他跟我讲的那些话。

从那以后，我想尽办法躲着西顿。西顿再也没有提起一起去他姨妈家的事，也再没有像之前那样跟我讲心里话。课堂上，我偶尔会看到他正盯着我，我俩的眼神都意味深长，好像洞悉对方的想法，但我假装什么都不明白。我之前说过，西顿没有任何征兆地就突然离开了古米治中学。我从没有听说过他有任何不良行为。从此以后，我再也没有见过西顿，也没有听到过他的任何消息。直到一个夏日午后，我俩出其不意地在滨河路上邂逅。

西顿上身穿着一件对他来说有些过于肥大的外套，外套样子古怪，他还戴着一条银色领带。在一个廉价的首饰店外的遮阳篷下，我俩一眼就认出了对方。西顿立马走上前来，拉着我跟他一起到附近一家意大利餐厅吃午饭，可他看上去并没有很高兴。席间西顿谈起曾经在学校的时光，但他对那段岁月充满厌弃；他还冷漠地跟我讲了一两个遭了厄运的老同学的事，那一两个老同学当初都曾经不止一次欺负过他。他坚持要点一种昂贵的酒和各种异域风味的午餐。快吃完时，西顿磕磕巴巴了好久，才跟我说他来城里是为了买订婚戒指。

"你姨妈怎样了？"我当然不会忘记问这个。

西顿好像一直在等着我问他这个问题。听到这个问题，就好像往深水塘里扔一块石头，激起一串串涟漪，他蜡黄、悲伤，完全看不出英国人血统的长脸上掠过丰富的神情。

"她苍老了很多。"西顿轻轻地说了一句，便就此打住。

过了一会儿，西顿接着说："她曾经很好。"说到这里又停下来，过一会儿又接着说，"在某些方面。"他快速地看了我一眼，接着说："我想你肯定听说了，她——我们——失去了很多钱。"

"没有听说。"我答道。

"呃，你肯定听说了！"西顿说完这个再次打住。

然而，就在觥筹交错和嘈杂的声音里，我知道这家伙对我撒谎了——除了她姨妈挥霍在他身上的零花钱，他根本就没有，也从来没有别的什么钱，一分都没有。

"那些鬼呢？"我迷惑地问他。

西顿立马神情严肃，脸色都有点黄了，尽管也有可能是我的错觉。"你跟我开什么玩笑呢，威瑟斯！"这是西顿唯一的回答。

分别前，西顿问我的住址，我极不情愿地给了他我的名片。

"听着，威瑟斯，"我们站在路边的阳光下道别时，西顿对我说："我就站在你面前，而且——而且我好好的。我现在可能不像以前那样充满幻想了，但你真的是我在这个世界上唯一的朋友——除了爱丽丝之外……好吧——我还是开诚布公地告诉你吧，我根本就不知道我姨妈是否关心我要结婚了。当然，她并没有说不关心。你知道，她就那样。"西顿说话时斜着眼睛看着路上的车流。

西顿接着说："我想说的是：你不介意的话，能否再去那儿一趟？你不用在那里过夜，除非你想。可你知道的，你会非常受欢迎。我想让你见一下我的——见一下爱丽丝，然后……也许……也许你可以告诉我你对——对那个她——的真实想法。"

我语气不太坚定地表示了拒绝，西顿再次邀请我。直到我们分别，我也没有明确说会去。西顿冲我挥了挥球冠状手杖，拖着肥大的夹克去追一辆公共汽车了。

不久，我便收到西顿的来信。他的字体很小，字迹又弱。信中非常详细地交代了去那里的具体信息，包括路线和怎样搭乘火车。我对西顿根本没有任何好奇，甚至还有点恼火，但命运再次把我们连在了一起。我接受了西顿的邀请，在一个灰暗的中午，按他说的路线，来到一个偏远的火车站，发现西顿正坐在几棵蜀葵下面低矮的椅子上等着我。

西顿好像在想心事，看上去格外无精打采，可一看见我又显得特别高兴。

我们沿着乡村街道往前走，经过又小又暗的药店和空无一人的铁匠铺。和上次来时一样，我俩沿着房子外面走到门口，但这次我们没有从大门进，而是沿着通往花园的绿色小径，从后面进去。一团灰白色的云遮住了太阳，花园连同花园里古老的大树和闪着光的龙头花围墙，都笼罩在灰白色的微光里。上次来还干净整洁的花园，现在显得杂乱荒芜。一堆挖起的泥土里浅浅地插着一把铁锹，锹刃已经严重磨损，锹柄斜靠在一棵树上。花园里还有一辆年久失修的独轮车。上次来看到的玫瑰花丛只剩下叶子和荆棘，果树看上去也已经很久没有修剪过了。看来"疏忽女神"已经把这里变成了她的世外桃源。

"西顿，看起来你可不是个好园丁。"我叹了一口气，对西顿说。

西顿答道："你知道吗？我喜欢花园现在的样子。当然，现在家里也没什么帮手了，雇不起。"他盯着新挖的长方形土堆，若有所思地继续说,"我一直都认为,我们人类是地球的入侵者,走到哪里,就毁坏和玷污哪里。这样说可能亵渎神明,但在这儿不一样,你知道的,我们太过分了。"

"实话实说吧,西顿,我并不知道。"我对他说,"你刚说的并不是什么全新的哲学思想,是吧?总之,这套理论令人厌烦。"

"我就是这样想的。"西顿还是和以前一样古怪,态度谦和,但固执己见,"想法又不会作假。"

我和西顿漫无目的地走着,期间很少说话。西顿脸上的神色一直小心翼翼,颇为不安。我们停下来,懒散地望着绿色草坪和纹丝不动的灯芯草。

西顿从兜里掏出表,看了看,说:"我想,应该差不多到午饭时间了。进屋去好吗?"

我俩转过身,慢慢地往屋里走去。我必须承认,经过窗户时,我的眼睛也和西顿一样,忍不住偷偷地往上瞄,不安地搜寻和西顿同住一屋的人。窗户上锈迹斑斑,破旧不堪。让我略感欣慰的是,西顿的姨妈并没有和我们一起吃饭。西顿切了一些冷肉,把一个盘子装得满满的,吩咐一个年迈的仆人端给他姨妈独自享用。西顿侧耳听了一会儿,然后从一个高大的红木橱柜里拿出一瓶马德拉酒。席间我们边吃边小口喝酒,几乎没说什么,偶尔说一两句,嗓音也压得很低。

吃完饭，我和西顿打着哈欠下了一盘棋，西顿很随意地挪动棋子，显然心思并没有在象棋上。五点时，远处传来清脆的铃声，西顿一下子跳起来，打翻了棋盘。就这样，这盘棋下完了，要不然我俩可能会无聊地下一整天。西顿热情洋溢地说要出去一下，很快便和一个瘦瘦的女孩一起走过来。那女孩看上去十八九岁，皮肤黝黑，脸色苍白，穿着白色长裙，戴着白色帽子。西顿把我介绍给她时，说我是他的"老朋友和同学"。

下午，我们三个在明媚的阳光下继续聊天，可在我看来，尽管大家都努力表现得更加愉悦、更加热情，但我们聊天的方式依然非常压抑，意兴阑珊。也许是我胡思乱想，但我总感觉我们三个都在期盼着什么人，都有点焦急地等待着某人的到来，那个人就这样一直占据着我们三个人的意识。西顿说的话最少，但他不停地从这个椅子挪到那个椅子，他的焦躁不安一直打断我们的聊天。最终，西顿提议太阳落山前我们散会儿步，我和爱丽丝都积极响应。

爱丽丝走在我和西顿之间。她的头发和眼睛在白色衣服和白色帽子的映衬下显得异常乌黑。她走路的姿态不能说不优雅，但怪异的是，她的胳膊和身子都很僵硬，几乎不动，和我俩说话时也不把头扭向我们，阴郁的表情里带着一种奇怪的挑衅，就好像什么不幸的事对她产生了巨大影响，而她却丝毫没有觉察到。

然而，我知道——我至今相信我们三个都知道——我们的散步，我们关于未来的讨论，都不会有任何结果。我的这种怀疑毫无根据，只是模糊地感觉到某种压抑，某种不祥的预感，似乎有一种巨大的力量，我们都无能为力。在这种巨大的力量面前,所有对未来信心百倍的规划、坚贞的情爱和宝贵的青春都像麦麸糠皮，像蓟花冠毛一样，随风而散，最终消逝得无影无踪。直到黄昏，我们才默默地走回来。西顿的姨妈已经在那里——站在一盏黄铜灯下。她的卷发还和我上次见到她时一样乱如杂草。她的眼皮——在我看来可能是年龄的原因——更加厚重地堆在迟缓的眼睛上，眼神还是那么捉摸不定。我们三个轻轻地在暮色中鱼贯而入时，我弯腰和她打招呼。

西顿的姨妈和蔼可亲地对我说："这么快就又来了，威瑟斯先生。你已经不像上次那样稚气未脱，现在看上去已经是个成年男子了。天呐，看到青春逝去，多么让人难过啊！坐下吧。我外甥跟我说你俩偶然遇到——或许是命运的安排吧，可以这样说吧？——还是在我喜爱的滨河路上！所以，我猜，你要做他的伴郎——对，是伴郎吧！我是不是泄露秘密了？"她一脸慈祥地打量着西顿和爱丽丝。西顿和爱丽丝分开坐在两张矮矮的椅子上，两人都笑而不答。

"还有亚瑟——你觉得亚瑟看上去怎样？"

我答道："我觉得他特别需要改变。"

"改变！真的吗？"西顿姨妈不再看我，带着极其夸张的神情摇了摇头，"亲爱的威瑟斯先生，在这个如白驹过隙的世界上，难道不是所有人都需要改变吗？"说到这儿，她沉思了一会儿，像个鉴定家品鉴自己所说的话一样。"还有你，"她突然转向爱丽丝，继续说道，"我希望你已经带威瑟斯先生参观过我这里所有的美丽景致了，有没有啊，亲爱的？"

"我们只是在花园里走了走。"爱丽丝回答后，瞟了一眼西顿，又补充了一句，"今天的傍晚很美。"她的声音小得几乎听不到。

"是吗？"这个年迈的女士突然发怒，大声道，"那我们就在这个美丽的傍晚，一起进去吃晚餐。威瑟斯先生，把你的胳膊伸过来。亚瑟，把你的新娘带进来。"

我们四个真是怪异的组合，我暗自想着。我神色严肃地走在前面，带着大家一起往昏暗的、冷森森的餐厅走去。我的胳膊上挎着这个难以描述的老妇人——她暗黄的手腕上系着带子，还戴着一个扁平的大手镯。她余怒未消，喘着粗气，就好像大脑在努力地工作，身子却不使一点力。她比上次结实了很多，身材看上去比上次协调了一些。她那张苍白的大脸庞离我那么近，在昏暗的走廊上和闪烁的烛光里对着它讲话，我感觉非常诡异。她看上去一脸率真——令人惊奇的率真，可又那么狡黠，那么具有挑战性，狡黠中还带着调皮。就这样，我们穿过一个房间来到另一个房间，后面紧跟着两个舌头像打了结一样说不出话的孩子。晚餐非常丰盛——我从来没有见过这么大一盆色拉，每道菜都很油腻辛辣、粗制滥造。唯一没有改变的是女主人的胃口，还和上次一样好。照明用的沉重枝状大烛台放在她的椅子前，椅子背还是和上次一样高。西顿坐得有点儿远，他的餐盘完全在一片黑暗中。

吃这顿大餐期间，西顿的姨妈基本上都在和我聊天，但聊的内容基本上都关于西顿。此外，她还偶尔挖苦一下爱丽丝，还时不时把仆人申斥一番。她年岁又增加不少，但看上去没怎么变老，这一点说来像是胡扯。我想，对于古老的金字塔来说，十年的时光就像一抔尘土从指缝间滑过一样，稍纵即逝，而西顿姨妈的样子让我坚定地相信史前时代的存在。她非常健谈，说起话来语速极快，听起来令人生厌，让人感到应接不暇。而西顿——他的姨妈只有在沉默不语时才会对着他。她喋喋不休说话时会戛然而止，辛辣的嘲讽虽未明说，但都在不言中。她坐着时还会轻轻地晃动着硕大的脑袋，两眼一眨不眨，脸上挂着笑容，好像完全沉浸在梦幻中，但谁都能看得出来，她所有的注意力都会慢慢地、带着愉悦地集中到西顿无声的尴尬上。

她向我们袒露了自己对某一话题的看法，我现在想到，那一话题其实一直都若有若无地在我们所有人的脑中盘旋。"我们的制度真是野蛮，所以我都不得不忍受，我想是忍受无穷无尽的傻瓜——各种傻瓜，永无休止。威瑟斯先生，婚姻原本是在私家花园里缔结的制度，原本叫秘密花园。可文明却把婚姻暴露在众目睽睽之下。平庸乏味的人和一贫如洗的人成为夫妻，腰缠万贯的人和毫无血性的人结为连理，所以天堂里才挤满了傻瓜、平庸无奇的人和有色人种。我讨厌愚蠢，可我更讨厌（亲爱的亚瑟，我不得不坦率地说）小聪明。人类已经堕落为没有尾巴、更没有冲动的低级动物。威瑟斯先生，我们根本就不应该进化为人。'自然选择！'——都是低劣的臭鱼烂虾！——只不过是从聋子变成了哑巴。我们应该更多地使用我们的大脑——圣职人员称之为高贵的智慧。我说的大脑，指的是——指的是什么，爱丽丝？我指的是，我亲爱的孩子，"她把两根吓人的手指放在爱丽丝窄窄的衣袖上，继续说，"我指的是勇气。好好想想吧，亚瑟。我看书上说科学家们又一次开始对神灵感到畏惧，因为是无处不在的神灵保佑着他们的灵魂！我想再吃一颗桑椹——谢谢！"

她眼睛搜寻着食物，一边拿桑椹，一边继续嘲讽地说："人人都说'爱情是盲目的'。爱情为什么是盲目的呢？威瑟斯先生，我认为是因为爱情为自己的佝偻病而伤心欲绝，哭坏了双眼才瞎的。最终，反倒是我们这些平平无奇的女人获胜，难道不是吗——我们躲过了时间的嘲弄。爱丽丝，好好听着！白驹过隙，青春如白驹过隙啊，孩子。亚瑟，你都跟你的盘子说了些什么知心话？滑稽可笑的家伙！他在嘲笑他年迈的姨妈：不对，是汝笑吾！他憎恶所有柔情蜜意。他小声嘀咕着最尖酸刻薄的话。来来来，亲爱的，让我们离开这两个自私自利的家伙，让我们两个女人同病相怜吧。斯密瑟斯先生，你俩真是上等的恶魔！"我打开门，她莫名其妙地突然发怒，愤然离去，燃了四根蜡烛的明亮餐厅里只剩下我和亚瑟。

我俩默默地坐了一会儿。西顿冲着我这儿的烟盒点了一下头，我点上一支烟。西顿立马在椅子上动来动去，把头伸向有光亮的地方，没几下又停下来，站起身，把已经关上的门又关了一次。

"你能忍多久？"西顿问我。

我哈哈大笑。

"呃，我说的不是这个！"西顿不解地说，"当然，我喜欢和她在一起，但我说的不是这个。威瑟斯，真心话，我根本不在乎她跟我姨妈在一起的时间是否太久。"

我犹豫了一下。西顿疑惑地看着我。

"听着，西顿，"我对他说，"你完全知道我根本不想插手你的私事，或对你的生活指手画脚。可你不觉得也许是你对待你姨妈的方式有问题吗？人老了，都会有点儿患得患失。我有个年迈的教母，相当于教母吧，她也有些奇奇怪怪。多少给她点儿钱，对你也没有什么坏处。真该死，我简直像个传教士！"

西顿坐下来，两手插在兜里，两眼不敢相信地盯着我的眼睛，问道："怎么给呢？"

"好吧，老同学，如果非要我断一断家务事的话——记住，我可没说我能断家务事——我首先会想到的是，她认为你对她根本不关心，所以可能把你的沉默当作——当作脾气暴躁了。她之前一直对你不错，不是吗？"

"对我不错？上帝啊！"西顿说。

我默默地抽着烟，西顿却一直用我记忆中那种怪异的眼神盯着我，过了一会儿才对我说："威瑟斯，我想……也许……我想你并不了解，也许你和我们并不是同一类人。你以前也和那些同学一样，总是嘲笑我。你就在上次来这里的那天晚上还嘲笑我——笑我说的那些声音，笑我说的一切。但我根本不介意他人的嘲笑——因为我知道。"

"知道什么？"我和西顿又进入之前那种交流模式——我问一些不咸不淡的问题，西顿顾左右而言他。

西顿答道："我的意思是，我知道我们能看到和听到的只是这个世界极其微小的部分，而她看到和听到的远不止这些。她和你说话时，只是在假装和你说话，其实她是在玩'猜谜游戏'，真正的她根本就没有和你在一起，她只不过是耍耍你、逗你玩玩而已。真正的她不食人间烟火，她赖以生存的都是在我们看来腐烂的食物。其实她就是个食人野兽，是个蜘蛛。怎么称呼她并不重要，意思都一样。跟你说吧，威瑟斯，她恨我，你简直无法想象她的憎恨意味着什么。我曾经以为我大概了解了她憎恨我的原因，可我现在才明白，事情远非那么简单。一切都隐藏在表象之下：她的灵魂憎恨着我的灵魂。威瑟斯，归根结底，我们对这个世界能够了解多少呢？我们连自己的过去都不得而知，连十分之一都不知道，连十分之一的原因都不知道。命运带给我什么？——什么都没有，除了给我设置了一个陷阱。即使想方设法逃脱，可眨眼间又陷入了另一个陷阱。我原以为你也许能明白，但你和我并不属于同一个世界，仅此而已。"

我忍不住鄙视地问他："你到底在胡扯些什么？"

"我的意思就是我说的话，"西顿咕哝着说，"表象都是伪装的——到此为止吧，跟你说有什么用！反正目前为止我还可以凑合吧。你走着瞧吧。"

说完，西顿一口气吹灭了三根蜡烛，空荡荡的餐厅里漆黑一团。我俩沿着走廊摸索着往客厅走去。皎洁的月光透过长长的窗户从花园洒进客厅。爱丽丝低着头坐在门旁，两只手扣在一起放在腿上，孤零零地望着外面。

"她在哪儿？"西顿小声问。

爱丽丝抬起头，她和西顿四目相对，立马明白了对方的意思。就在这时，我们身后的门突然打开。

"月色撩人啊！"从门里面传出声音，这声音一旦进入耳朵，便挥之不去。"威瑟斯先生，今晚真适合恋人花前月下啊！月光从来没有如此迷人过。亲爱的亚瑟，去拿个披肩，带着爱丽丝去散个步，像我这样的老人会一直醒着。快点，快点，罗密欧！我可怜的爱丽丝，你的恋人可真是迟钝！"

西顿手里拿着披肩出来。他和爱丽丝走进月光下。和我在一起的那个人盯着他们二人的背影，直到再也听不到他俩的任何声音。这时，她面色沉郁地转向我，苍白的脸突然扭曲起来，脸上浮现出鄙视和嘲弄。我愣愣地看着她，完全不知道该说什么。

"天真无知的孩子！"她油腔滑调地说，"好吧，好吧，威瑟斯先生，我们这些老掉牙的怪物还得继续活着。你会唱歌吗？"

我搜肠刮肚地想会唱的歌。

"那你可要听听我弹琴了。还可以下棋！"她两手紧紧地握在一起，拍了一下额头说，"我现在糊涂得完全下不了棋了。"

她在钢琴前坐下，手指流畅地在琴键上滑动。"那叫什么呢？如何才能捕获那些热情的心？那突然而至的狂喜？那就是诗！"她盯着花园出了一会儿神，然后晃动着身子，开始弹奏贝多芬的《月光曲》。钢琴陈旧破落，她的琴弹得毫无美感。灯光晦暗，月光透过窗户，洒在琴键上。她的头在阴影处。我不明白是因为她的人，还是因为她的琴艺，总之，如此美妙的乐章被她演奏得呕哑嘲哳，但我可以肯定，她是故意为之。琴声沉闷，充满幻灭、嘲讽和苦楚。我站在窗前，看到花园小径的尽头有个白色的人影站在如银的月光下，身上映着微光。几颗星星冷清地挂在天上，闪着晦暗的光。我身后，那个谜一样的女人还在弹琴，仿佛要从琴键上把那早已逝去的青春、爱情和美貌弹回来。终于弹完了。我知道她正看着我，可我没有回头，只是轻轻地说："请您继续，西顿小姐，请继续，我恳请您继续弹下去。"

对于我裹了糖衣的讽刺，西顿姨妈并没有反击，但我隐约意识到她的眼光正在我身上逡巡。突然，身后又传来琴声，哀婉凄凉，原来她弹的是《还有几年时光可以徜徉》。

我至今都得承认，我当时被这琴声迷住了——凄凉悲切，如泣如诉。她那苍老的双手娴熟地在琴键上滑动，我似乎能听到它们在哭泣，哭声轻柔，但充满悲伤苦楚，像是在诉说无尽的孤寂和对这个世界深深的绝望。此时此刻，我完全把亚瑟和他的恋人抛到了九霄云外。我想，世上只有西顿的姨妈才能把这样一首老掉牙的曲子弹奏得如此美妙。尽管没有人知道这琴声到底在诉说什么，但它表达的内容一定充满离合悲欢、沧海桑田。

我微微动了一下，回头看弹琴的人。她往琴键上探着身子。我悄无声息地盯着她看时，她转过脸，她的五官在月光下一览无余。琴声戛然而止，我们就这样默默地看着对方。突然，她哈哈大笑。

"威瑟斯先生，这首曲子没有我想象中弹得好。看得出来，你是真正的音乐爱好者。对于我来说，真是太痛苦了，勾起太多回忆……"

厚重的眼皮下，我几乎看不到她的眼睛。

她突然爽利地说："现在可以跟我说说你的想法了吧，见多识广的人，我外甥的女朋友到底怎么样？"

我并没有见多识广，被认为是这样的人，我一点也不会为此感到高兴，因为我知道自己不谙世事，迟钝生涩。于是，我毫不犹豫地答道："西顿小姐，我看人不准，可她挺迷人的。"

"深色头发也迷人？"

"我喜欢深色头发、深色皮肤的女人。"

"为什么？你想想，威瑟斯先生：深色的头发，黝黑的眼睛，黑色的云朵，漆黑的夜，黑暗的景象，黑暗的死亡，黑暗的坟墓，黑暗的黑暗！"

这番激昂的言论，如果西顿听了，一定会百感交集，但我是个感觉迟钝的人。我傲慢地对她说："您说的，我根本不了解。可我知道，没有多少人能光明磊落地站在光天化日之下。"

"呃……"她突然发出一阵笑声，笑声里充满了狡黠和嘲讽。

我有点恼火地继续说:"我想,我们喜欢的并不是黑色本身,而是黑色的眼睛在皮肤的映衬下闪烁的光,就像——"已经来不及就此打住,我只好粗笨地往下说,"就像黑暗的天空中闪烁的星星。没有黑夜,就不会有白昼。至于死亡和坟墓,我想我们不应该老是想着这些。"亚瑟和她的恋人慢悠悠地踏着露水往回走。"我相信物尽其用。"

"真有意思!"她立马回应道,"我看你像个哲学家,威瑟斯先生,哼!'至于死亡和坟墓,我想我们不应该老是想着这些。'真有意思!我确信,"她用非常精明练达的语气说,"我真诚地希望如此。"她从坐凳上缓缓起身,"我希望你会再次光临寒舍。我和你相处得——志趣相投——有择亲和势。还有,我的外甥很快就要离开我了,他所有的情感现在都围绕着另一个人,我很快就会成为一个孤苦伶仃的老人。是不是啊,亚瑟?"

西顿愣愣地眨了眨眼,说:"姨妈,我没有听到你说的话。"

"亚瑟,我刚才正跟咱们的老朋友说呢,等你走了,我就要成孤寡老人了。"

"哦,我可不这么想。"亚瑟说话的声音有点奇怪。

"他的意思是,威瑟斯先生,他的意思是,我亲爱的孩子,"她扫了一眼爱丽丝,接着说,"他的意思是,到那时和我做伴的还有回忆——关于天国的回忆——关于那些早已作古、化为鬼魂的昔日亲人的回忆。

感情用事的孩子！还有你，爱丽丝，你喜欢刚才的音乐吗？我弹奏的音乐真的让你春心荡漾了吗？哦，哦，哦，"这个让人感到恐惧的老怪物继续说，"你们这两个卿卿我我的小恋人，我可没少听你们说阿谀之辞，没少听你们的真情告白。小心，小心啊亚瑟，处处有陷阱。"她的一双小眼睛从我身上瞟过，朝爱丽丝耸了耸肩，然后冷冷地盯着她外甥的脸。

我伸出手。"晚安，晚安！"她大声说，"跟我作对，败下阵去，仓皇逃走的人。呃，晚安，威瑟斯！早点儿再来！"她把脸颊伸向爱丽丝，接着我们三个慢慢地走出房间。

黑色的阴影遮住了走廊和半棵悬铃木。我们三个默默地走在灰暗的乡间小道上。深红色的灯光从村民家的窗户射出，星星点点。走到大路交叉口，我跟他们二人道别。我往前走了十来步，心里突然产生一股冲动。

"西顿！"我喊道。

清冷的月光下，西顿转过身。

我大声对他说："你有我的地址。万一你想的话，可以在——在大喜之日到来之前，到城里待一两个星期，我们见到你都会很开心的。"

"谢谢你，威瑟斯，谢谢你！"西顿声音低沉地答道。

"还有啊，"我殷勤地朝爱丽丝挥了一下手杖，笑着又补了一句，"你应该有东西要买吧，我们可以在城里聚一聚。"

"谢谢你，威瑟斯！真的非常感谢！"西顿再三道谢。

然后我们就此作别。

之后不久，西顿和他的未婚妻还有他的姨妈就从我平淡无奇的生活中慢慢消失了。作为一个天性寡淡、对什么都没有浓厚兴趣的人，我很快便将他们——西顿、西顿的婚姻，还包括西顿的姨妈——忘到九霄云外，只是偶尔会想起。有一天，我再次走在滨河路上，经过夏天时我和西顿邂逅的那家廉价首饰店。首饰店里的灯光在朦胧的暮色中摇曳。头天晚上刚下了一夜的雨，让这个秋日显得更加萧索。说不清为什么，我突然想起上次的邂逅，想起西顿当时的郁郁寡欢，还想起他当时多么努力地想要表现得自信而热情，却以失败而告终。西顿肯定已经结婚了，肯定也已经度完蜜月了。我竟然没有想起来恭贺他新婚之喜——几句恭喜的话也不费我什么事，而且我也知道，如果我那样做了，西顿一定会很高兴——我甚至连个结婚礼物都没送，这可是非常古老的传统。我居然完全忘记了基本礼节。

可另一方面，我又为自己开脱：反正我也没收到结婚请柬。我在特拉法尔加广场角落停下来，突发奇想——像我这种缺乏想象力的人有时都难以抗拒突发奇想。我飞速追赶一辆绿色公共汽车，踏上我根本就没打算去，也根本没有想到过的旅程。

到达那个乡村时，秋意正浓，午后的阳光洒在茅草屋和原野上，虽然有点闷热，但景色迷人。村子里，我遇到一个小孩儿、两条狗，还有一个挎着沉重篮子的老太太，一两个百无聊赖的店主在我走过时随意地抬头看了我一眼。到了这远乡僻野，我出发时的冲动一下子消失了大半。我颇为犹豫了一会儿，才决定去拜访一下那对住在悬铃木树荫下房子里的新婚夫妻。我下车后先是经过淡蓝色的大门，接着又沿着绿色的高墙继续往前走。农家小花园里的蜀葵已经结籽，紫菀花盛开着，空气中弥漫着落叶的淡淡香甜味儿。村子的尽头是一块农田，农田上的牛群正悠闲地吃草。穿过农田，前面是一座小教堂，过了教堂就只有乡间小路蜿蜒向前，消失在荆豆和欧洲蕨丛中。前面再也看不到任何房屋，于是我便急急忙忙地转回来，快速地走到房子那儿，按响了门铃。

一个面无血色的老妇人听到门铃后走过来，听我说明来意后，对我说西顿小姐在家，沉默了一下，又补了一句："但她不想见你。"

我问她："请问，您能告诉我亚瑟的住址吗？"

她一脸惊异地看着我，就好像在等我进一步的解释。她狭窄的脸上没有一丝笑容。

"我会转告西顿小姐的，"她停顿了一下，继续说，"请进来。"

她带我进了布满灰尘的客厅，客厅里洒满落日余晖，落地窗上垂着的叶子染绿了客厅的光线。我坐下来，不知等了多久，头顶上方的天花板偶尔传来脚步声。终于，门开了一条小缝儿，我曾经熟悉的那张大脸庞从门缝里往外窥视着我。那张脸完全变了样，我想主要是因为那苍老的双眼失去了光泽，使得平静、皱纹密布的脸上呈现出一种死寂和晦暗。

　　她问我："你是谁？"

　　我自报家门后说明来意。

　　她从门缝里走出来，小心翼翼地关上身后的门，难以察觉地摸索着走到一把椅子前。她穿着一件破旧的肉桂色花纹睡衣，看上去像传教士穿的长袍。

　　她坐下来，抬起空洞的脸看着我，问道："你来干什么？"

　　我谦恭地对她说："请问您能告诉我亚瑟的住址吗？抱歉，打扰您了！"

　　"哼，你是来看我外甥的？"

　　"不一定非要见他，就想知道他怎么样，当然，还有他太太是否安好？不过，我一直没有联系他，一定显得很……"

　　"他根本没有注意到你一直没有联系他。"那张面具一样的面庞下传来沙哑、苍老的声音，"况且，他也没有什么太太。"

"呃，好吧，"我顿了顿，"我表现得淡漠无情，可事实上并非如此。奥特拉姆小姐到底怎样了？"

西顿的姨妈答道："她去约克郡了。"

"那亚瑟呢？"

她没有回答，只是坐在那儿，仰着下巴看着我，好像在侧耳倾听，当然不是听我接下来要说什么。我感到茫然不知所措。

"你根本不是我外甥的好朋友吧，斯密瑟斯先生？"她问我。

"不是的，"我很高兴她问我这个问题，"不过，您知道，西顿小姐，过去几年我见过的老同学屈指可数，亚瑟是其中之一。我想，随着年龄的增长，我们都会更加珍惜昔日友情……"我的声音变得越来越小，几乎消失在空气中，"我上次来时觉得奥特拉姆小姐格外迷人，"我急切地说，"我希望他们两个一切都好。"

那张苍老的面庞一直默默地看着我。

"亚瑟离开后，您肯定觉得很孤单吧，西顿小姐？"

"我从来没有感觉到孤单过，"她冷冷地说，"我可不指望有血有肉的人跟我做伴。斯密瑟斯先生，等你到了我这个年纪（但愿这样的事情不会发生），人生和你现在想的大为不同。到那时，我敢肯定，你就不需要有人作伴了。人生就是这样，不由你作主张。"她把脸慢慢地移到清亮的绿色光线里，眼睛在我空洞而不安的脸上逡巡。"我相信，"

她抿着嘴说，"我相信我外甥以前跟你说了不少废话。嗯，是的，肯定很多，是吗？他向来都是满嘴谎言。你现在跟我说说，他那时都说了我什么？跟我说说。"她颤抖着往前倾，几乎快要倒下，脸上挂着讨好的笑容。

"我想他比较迷信吧，"我冷冷地说，"但是，老实说，西顿小姐，我记性不好。"

"怎么会？"她说，"我的记性都还挺好的。"

"我希望他们两个没有取消婚约。"

"好吧，就告诉你一个人，"她缩回身子，做了一个鬼脸，像委以机密似的说，"取消了。"

"听到这个，我真的感到遗憾！亚瑟现在在哪儿？"

"嗯？"

"亚瑟在哪儿？"

我们默默地看着对方，周围都是陈旧破败的家具，眼前这张扁平的青灰色大脸上充满神秘。突然，我俩四目相对，这还是我和她第一次真正的四目相对。有那么一瞬间，她厚重眼皮下混浊的眼睛看着我，对于我来说却像是看了很久，久得令我难以忍受。我不由自主地眨了眨眼，摇摇头。她快速地嘟哝了几句，几乎听不见。接着她站起身，蹒跚着往里走去。我好像听见她断断续续地嘟哝着，似乎提到了晚餐。

44

"您就别麻烦了！"我赶紧对她说，接下来就没再说什么，因为她已经走进房间，把我关在门外。我站在那里，看着长久无人修整的花园，看见西顿的蝌蚪池塘里杂草丛生，一片葱郁。我在客厅里走了一会儿。夜色开始降临，浓密的树荫下，刚才还在啁啾的小鸟已经归巢。房子里寂静无声。我等了好久，想不出该怎么办。我甚至还去按了门铃，但门铃导线断了，只听到叮铃咣啷的声音。

　　我犹豫了很久，既不想喊人过来，也不想就这样离开，更不愿意毫无结果地待在这里，等待让人感到极度不适的晚餐。暮色沉沉，我愈发感到焦躁不安。西顿曾经和我说过的话，一下子都浮现出来，我突然间明白了那些话的深刻蕴含。我想起那天晚上午夜时分，我俩一起站在楼梯上，侧耳细听黑夜中难以名状的窸窸窣窣声。客厅里没有点蜡烛，夜色愈发浓重。我小心翼翼地打开门，听了听，有点沮丧地抽身出来，因为我不知道出去的路该怎么走。我想从花园里走出去，但踏着厚厚的落叶来到大门口，却发现门被锁上了。如果我从朋友家院墙上翻出去时被别人看到，那就太不光彩了！

　　我只好又小心翼翼地回到散发着霉味儿的客厅。四周没有任何声音，我掏出怀表，准备再等这个让人难以置信的老太太十分钟。在这无聊的十分钟里，我几乎看不见怀表的表针。我决定不再等下去了，于是我打开门，全凭自己的感觉，穿过记忆中模模糊糊的走廊，来到房子前。

我上了三四级台阶后，掀开一张厚重的帘子，发现自己面前是门廊下闪着亮光的门楣。从这里，我回头看了一眼昏暗的餐厅。我刚把手放到房子大门的门闩上，就听到客厅上方从黑暗中传来模糊的响动声。我抬头往上看，那个苍老的身影正缩成一团，从上面往下看着我。其实，与其说我是看见那个身影，不如说我是感觉到它的存在。

过了好一会儿，我听到上面传来刺耳的声音："亚瑟，亚瑟"——声音很小，带着说不清楚的怒气——"是你吗，亚瑟？是你吗？"

我说不清为什么，但这个问题让我感觉恐惧。我不知道该怎么回答。我缩回脖子，一只手紧紧地握着雨伞，一直盯着楼上那团晦暗不清、愚蠢的身影。

"哦，哦，"上面传来沙哑的声音，"是你，对吗？那个讨厌的人！滚出去！滚出去！"

听到这个，我猛地拉开门，粗鲁地摔门而出，跑到外面的花园里。头上是巨大苍老的悬铃木，前面是洞开的大门。

我一口气跑到村里那条大路上，才停下脚步。村里的那个屠夫正在肉铺里的小油灯下看报纸。我走过去，问他去火车站的路怎么走。屠夫非常详细地告诉我怎么走，我便随口问他亚瑟·西顿先生是否还和他的姨妈一起住在村子尽头的那栋房子里。他把头探向客厅小门，冲着里面喊道："米丽，有位先生打听西顿的情况。他已经死了，是吗？"

门里传来愉悦的声音："是啊，上帝保佑他！死了，也埋了，三四个月前吧——年轻的西顿先生。就在婚礼前不久，你不记得了，鲍勃？"

我看到小门上的细纹平布后，探出一张年轻漂亮的女人面庞。

"谢谢！"我对他说，"我笔直往前走就可以吗？"

"是的，先生。经过池塘，顺着山坡往左边走，很快就可以看到火车站的灯光了。"

带着雾气的灯光下，我俩都若有所思地看着对方的脸。很多问题在我脑中盘旋，但我没能找到合适的语言去提出任何一个问题。

我犹犹豫豫地往前走了几步。我想，并不仅仅是因为担心这个骨瘦如柴的屠夫会对我有什么看法，我才没有折回去看看能否在黑沉沉的教堂墓园里找到西顿的坟墓，而是觉得即使在泥泞的黑暗中找到他被埋葬在哪里，又有什么用呢？况且，我还隐隐感到有些不安。我一想到自己作为西顿的朋友——他寥寥无几的朋友之———他却一直被我"埋葬"在脑海里，就感觉非常恐惧。

绿房 [1]

只有艾略特先生按照自己独特的标准选定的顾客，才有机会在他认为合适的时候进入那座神秘副楼——就是位于书店尽头的小屋——小屋的门前摆着一张小桌子，桌子上放着账本、廉价的墨水和锈迹斑斑的钢笔。艾略特先生首先会耐心地观察和等待，直到某个顾客变成这里的熟客，看到他的名字经常出现在厚厚的账本里，再决定要不要给予他进入副楼的小小特权。

艾伦既有大把的空闲时间，又有让自己衣食无忧的中等收入，所以会连续好几个星期在这个书店里浏览书籍。但即便如此，他压根儿

---

[1] 该小说采用 1938 年版本。1925 年 7 月初次发表于伦敦杂志《布克曼》，是"两则故事"中的一则。

也没想到这儿还有一扇隐秘的门。进入这扇门之前，艾伦经常从这些书店通俗类的书架上挑选书籍，不知不觉已经花了不少钱。

三月的一个上午，艾略特先生正把艾伦刚买的书包扎起来。手边没有剪刀，他就用一根点燃的火柴烧绳子的末端。在微弱的火焰一闪而灭的瞬间，绳子断了，横亘在艾略特先生和艾伦之间的最后一丝生疏似乎也随之消失了。透过又大又圆的眼镜，艾略特先生看了年轻人一眼，顽皮地说道："嗯，先生，你想不想看看特别室里的书？"说着，他那圆圆的秃顶脑袋就像鸟儿迅猛地伸缩脖子一样，指向特别室所在的位置。

艾伦愣愣地看着艾略特先生，蓝色的眼睛像往常一样若有所思。看了好一会儿，艾伦才说："我之前从没想到那儿还有个房间。不过，我也根本不可能想到那儿有个房间。我还以为你所有的书都摆在这儿。"说着艾伦扫视了一眼书店。这里的书已经非常多了，摆满了书架，还有一些书七零八落地堆在地板上。这些二手的文学类书籍大都陈旧泛黄，杂乱不堪，多得足以让所罗门王羡慕。

"哦，天哪，那可不是，先生！"艾略特先生既骄傲又神秘兮兮地说道，"这里的书都算不上什么。可以这么说，我只告诉老顾客还有其他的书。这儿所有的书都包含在书目里，只要有人要，我通常都能找到。但除了这些书，还有一些顾客——嗯，总之，先生，有的顾客要的书我找不到。如果你想进去看看，什么时候都可以，热烈欢迎。你可能已经注意到了，先生，这栋房子非常古老，而那间房是整栋建筑最古老的部分，我们——我和我太太——称它为特别室。这栋房子是我们从别人手里买来的。你现在可以去看看，先生，尽管不大，却是个不错的地方。"

艾略特先生往旁边挪了挪。书——尤其是旧书——很容易沾灰。这也许能解释为什么古董书商大都沉闷乏味。旧书就像生命的旁观者一样，沉默寡言，枯瘦干涩。在大自然的催眠曲中，最让人感到悲伤的当属旧书被蠕虫啃啮的声音。那些被封为"最为古老"和"完好无损"的东西，价格常常起伏不定，而且其特质往往不关俗世，更倾向于哲思。古希腊历史学家希罗多德曾提到俾格米人，说他们只吃一种食物，即玫瑰的香味儿。尽管摩洛哥皮革闻起来比玫瑰还要香，但更不易使人发胖。

艾略特先生爱说爱笑。他个子矮小，体型偏胖，总是拿着一个挂在银表链上的金怀表，而且他还有着一双不同寻常的小脚。或许他曾经是一名芭蕾舞大师。"先生，你顺着这四级台阶上去就可以了，"艾略特先生一边说，一边领着站在帘子下的艾伦走过去，"沿着这个通道往前，然后向左拐，右边就是那间特别室的门。里面很安静，但看书时安静没什么坏处。你不用急，先生。"

于是艾伦继续往前走。过道上的地毯几乎没有什么磨损，低矮的镶板墙也被粉刷过了。走到过道尽头，往左转，终于来到那间房的门前，看着门上带有花卉纹饰的瓷质门把手，艾伦吃惊地愣在那儿。在他右边的方形窗外，正是那铺满鹅卵石的花园。首先吸引了他目光的不是这间房子，却是这个花园。花园里黄色的番红花中心满是橘黄的花粉，一朵朵番红花正在怒放，一簇丁香的嫩叶在微风中摇曳，轻轻地拍打着窗玻璃。再往上是一片丝绸般柔和的淡蓝色天空，宁静而美好。

艾伦转过身，环顾四周。壁板和檐口的油漆以前应该是明亮的苹果绿色，现在已经褪色了。小格窗口后的角落里放着一张折叠桌，而他的左边，有三级矮矮的台阶，台阶上面还有一扇门。一排排书架从地板直到天花板那么高，上面摆满了艾略特先生专为他挑选的贵客保留的文学珍品。恰逢正午时分，明媚的阳光把房间的每个角落都照得明亮通透；房间里格外安静，安静得连飞蛾扑棱翅膀的声音都能听到。丁香外面的三棵白杨树经历了霜雪之后叶子已经掉光，现在还没有长出新叶。

三月的阳光已经非常明媚，但在刚才杂乱无章的书店里，光线却有些昏暗。即便如此，艾伦在书店里依然感受到了喜悦和宁静。但是，从书店来到这里，艾伦——和往常一样慢慢地环顾四周——意识逐渐变得清醒，清醒后首先感受到的就是艾略特先生这个漂亮房间的古老房间里的油漆只是表象，似乎表明了是"假装很新"。事实上，墙与墙之间的空间可以看出岁月和阳光的痕迹。比如，天花板上的镶板已经有了裂缝，还有些轻微褪色；窗户上的绿色百叶窗也褪色了；而一旁的壁炉——小巧精致，大理石的边框上雕刻着一幅图案，图案中，丘比特手持排箫，在垂柳下的女神前翩翩起舞——里边有个炉架，但炉架上什么也没有，连一点燃尽的灰烬都没有；炉架已经生锈，鼓起的灰泥里有受潮的迹象。

一阵微风拂动白杨的树梢，发出沙沙的声音，但艾伦什么也没听到。腋下夹着刚才艾略特先生帮他包起来的书，从一排书架轻轻地走到另一排书架——艾略特先生按照自己的惯例给所有书都编了号。艾伦顺着书架粗略地浏览了一遍，才发现自己的收入远远不够满足自己的胃口。他停下来，有点不知所措。接下来该做什么呢？他强忍哈欠，从书架上抽出一本《赫斯帕里德斯》，作者是罗伯特·赫里克，他被誉为"人类与神灵的诗人"。艾伦懒洋洋地坐在桌边，翻开书页，很快便读出声来：

"如果问我，为什么琴弦拨弄，

我却不再像从前那样，

纵情歌唱，

让我的音符流淌？

只因我的琴感到悲伤（哎，我啊！），

　　而我——再也无法吟唱。"

　　读到这里，艾伦的眼神往别处看了看，又接着读——就像刚刚一样自己读给自己——《善良精灵的离去》：

　　"善良的精灵已离我远去，

　　我还能在诗歌里做什么？

　　什么都做不了，只能孤独地坐在这里，

　　一遍又一遍地读我写的诗集。"

　　读完这首诗，艾伦感到更加慵懒，就像这首诗里写的那样，他只是"一遍又一遍地读他刚读过的诗"——一遍，又一遍，再一遍地读他刚读过的那首诗。他的眼睛虽然听从大脑的指挥盯着书，但大脑的主人却心不在焉地坐在那儿，思绪早已飘到九霄云外。艾伦停顿了片刻，再一次试着集中精力，好好研读面前这简单的四行诗。然而，这只是徒劳。不一会儿，艾伦那明亮而清澈的眼睛就再一次从书页上移开，开始专注地打量着这间绿色的小房子。

　　正当艾伦打量着这间房子的时候——尽管他周围的景象没有任何改变——脑海中却浮现出一张脸。好像他一直在迷迷糊糊地做梦，自己之前却从未意识到。

　　不熟悉，也记不起在哪里见过这张脸——幽灵般的脸，就像偶尔出现在梦里的鬼魂一样，奇特而神秘。这种体验并没有什么不寻常。艾伦是一个想象力丰富的年轻人，而大多时候的孤独让他专注于自己的内心世界。然而，这次有点儿不一样。这张陌生的脸显得那么真实，那么清晰，但又那么出其不意，甚至连五官的明暗色调都清晰可辨——她的眼睛乌黑深邃，头发向后梳，遮着椭圆形脑袋两边狭窄的鬓角，鹅蛋脸看上去安静、专注，陷入沉思，却带有明显的悲伤。乍一看，这张脸并不算美——至少以大众的审美来看是这样的。

当然，在诗歌的激发下，人们脑海中会浮现出许许多多的画面，但那些画面转瞬即逝，以至于当它们消逝时，人们甚至还没有注意到。但这肯定不是赫里克笔下虚构的厄勒克特拉斯或安西娅斯或戴尼姆斯的残影，它们会像喷泉的水柱映射出的彩虹一样消失。这张脸非常真实。不管这个神秘的来访者是不是赫里克诗中"善良的精灵"，也不管她来自何方，她吸引了艾伦大脑中某个静默的"观察者"，这让艾伦感到有点不安。就好像在正午蓝色的天空下，一条小渔船静静地漂在水面上，突然一个破旧而笨重的船桅杆幻影一般出现在平静、碧绿的海面上，像"漂泊的荷兰人"号幽灵船一样——尽管把这张脸和"漂泊的荷兰人"号幽灵船进行类比，对于前者来说并不算溢美之词。但不管怎么说，她已经出现了，而现在又消失了——当然只是出现在脑海中，又从脑海中消失——就像很多一闪而过的影像一样，来了又去。

艾伦想，就像白日梦的臆想一样，这肯定又是幻象，但艾伦不由自主地在房间里到处搜寻，似乎想要找到她曾出现过的迹象，或者至少找到能表明她不存在的证据。当然，脸就是脸，不管是真实的，还是想象的，不管是出现在白天，还是出现在黑夜。在眼睛这扇小窗的后面，有时居住着一个瞭望者，时不时地透过窗户往外看。这位瞭望者——和大多数瞭望者不同——似乎根本没有把自己隐藏起来的打算，似乎在无声地问："我在这儿……你在哪儿？"但这个问题好像并不需要回答。更何况，艾伦并不太受女性的影响。在艾伦短暂的恋爱经历中，他有一两次爱得很不理智，都过于理想化。所以，他暂时想更理性一点。此外，艾伦也不喜欢把不同的感受掺杂在一起。一开始满怀期待，兴高采烈，结果却是幻想破灭，心灰意冷，这实在太令人烦恼！

阳光穿过白杨树隙，透过艾略特先生特别室窗户上的玻璃直射进来，树影投在油漆已经褪色的窗户框和下面的地板上。艾伦盯着树影，好像想要捕捉它很难被察觉的变化，耳朵却专注地听着什么。

就这样，艾伦再次陷入幻想，时间好像变成了厚重的物质，停滞了。过往就像是悬在空中的蜘蛛网。艾伦突然转过头，一丝不安掠上心头。他盯着房间另一边的三级台阶上那扇狭窄的嵌板门。当一个人高度警觉时，更容易产生幻觉。四周安静得可怕，艾伦仿佛听到丝绸从物体表面轻轻滑过的声音,而这声音似乎不太可能是想象出来的。门后是不是有人在偷听?还是根本就没有人偷听?如果有的话,偷听的人一定也和艾伦一样专注,但比艾伦神秘得多。

整整一分钟,艾伦死死盯着锁孔里的钥匙——像一只猫一动不动地蹲守在老鼠洞前——不过,他那温文尔雅的脸上没有一点狩猎的迹象。艾伦吸了口气,然后把一根手指放在刚才读到的位置,再拿起书,蹑手蹑脚地走到房间的那头,轻轻地推开房门——只开了一根手指的宽度。过了一小会儿,他把门再推开一点儿。门外什么都没有,和他料想的一模一样。只是——为什么在感到释然的同时还有点失望?

一段狭窄的楼梯完整地呈现在眼前——没有铺地毯,一尘不染。十来级陡峭的楼梯上头还有一扇门——门关着,门上又是一个带花卉纹饰的漂亮瓷把手,把手上还有瓷质防护板。艾伦意识到,这个楼梯很奇怪,因为如果两扇门都关着,那么门后的空间就一直处于黑暗中。不过,在一栋杂乱无章的老房子里,谁都不知道还会出现什么怪事。艾伦一边打量着面前这个又陡又窄的楼梯,一边暗想:过去的两三个世纪里,一定有很多人在这里上上下下吧——有人突然出现,有人悄然离去,是不是像雅各布的梦那样突然?他们来了,穿着属于他们那个时代的衣服,而后又消失不见,没有留下任何痕迹。

好吧,就这样吧。三月的上午,阳光或许会明亮晴朗,但并不暖和。

书可能会让人精神振奋，但若是把书烧了，也很难让人的身体暖和起来。空空的壁炉架上布满铁锈，光是这一点就会让人想到这里已经很久没有烧过火了。艾伦叹了口气，突然意识到，原本以为会让他感到好奇和兴奋的事，最终都没有发生。那张幻影般的脸曾经如此清晰地出现在眼前，甚至还停留了一会儿，可此刻在记忆中已经变得模糊不清。相较于释然的感觉，艾伦心里更多的是失望。他感到自己就像是玩了一场游戏，等游戏结束时才发现自己上当受骗了，而这个游戏他原本就没打算参加。然而，这是一个特别不恰当的比喻，因为他完全不知道这场游戏的赌注是什么，甚至连游戏是什么都不知道。艾伦拿起帽子和手杖，像来时一样踮着脚尖，走到门前，然后轻轻而坚定地关上身后的两扇门，直接回到了书店里。

"我买这本书，谢谢。"艾伦几乎是带着歉意地对年老的店主说道。此时，老店主双手背在黑色的衣服下摆后，正在书店门口观察外面忙碌的世界。

"好的，先生。"艾略特先生转过身来，轻快地转动他胖乎乎的手腕，接住了这本书。艾略特先生总是以这种方式欢送即将被卖出去的书。"啊，您要的是《赫斯帕里得斯》呀，先生。我把这三本放进同一个包裹里。这本书又干净又漂亮，如果我没记错的话，它是从安斯蒂上校的图书馆买过来的，安斯蒂上校就是那个买了塔尔伯特信件的人——

而且价钱很公道。要是我有一本保存如此完好的原版,那该多好啊……"

艾伦礼貌性地笑了笑,说道:"我是在特别室里找到的,多漂亮的小房间啊——还有花园也很漂亮。我没想到这房子如此古老,在您住进来之前,这房子里住的是谁呢?我猜这里以前不是书店吧?"

艾伦尽力让自己说话的语气听起来自然随意,但嘴里还是像塞了一颗梅子一样口齿不清。

"在我之前谁住这儿吗?嗯……"书店店主若有所思地重复道,"好吧,先生,之前嘛,当然了,就是我搬进来之前的那一位。他在我之前来到这儿,后来我们接手了他的店。当我刚来这儿查看的时候,我也有点失望。"

"在他之前呢?"艾伦穷追不舍地问。

"在他之前,先生?我想这可能是一处私宅。如果你到处看看,你就会发现这里很多地方都被改建过。据我所知,这是一个医生的房子——一个叫马奇蒙特的医生的房子。我们说的那个特别室,先生,就是你刚刚出来的那个房间,我估计之前是一个图书室。因为我这的一些旧书当时就在那里——还有书盘和其他东西。要知道,就像我刚刚说的,我住进来之前的那个布朗先生,他买下了这个医生的图书馆,并且改建了这所房子。先生,那些书不全是医学的专业书籍,还有一些所谓的精品,以及几件被人称之为古董的东西。不过,我本人对这些东西不感兴趣。"

艾伦手里拿着打包好的书，在门口停住，问道："我猜，他是个单身汉吧？"

"那个医生吗，先生？还是说布朗先生？"

"那个医生。"

艾略特先生高兴地答道："哦，那我就说不准了，但愿他不是。先生，人人都说，有个女人在啊，这房子才更像一个家。而且，"他提高嗓门，"如果我太太在这儿的话，我保证她会给我作证。"

实际上，艾略特太太此刻正掀开门上挂着的门帘，走进来。她是一个面色苍白的老妇人，嘴巴像鳕鱼一样又宽又大，胳膊上挎着一个大购物篮。艾略特先生好像在眼镜上瞥见了她的身影。艾略特太太故意慢吞吞地走过来，问道："你们在说我什么，艾略特先生？"

"亲爱的，这位先生刚才问我，之前住这的那个据说叫马奇蒙特的医生是快乐的单身汉呢，还是也有一位太太呢？"

艾略特太太缓慢而冷淡地看了看丈夫，然后又看了看艾伦，直截了当地说："据说他有个妹妹或侄女什么的。但我对他们完全不了解，现在也不想了解。"

艾伦有点被她的冷淡吓着了，匆匆离开书店。

艾略特太太挑剔的眼睛里冷厉的神情并没有让艾伦停止幻想刚刚

发生的一切。在接下来的日子里，艾伦一刻也不能确定，他第一次去那个特别室时，从意识深处突然浮现的那张脸，将会在什么时候、什么地方再出现。那张脸总是在奇奇怪怪的时刻突然到来，甚至在艾伦的注意力完全倾注在其他事情上的时候，它再一次悄悄地溜进他的意识里——眼神中还是带着那个同样的问题，宁静而生动、幼稚而严肃——一个只有生命本身可以回答的问题，并且不能总是以同样的坦率或慷慨回答的问题。

尽管从外表看艾伦是个很固执的年轻人，但实际上并非如此。富有想象力是一回事，对每一次的幻想都念念不忘又是另一回事。艾伦自我安慰说，自己还没傻到那种程度。有好几天，艾伦强迫自己不去想这件事。然而，在完全平静地度过了24个小时之后——艾伦突然屈服了。

当艾伦再次走进艾略特先生的特别室时，夕阳把窗户照得金灿灿的，里面空无一人。几乎在同一刻，艾伦意识到自己之前有多渴望站在这里，但此刻身在其中才发现这个小房间无比乏味。艾伦没想到会这样。尽管并不是完全无趣，但是它的吸引力确实大大降低了。艾伦之前根本没有料到这一点，但是——又不完全是乏味；可是，这味道肯定发生了改变。艾伦真希望自己从来就没有来过这里。于是，他试图下决心离开。艾伦感到不安，也对自己有点恼怒，就像是自己公然蔑视了某位内心的导师，他从书架上随便取下一本发霉的四开本旧书，坐在桌旁的一把椅子上，开始读起来，或者不如说是试图读起来。

艾伦低下头，用手挡在眼眶外的额角上，用胳膊肘支撑着头，姿势很像画像中穿着拖鞋、若有所思的济慈。艾伦以这样的姿势开始读书时，却发现自己不由自主地又在侧耳细听。不仅仅是在侧耳细听，他全身的每根神经都绷得紧紧的。时间渐渐流逝。在这种紧张状态下，艾伦的思想又开始游离，就好像做梦一样。就在这时，脑子里有个声音低声问他："那是什么？"一种奇怪的兴奋感传遍艾伦的整个身体，仿佛有看不见的手指在拉一根电线——电线末端并没有铃铛。艾伦以前从未听到过这个声音——此时空气里感觉不到任何骚动，可实际上，这声音很像是东风吹过窗户时发出的叹息声。艾伦等了一会儿，微微打了个寒战，透过指尖的缝隙，偷偷地、缓缓地向上看。

艾伦惊呆了——看到的景象让他惊呆了——但似乎又在意料之中。艾伦整个身体都好像变空了，但又像被灌了铅一样迟钝、沉重。房间里多了一个人。在那个昏暗的角落里，离艾伦只有几步远的地方，那个人影站在他面前，和她周围的物体一样清晰可见，甚至比那些物体看起来更加真实。她宽松的袖子里露出一只手，搭在楼梯的门边，右脚踩着高跟鞋，优雅地站在三级台阶中最低的一级上，她的头在窄窄的肩膀上方扭过来，紧盯着这个凡间的来访者——此时的艾伦正坐在桌旁，手放在前额上，身子僵直，浑身发冷。她正盯着艾伦。而她这张脸，尽管算不上漂亮，但毫无疑问，和赫里克的《赫斯帕里德斯》里的形象很相似。

一种奇特的虚无感——就像海面上升起的一层冷雾——似乎笼罩了艾伦的大脑，然而他整个人依旧很警觉。她也看见艾伦看见她了吗？艾伦并不确定。这个小房间冷得很，就像外面被冰雪覆盖的花园，而房间所有门窗都洞开，冷空气全进到了房内。下午后半晌的阳光依然明亮，却也逐渐黯淡。艾伦好像落入了一个陷阱，因为要走出这间房，重获自由，就必须经过她那里。艾伦在椅子上不安地动了动，眼睛又盯着下面的书。

终于，艾伦仿佛重拾信心，把手从脸上移开，抬起头，装出一副勇敢的样子，刻意盯着面前这个不速之客。看到这个样子的艾伦，她的表情——以及整个态度——都变了。直到这个时候她才发现艾伦看见她了吗？她的胳膊无力地垂下来，无精打采的身体稍稍转过去，肩膀微微抬起，脸上浮现出略带挑衅的微笑，她的眼神深沉倦怠，落在艾伦身上，一半是讥讽，一半是抗拒——好像他们两个是久别重逢的老友，等着讨论古老的秘密。艾伦拼命克制住自己，装作没有注意她。艾伦面无表情地看着对方。他又怎么能肯定这身影不是现实世界里的人呢？他从未想着去解释。真实！她看起来那么真实，就像任何物体在镜子中清晰的倒影一样真实,他认为她甚至比他坐着的椅子以及他胳膊肘下的桌子还要真实。因为这是灵魂层面的真实,而不是感觉层面的真实。事实上,可能艾伦才是幽灵,而她是起着支配作用、无处不在的现实。

然而,即使艾伦能说话,也找不到词来表达自己内心的想法。艾伦冷得打了个寒战,突然感到筋疲力尽。他想"摆脱"这一切,但他知道,这个幻影不仅在等着他,而且迟早会强迫他满足她的要求。即使在艾伦注视着她的时候,她脸上的表情也一直在变化。她似乎更加肯定了。她的头稍稍向前倾了倾,暂时闭上了她那疲惫、无神、睨着艾伦的眼睛。接着,她做了一个手势,一个不只是用胳膊或肩膀而是用整个身体做出来的手势,又用一种更强烈、更富有挑战性、更有深意的目光,一种艾伦从未在任何人眼中见过的目光盯着他,让他感觉到通往阴森地狱的某个小门上仿佛突然挤满了绿幽幽的面孔。

直到这一刻,两人只是相互注视着对方,任由时间流逝。他们就这样相互"看着"对方。这时,那双呆滞而深沉的蓝眼睛进入艾伦的内心深处,从里面呆呆地望着他——那虚幻的外表下面隐藏着一个恳求的、挣扎的、危险的灵魂。随后,危机感结束了。艾伦缓缓地摇了摇头,转过身去——他终于打破了这个僵局。一种极度不安和自我厌恶的感觉攫住了艾伦,他由内而外感到不适。艾伦只有一个念头——

立刻从这莫名其妙的折磨中解脱出来，永远而彻底地解脱出来。可是，为什么她偏偏出现在他的面前？难道他什么时候表达过任何"鼓励"她出来见他的想法？还是说，其他来过这个房间的人也都有过类似的经历——只是可能没有像他一样大惊小怪？艾伦冰冷的、毫无血色的手紧握着书。他试图控制自己，忘掉这件事，但所有努力都是枉然，仿佛有一只冰冷的大手紧紧地攥住了他，让他不敢动弹。

夜色渐浓，晚风渐息。三棵白杨树静静地挺立着，长满新芽、弯弯的枝条映衬着西边灰蒙蒙的天空。在白天，甚至是黄昏的时候，这个鬼魂并没有轻举妄动，但是随着夜渐渐深了，她会不会向自己靠近呢？就在这时，艾伦的所有警觉——思想上的警觉，还有身体上的警觉——都瞬间消失了。原来她受到惊扰，瞬间不见了。

走廊里响起脚步声，艾伦吓得立马站了起来。门把手在陈旧的铜锁里转动，艾伦紧紧地盯着它。艾伦猛地回头一看，房子里空空荡荡的，又只剩下他一个人了。然而，那个闯入者还在不耐烦地扭动门把手。艾伦最终还是走过去，打开门，但正当他握住自己这边的门把手的时候，门就朝着他的方向被推开了，一张蓄着长胡须的脸正向里面窥视。

"抱歉，"陌生人说道，"我刚才没想到你把自己锁里面了。"

在只有傍晚的微光照进来的薄暮中，艾伦发现自己的脸涨红得像个女学生。

艾伦结结巴巴地说："我当然没有把自己锁里面。锁一定是卡住了，我几分钟前才到这里来。"

暮色中，陌生人的长脸上那双水汪汪的蓝灰色眼睛一直平静地打量着艾伦。"不过，"陌生人带着一丝怀疑，慢吞吞地说，"我猜我在老板的店里至少已经闲逛半个小时了。当然，这正是文学的魅力之一。我想问，你有没有刚好看到《低级谬误》——托马斯·布朗爵士的——这本书呢？"

艾伦摇摇头，答道："字母 B 开头的书在那个角落里——都是按字母顺序摆放的。但是我没有注意到《低级谬误》这本书。"

艾伦并没有留下来帮这位同伴找书，而是匆匆离开了这里。这一次进书店老板的秘密书库，艾伦并没有花钱买任何书来当作支付占用那间特别室的适当费用。

整整一个星期过去了。这一周的最后几天，艾伦思想不断斗争，就好像在内心进行了一场战争。艾伦极其坚定地告诉自己，他连再看一眼——之前看过的场景的最微弱心愿都没有。毫无疑问，这次经历对他以前看待事物的方式，他对过往经历的理解，以及他的自以为是，对，就是自以为是，都产生了极大的冲击。此外，艾伦越是投入，越去琢磨这次独特的经历，她以及和她相关的一切就越像是一种错觉，是自我欺骗取得的一种胜利——是纯粹的幻想，由窗外宁静而远离凡尘的春光撩拨出的幻想，是身处古老住宅里会有的那种感觉，还有诗歌引发的浪漫想象——是啊，应该向赫里克致敬！

所有的猜想在半晌午或者下午两点钟的时候似乎都很可靠。但是，当微风送来洁白风信子的第一缕清香，夜幕降临，月色渐亏——这些情景不经意间勾起艾伦对那件事的回忆时，所有的推断就像纸牌搭起的房子一样，瞬间崩塌。都是幻想！可是，为什么除了这件事，其他事情再也无法引起艾伦的兴趣，艾伦又为何会对这件事如此着迷？每当这时候，一想到艾略特先生的书店，那个绿色房间就像安眠药一样，对艾伦产生无法抗拒的诱惑。艾伦也许是在自欺欺人，但他清楚地知道他只是在假装欺骗自己。艾伦可能并不相信鬼魂的存在，但他知道自己为何所困。听凭几个眼神摆布，他多么愚蠢啊！如果是另外一张脸，那该多好啊！然而，万一这一切他都弄错了；万一这个鬼魂真的需要帮助，无法安息，她回到这个世界是确有所图——当然有想要再次回来的目的——会不会是为了某个只有艾伦才能给予的东西呢？

思想上的不安和斗争会对身体产生多大的影响，会多么严重地扰乱一个人的睡眠啊！艾伦的胃口变差了，开始出现严重的消化不良。最终，艾伦再也无法忍受了。在下一个星期二，艾伦冒着倾盆大雨，按响了艾略特先生书店的门铃，推开门走了进去。雨中奔跑让他浑身燥热，上气不接下气。

"我上次过来的时候,"一进门,艾伦就气喘吁吁地对老店主说,"看见一本书,在另外的一个房间,我可以马上拿过来。"

听了艾伦的话,老书商温和地盯着艾伦英俊红润的脸颊看了一会儿,仿佛能从艾伦的脸上读出点什么。

"我帮你收好伞吧,先生,"艾略特先生请求道,"你浑身都湿透了!雨下得真大。不过,农民肯定很高兴下大雨。我敢肯定,他们自己也会这么说。不管怎么样,先生,你不用着急。"

的确是倾盆大雨。窗外暗沉的灯光下,冰冷阴沉的雨滴打在小院子里的紫丁香花苞和鹅卵石上,不断传来回响。艾伦唯一想做的就是证明他看见的"鬼影"根本就不是鬼魂,只是他的幻想罢了。艾伦就是怀着这样的信念才到了这里。

跑过来的一路上,只有他的伞与他为伴,艾伦感到无比兴奋和期待。他关上身后的门,把自己关在这个小房间里,变得昏暗的小房间立刻搅动了他的思绪,就像暴风雨即将来临时,幽暗青灰的天空让下面的山丘河谷变得阴沉一样。

很快,这似乎就成了艾伦冒着大雨跑过来的唯一回报。艾伦的兴奋感消失了。随着时间的流逝,他的心情越来越低落。上次离开这里的时候,艾伦对闯入他孤独生活的那个可怜的、不安的、幽灵似的鬼魂,充满着赤裸裸的、不理智的仇恨。他回来后,不仅意识到她本人对他有强大的吸引力，而且还意识到，即使是某个特定的地方"闹鬼"，也绝不意味着鬼魂每一次都会出现在那里。艾伦周围的一切似乎都发生了改变。还是说改变的只有他自己？房间里空气潮湿，散发出木材和皮革的干腐味，就连那精美的炉栅也因生锈而显得更厚重了。书架上的书也因这潮湿的空气变成了铅灰色。"别老盯着我们看，"一排排的书似乎在对艾伦说，"我们不就是死者的纪念品吗？我们很快也会化为尘埃的。"

窗外的景色更加凄凉。尽管如此，艾伦还是呆呆地盯着窗外。当他再次转身离开的时候，他确信——虽然他也说不清为什么——那个鬼魂不会再出现了，他不用为此而忧虑了。艾略特先生的特别室比他想象的要空得多。艾伦似乎完全是出于对死者的厌恶，才把鬼魂从大脑中驱除了。可艾伦并不理性，随后又后悔起来。

艾伦转身准备走，最后向四周看了一眼——然后停了下来。是天空变亮了一点吗？还是他进来时没有注意到之前鬼魂出现的那扇门被打开了一点点？艾伦轻轻地走过去，朝楼梯上瞥了一眼。什么也没有，但那扇门同样半开着的。从门的上面和下面透进来的两道微光在楼梯中间交汇。艾伦犹豫了一小会儿，然后迅速而小心翼翼地爬上楼梯，往里看了看。

这个房间不仅空空荡荡的，而且像是弃置不用的房间。里面没有任何家具,也没有人来过的痕迹。然而,房间的弓形窗很浅,天花板很低,一天当中的某一段时间,早晨的阳光一定洒满房间,就像玫瑰一样盛放。花卉墙纸已经褪色,一些颜色较深的正方形和长方形印记表明墙上曾挂过照片。黄铜的煤气支架因为长满铜锈已变成绿色,只有一根凸出的杆子能证明这里曾经有一张带顶篷的床。

虽然房子是空的,也给人一种年代感,似乎在述说着属于自己的故事。艾伦想象着过去这里的样子。实际上,现在房间里散发着霉味儿,又混合着到处弥漫的、残留的香水味。只有角落里几本积满灰尘的书以及——小巧的壁炉旁一个弯曲的白色窄架子上——生锈的发夹,和这香味儿格格不入。

艾伦弯下腰,戴上手套,小心翼翼地翻着书——一本塑封破损的绿皮书《以诺·阿登》,一本小而厚的《巴黎的秘密》,一本但丁·加百利·罗塞蒂的《生命之屋》,一本《夜莺谷》,几本受潮的、脏兮兮的小说,其中有些是法文的平装本;最后是一本黑色方形的美国精装练习册,封面最上面的"E.F."被人用铅笔刀胡乱裁下来了。整个封面皱巴巴的,已经微微发绿。

艾伦用指尖打开本子,往前探一点身子,借着从窗户透进来的光线,专注地看——他看到一张褪色的照片——照片上是一个年轻女子,由于时间和阳光的侵蚀,照片严重褪色,她身上失去色彩的衣服显得更加过时。艾伦认得照片上的这张脸，但他之前见到的并不是照片上的她。过去的几天里，艾伦几乎时时刻刻都在想着她，大脑没有被她占据的时间加起来也没有几个小时。艾伦对照片中女子的第一印象就是，她和上次见到的鬼魂很相似，但紧接着就明显看出了她们之间的区别。这些区别使艾伦的心突然躁动起来。

照片中女子的发型几乎和她是同样的风格——头发从狭窄的鬓角向后梳，盖过头顶。嘴唇也许没有那么丰满，当然也没有那么暗沉。这张脸年轻得多，尽管脸颊也有一点凹陷，但这双空洞的眼睛——像一张白纸一样，上面只画下了眼睛的特征，却看不出年龄——望着他，眼睛里没有丝毫的挑衅或放肆。她的两只眼睛都望着艾伦，但眼神中并没有对他表现出丝毫兴趣，也几乎没有意识到他的存在，更没有任何思想活动——只有一种淡淡的、清晰的忧郁。年轻人想，当初拍这张照片的时候，在墨黑的丝绒斗篷下，当那个职业摄影师从照相机里凝视着她的脸，凝视着这张对周围一切都提不起兴趣的脸时，他会产生多么奇怪的猜想啊！照片上的这个年轻女人，似乎宁愿用棺罩来遮掩她的棺材，或用被挖开的坟墓来掩埋她的骨头，也不愿掩盖她内心深处的忧伤。

年轻人的厌恶情绪一瞬间消失了。取而代之的是一种他做梦也没想到自己会产生的怜悯之情，一下子充满了整个心房。他盯着照片看了一两分钟——这种只会勾起回忆的旧物，搬家的人甚至都不认为它值得被扔进垃圾桶。接着，他随意打开书——翻到书的中间——俯身就着窗边的亮光读了起来：

"夜半的灯因羞愧而黯淡，

天边的月亮低垂；

别再与灯光相伴，

起来，速归！

行动吧，只因黎明前的坟墓张开嘴

呼唤你别再逗留；

我失去所有，停止思维——

亲爱的，只因你的魂魄将不再守候。"

艾伦又读了一遍，接着偷偷地向上又向外看了看。这些诗句是死者发出的声音。艾伦感觉自己像是闯进了冰冷的地窖。他环顾四周，突然意识到随时可能有人进来，进来就会发现自己——在偷看别人的照片。他又迅速地瞥了一眼左右两边，把照片塞回旧练习本里，把它夹在腋下，踮着脚走下没有灯光的楼梯，走进特别室。

这是一次大胆的冒险——至少对艾伦来说是这样。因为，在这个世界上，他最不喜欢的事情就是被人发现自己的违规行为。要是长得像鳕鱼的艾略特老太太发现他溜进了这间弃置的卧室，那该怎么办？艾伦再次侧耳细听，看能否听到艾略特夫妇的动静。听了一会儿，他从身旁最低的书架上取出两本老羊皮手卷，在那扇通向书店的门前坐了下来，把练习本藏在这两部古旧的大部头里，开始翻阅。这个把戏使他想起了他早年的学生时代——明媚的阳光，炎热的天气，窗边蜜蜂的嗡嗡声，一只只飞来飞去的苍蝇，墙上钟表的滴答声，还有藏在算术书里的《一便士鬼故事》。艾伦暗自笑了。他现在难道是陷进去了吗？一个小时以前，艾伦还预想自己会有多警惕，可现在，他竟然会如此放松。可是，鬼魂会以什么样的方式让你知道你不用等他们？让你知道即便在他们经常出没的地方，他们也不会再出现了呢？

艾伦现在正在看的这个可不是《一便士鬼故事》。即使看起来很陈旧，它至少也值六便士。书页上的黑色墨迹已经褪色，还长了霉斑。上面的字迹潦草随意，最后一笔拖得很长。里面写的是一些诗句，中间偶尔穿插着不押韵的句子，时不时还会加上日期。很显然，作者想到什么就写下什么。许多诗句都有过大量的修改，有些中间还插入了新的诗句，艾伦断定——根本不需要多敏锐的观察力！就足以判断出，这些诗句是作者写给自己看的。此外，凭这一不太能站得住脚的证据，艾伦立刻就猜出了这个 E.F. 是谁，猜出她不仅是这个本子的主人，还是写下本子里内容的作者。这时，艾伦之前对作者的所有反感都消失了，消失得如此彻底，而照片上那张年轻的、悲怆的脸又如此迅速地唤起自己的情感，他发现自己在全心阅读这些潦草的"情感迸发"时，几乎丧失了批判力。自己的批判力向来是他一直引以为傲的东西。

然而，诗歌，无论好坏，其生命取决于读者，就像火绒在等待火花点燃。除此之外，还有什么是重要的呢？火焰的跳跃，心中激起的涟漪！艾伦往下读的时候，一刻都没有怀疑过这就是专家所说的"生活记录"，尽管表达有所欠缺。艾伦知道过去——现在看来十分遥远的过去——女人会如何隐藏真实的自己，但可以肯定的是，这个本子里记录的都是真实的真情吐露。艾伦贪婪而又恐惧地期待着自己以后还有机会来这里，仿佛艾略特先生的特别室是撒旦的居所。然而现在，当真的在撒旦的陷阱中啄食时，艾伦却陶醉在这些蛊惑人心的文字中，仿佛它们就是雪莱笔下的云雀，从天而降、俯冲而下发出的呼唤。和爱神厄洛斯的魔力相比，时间算得了什么？嘲讽爱情的特洛伊王子特罗勒斯不也（在乔叟的长诗中）深深地爱上了不忠的克丽西德吗？

艾伦醉心于他已开始读的诗句，仿佛他的思想是一片等待甘霖的干枯荒野，全然不顾身后窗外厚厚的乌云渐渐遮住了光线。一想到除了作者外，自己也许是第一个阅读这本诗集的人，艾伦感到高兴的同时又有些沮丧。

没读多久，艾伦就意识到，本子里记载的内容既是作者的想象，同时也是作者的亲身经历。艾伦还意识到，作者早期的诗都是隔很长时间才写出来的，而且，他很怀疑这是作者第一次写诗。不过，在作者后续的创作中，诗歌写作技巧有所提高——至少前 20 首左右的诗是这样的。艾伦拿着一把随身携带的小象牙折纸刀，小心翼翼地分开第 12 页和第 13 页，继续随意地往下读：

"小时候我常常望着小河，

幸福地等着

潺潺的河水唱出甜蜜的歌

天上的白云飘然而过。

岁月啊，请不要模糊玻璃；

天还会下雨；

即使现在，再次路过那些温柔之地

我依然叹息。"

艾伦翻到下一页：

"我的心，伴随着摇篮曲，

在你孤寂的草原上重归宁静；

阳光普照大地，

草原上的光明和露珠永不停息。

伴着摇篮曲，在甜蜜的梦乡，

纵有重峦叠嶂，不再流浪，

在这儿，你将不再思念家乡，

我也一样！"

艾伦继续往下读：

"你是否看见，哦，你是否看见？——

吐露心迹——唯有内心的自我能辨其声，

东方的红玫瑰绽现——

唤醒我心中的黎明。

你是否听见，哦，你是否听见？——

狂乱的心跳如夜鸟哀咽？

憔悴的我们即将分别

亲爱的，你眼里只有黑暗，无尽的黑暗。"

翻过几页,艾伦又读到下面的诗句:

"她的脸上有一座花园:

而我的脸!那上面只有悲伤!——

可是,内心的自我啊,你风姿翩然,

你的源泉就是你开满桃花的高墙。

暮色黄昏,即将降临,

当你独自进门

每一朵花,请轻嗅细闻

因为,它们一直属于您。

没有芸香?缺少没药?未见龙葵?

哦,灵魂,不要颤抖!一切尽善尽美。

因为,爱就是那美丽的花园;所以

在这里,只有快乐常相随。"

艾伦一页又一页地翻着发霉变软的纸张,继续往下看:

"你离去,我孤独无依,

　所见之物

生命力消逝无遗：

冰冷，陌生，这就是全部。

戒指、手套、遮阳伞，还有我穿的衣服——

我用的所有东西都在说：

'她以前很快乐；而今有了爱人（不再幸福）！

以前很天真，而现在牵挂焦灼！'

醒来看见月光——

阴影跟随着我，而我——

比所有阴影还要黑暗——惧怕

她无常的变化。

未来是斯芬克斯的猎物；

曾经热情、乐观、自由，

如今整日被爱情禁锢——

而你，这把钥匙，却已生锈。"

艾伦接着往下读：

"你的脸愚弄了我的双眸，

你的手——我醒来就去寻搜——

消失在午夜的乱想狂思——

你的手触碰我，我的血液凝滞。

让我变得宁静，星星和明月？

夜莺的歌声带给我多少慰藉！

夜莺讲述生离死别——

黎明却让故事终结。"

这页纸的最下面——有一张用铅笔写的便签——写便签的笔尖肯定破碎了：

"虽然我下笔的时候，并没有想到所写的这些话，但写下的这些文字对我而言意义非凡。黎明时分！我看着这本册子，阅读着这本册子——它就像是笼子里毒蛇群中的一碟牛奶。我以前从来不知道一个人的心里可以只有一个念头、一张脸、一种渴望，一直想着，没有一刻停息，但人仍然保持清醒。我甚至不知道——直到什么时候才知道？——一个人能在感到幸福、几乎让人难以承受的幸福的同时，还能如地狱里的恶鬼一样痛苦和绝望。就好像我与另一个我憎恨的自己共享一个身体，尽管恐惧得颤抖，却无力挣脱。算了，不想了。如果我能继续下去，那也是我自己的事情。随便他们怎么对我说三道四，侧目而视，我都毫不介怀！连树叶都在对我窃窃私语，昨晚还有雷声乍起。我在每一块石头上都能看到我为情所困的脸。可他才不关心呢！为什么他会这样？如果我是个男人，我会吗？晚上，我独自坐在这里——默默等待。我的心已碎成流沙，等待着被吞没。然而，此刻我并不是怀疑他是否爱过我——我只是无比地渴望他的到来。只要能看到他一眼，哪怕只能听到他说一个字，我都会重归宁静。宁静！可是，有时我会想，我是否——我依然爱着他，这是多么令人无法想象！钢会被磁石吸引吗？昨晚，月亮洒下惨白的光，既照在我的脸上，也照在他的脸上。她一定憎恶我们居住的地球吧！她不得不和地球分离，一点一点地坠去，但她永远、永远、永远无法彻底离去。永远、永远、永远。啊，上帝啊，我已经心力交瘁——我知道——我好像重新活了一次——但我知道，等待我的只有更糟糕的生活，我还知道，我的爱意越浓，我就越难取悦他。我看见自己拖着沉重的身体继续下去——而心中另一个邪恶的我跳出来，看着我，嘲笑我——'什么？我永远都找不回自我了！'"

艾伦发现，接下来的笔迹模糊不清，辨认起来有些困难——他决定晚些时候再回来看这一页，于是便翻到下一页，继续往下读：

"你的厌恶，我懂，我能忍受，不，必须忍受——
忍受你对爱的矢口否认；
你的沉默，像腐蚀的铁锈，
才是我心死的缘由。

跪在床边的地上，
虚掷时光，你怎会在乎？
纵使失去挚爱，悲伤也有终场；
心死的人，却无法归于尘土。

我看见老人蹒跚在刺骨的冰上
慢慢挪动四肢，细细品味感官的麻木无知，
谁曾料到年少时的无知逞强
未来付出的代价会是如此。

你给我上了难忘的一课。知足常乐!

我从未后悔,任何时刻。

我向来拥有不多,现在一无所有。

往空钱包上啐一口:它对你已分文不留。"

接着,艾伦继续读《献给奥菲利亚的诗》:

"她已找到生命的出口;

向绿色的房间匆匆奔投。

干枯的灵魂早已厌烦争斗,

在那儿安眠,慰藉上心头。

哈姆雷特啊,我认识你那魂牵梦萦的眼睛,

忧郁成瘾的神情!

死亡是你眼睛的命运——如此有幸;

而我——注定一事无成。"

接着艾伦又读道:

"未来等在我门前,

过往堵在路中间;

一个声音抱怨:'为时已晚!为时已晚!'

另一个惊恐不已,缄口不言。

这就是生活给予我的所有

从出生起,我一直渴求。

燃尽身心,只为活着——

倾尽所有——却一无所获?

四月的布谷惊扰了空气,

哦,天上的太阳啊,裹上寿衣!

阳光再不洒向我爱的那片田野。

那里只剩下寒夜!"

艾伦继续往下读:

"无知的心啊,别再呻吟悲痛;

如果爱有翎翅,

我将用剪子,

让它们不再摇曳生风。

我还将折开那绷带，

告诉小恶魔这就是盲目的爱；

滚烫的烙铁将会显示我的风采，

没有眼泪，可他的血会流出来。

等他死去，变冷，

我会在给他母亲的信中，

说这不只是一个人的教诲，

以后我将游戏人生，像她那样无情。"

艾伦抬起头，往外看。窗外的倾盆大雨已经停歇，这会儿已是细雨蒙蒙。天已经黑了，艾伦透过被雨水淋湿的窗户，茫然地向外望了一会儿，然后起身把几片折在窗前的树叶理回去，树叶湿漉漉的，然后艾伦又继续读起来：

"终于到了这一天，

我不得不停止对你的思念，

你对我的记忆有没有片刻欢乐，

抑或我的鬼魂你都不会放过？

我无欲无求，把我的灵魂啃噬——

时间利齿——

或将证实，你的诽谤都是事实，

我正是你口中放荡的女子。"

接下来是一连串无法辨认的字迹，好像作者是在以各种刻意的字体练习签名："Esther de Bourgh, Esther de Bourgh, Esther De Bourgh, E. de Bourgh, E de B, E de B, E. de Ice Bourgh, Esther de la Ice Bourgh, Esther de Borgia, Esther Césarina de Borgia, Esther de Bauch, Esther de Bausch, E. de BOSH."再往后是一节没有写完的诗：

"为什么用古老的谎言欺骗？——

爱——你的心里是否存在，

能否让我对甜蜜厌烦，

且……"

读到的这些诗句——凄凉，还有点自怨自艾——在艾伦的脑中不停地回荡。"对甜蜜厌烦""对甜蜜厌烦"。艾伦今天读得够多了。合上书，抬起头，他打了个呵欠，年轻的脸上眉头紧皱，然后又一次凝视窗外。

　　这个E.F，不管是谁，肯定经常坐在这间房里，小心警惕而又兴高采烈，沐浴着墙上反射出来的玫瑰色晨光，自斟自饮，为自己的韶华和生命的鲜活而感到幸福。艾伦甚至可以想象得到，当她不紧不慢地做针线活时，她专注的脸低垂着，一边听着大雨——就像刚才那样——打在窗下长满青苔的鹅卵石上发出的声音，一边想着心事。"只有内在的自我才最重要"，这是她在一首诗的结尾处潦草地写下的一句话。接下来——多久以后？——连续数日，除了恐惧和内心的干涸，只有空虚、欲望一点点消失，希望渐渐破灭，连独处的每一刻似乎都只是在等待着见证自己的灵魂变成废物，这将是多么凄凉和孤独。毫无疑问，人们迟早会明白，就连书虫也只不过是普通的蠕虫。"这正是文——学的魅力之一"，上次来的那位蓄着胡须、语气和蔼的傲慢绅士是这样说的，但他说这话时并不带任何感伤。

　　奇怪的是，艾伦还没有认真想过这些诗是写给什么人的，每首诗似乎都或清楚或模糊地意有所指。有些鬼魂，用幽灵这个词来形容更合适。想到这个，想到此刻正是英国最阴郁的春日，艾伦不由自主地又看了一眼身后那扇紧闭的门，真切地盼着那扇门会再次打开——期盼着他实际上并不是独自一人。"我真是病了！我真是病了！"当然了，几年的平淡生活都不可能让任何一个人的外表和精神产生如此可怕的变化!

但要想召唤来自另外一个世界的造访者，很显然，最没希望的办法就是等待。或许，最好等到夜幕降临后再来尝试。有多少无可辩驳的证据表明：一个人一旦离开这个世界，那他就永远消失了。艾伦倒不是没有想到这一点。不过，即使那鬼魂只是他的幻想，他可以一笑置之，也可以像常人表示友好那样点头示意，还可以举一下手里那个褪色的小黑本子，向本子的主人表明她并非所托非人。

可实际上，艾伦胆小得可怜——当他最想表达自己的时候，却总是张口结舌。可是，要是……他的目光从那扇门又转移到本子上。奇怪的是，读这样的诗竟能给人安慰。它们原本注定无人拜读，现在却战胜了命运的安排。毫无疑问，没有任何价值的"文——学"做不到这一点。艾伦英俊而柔弱的脸上又露出思绪游离的神色。然而，这个年轻人不再只是沉思，他开始制订计划。他要在没有任何外人的帮助下制订这个计划，他也没指望谁能帮他。

当然，在这个熙熙攘攘的世界上，看上去像是已经离开又归来的鬼魂并不会引起太多关注。可如果它们真的出现在人们面前，尽管与怀疑论者说这件事情也许并不明智，但它们还是会给人留下难以磨灭的印象。然而，此时此刻，艾伦发现自己脑海中浮现的只有鬼魂的脸，照片上的面孔几乎一点都不记得。虽然他之前读的诗并没有什么线索表明作者不是照片中的女子，但谁能想得到那些诗出自——另一个人之手？为什么不可能呢！一些著名的诗人，光从他们的脸来看，更像是从事猪肉屠宰行业。就拿赫里克来说吧——他长得就不算英俊。这些荒唐的问题根本就没有答案，何必要问呢？不管E.F.是谁，不管这些诗的作者是谁，艾伦至少现在可以宣称自己是这些诗唯一的再造者。

想到这里，艾伦感到兴奋不已。当然，出版自己的第一本诗集——艾伦从来没有想过这样做——是再好不过的事情，而仅次于这件事的就是出版别人的诗集。艾伦之前见过比这些诗逊色的手写诗集，它们却能被出版。他为什么就不能把这些诗编辑之后出版呢？谁又能说得准，他这样做会不会刚好安慰了另一个孤独的灵魂——或者说，满足了另一个灵魂的虚荣心？也许那人只不过早几年刚刚踏上那个漫长的旅程。只有名字的首字母无异于匿名，但匿名带来的距离感，如果控制得恰到好处，能引起共鸣的读者也许对这本诗集的态度会更加宽容。但老书商会怎么想呢？英国人往往把自己的店当作自己的城堡，艾伦想，即使这个练习册如此破旧，店主也会把它看作和书架上的书一样，都是这栋房子当前主人的合法财产。或者应该算作房产地主的私有财产？艾伦决定把自己内心的真实想法告诉艾略特先生——但他必须非常谨慎。

打定主意后,艾伦站了起来——却沮丧地发现书店已经关门整整半个小时了。即便如此,他看到老书商依然坐在桌子旁,在煤气灯架做的电灯泡下发呆,显然已经不再关心书店生意。外面的门仍然大开着,傍晚最后几片乌云低低地笼罩着被雨水浸透的街道,显得更加阴暗。一条狗耷拉着耳朵孤独地趴在门的入口处。周围除了单调的雨声,听不到任何其他声响。

艾伦尽量控制住声音,不让它颤抖,对老店主说:"不知道……不知道您是否注意过这本特别的书?是本手写的……诗。"

"诗吗,先生?"艾略特先生一边问,一边在紧绷的腰包里摸索着找装另一副眼镜的银色眼镜盒。"呃,是诗——的手稿。我敢肯定,虽然算是新发现,但听起来没多大价值。诗和布道——现在都泛滥了。不过,还是有欧玛尔·海亚姆这样的诗人能引起轰动,先生,这永远也说不准。"

艾略特先生调整了一下眼镜,在原本已经张开的两页纸处打开本子。艾伦弯下腰,俯在老人的肩膀前和他一起读:

"曾经,你有力的手臂,拥我入怀里;

就像绽放的玫瑰,有花萼护着一样甜蜜。

可是,为何——寒风肆意,

我依然憔悴，腐烂，枯萎，

却依旧活着，知情者，唯有上帝。"

艾略特先生读的时候，灰白的脸上浮现出奇怪的表情，专注中带着忧心忡忡。

艾略特先生一边把本子放在桌上，一边说："读完这几行，我有点好奇。"他抬起眼，用如婴儿般天真的眼神迎上艾伦的审视，接着说，"我有点好奇这是谁写的。我可不敢说自己能掐会算，就把这个问题留给这儿的顾客吧，先生。"

艾伦说："封面上有个E.F.被剪掉了，并且……"——艾伦有些说不出口，"里面有一张照片。但是，我认为……"艾伦急忙补充说，手不自觉地伸过去拿本子，又不好意思地收回。"我觉得随随便便一张照片并不能证明什么，至少看不出是谁的——我的意思是，看不出这个本子是谁的。"

"看不出，先生。"老书商回应道，他好像很喜欢这类无关紧要的小问题，"不妨说是我看不出。"但是他并没有想要翻开本子找照片。接着，两个人都不知道该说些什么，就停在了那里。

最终是艾伦打破沉默："那个房间很安静，格外安静。我想，您以前根本没有注意到这个本子吧？"

艾略特先生取下鼻梁上的两副眼镜，恰如其分地答道："安静就好，先生。那上面的另外两间房里更安静，尤其是冬天的夜晚。我和我太太没用那边的几间房，只在房间的附近存放了一些木柴。我们的书太多了，只能卖其中很小一部分，于是我们就把很多书存在那边，等以后拿碎纸机搅碎。我怀疑过去的半年里我都没进过那个房间。实际上——"艾略特先生嚼着嘴点了点头——"家里还有女佣、帮佣之类的，不是每个人都能做到通情达理，所以我们很少提及。"

艾略特先生已经有些心不在焉，说话时眼睛盯着被雨水浸透的街道。艾伦差点脱口而出"提及什么"，但只能耐心地等着。

"那个，先生，和马尔蒙特医生一起住这里的那位女士——他的侄女，或者被监护人，或者别的什么人——嗯，据说是英年早逝，因为一段风流韵事。不过，在那个年代，打开报纸随便翻翻，看到的这类事情比在言情小说里还要多。她服用了马钱子碱——当时人们常用这种方式自杀；要是我，我可不会选择这种毒药。服了它，身体会蜷缩成弓形。先生，就像这样。"艾略特先生一边说，一边用他那又小又方的手比画着服毒后身体的样子。"据我所知，马奇蒙特医生那时还没有多少行医的经验，所以我猜，当他看到床上那个样子的身躯时，肯定瞬间就吓呆了。他个子很高，先生，还有个尖鼻子。"

艾伦忍住不去看艾略特先生。艾略特先生的眼睛盯着通往外面的门。两个人都一动不动,但艾伦好像已经看到了那个尖鼻子、黑皮肤的高个子男人,而且看得十分清楚,就好像他们曾面对面见过一样。艾伦感到一种厌恶,一种远比看到不喜欢的相貌而产生的更为浓烈的厌恶。然而,为什么他会像那样"吓呆",既然他……艾伦正胡思乱想时,艾略特先生把那本发霉的本子翻到了另一页,嗅了嗅,然后极其认真地调整好眼镜,又读起另外一首诗:

"埃丝特!你曾到我床边低语。
回答我,埃丝特——你是否还在这里?
那是行尸走肉在空荡的楼梯,
自己呼唤自己。

不要惊扰她;她已迷失,悄然而去,
一个犹太人,诱骗她,走向毁灭。
丧钟之声阴沉延绵,
嘲笑我如此阴郁。"

老店主小心翼翼地翻到下一页,继续读道:

"昨晚，我独坐房间——

手指套着顶针，穿针引线——

暮色渐浓，光线渐暗，

我梦见自己已离开人间。

像无边无际的雪夜，

寒风将大地冰冻凝结，

苍穹下无垠的世界，

硬如钢铁。

伫立在虚无的夜里，

看着我自己——精神和肉体

双重的痛苦——被封起，

寻找最后一刻的安息。

热切的渴望破防，

像蛆虫烂在草地上：

我站着，幽灵一样；已失去所有渴望，

放逐了希望和信仰。

你，我曾经的爱人，爱过我的人，

摇晃着我的躯壳，我疼痛难忍，

我呼唤你的名字，

你堕落，声名狼藉，

丧钟响起，折磨敏感的肉身，

召回失落的魂魄，附近藏隐，

悲恸大哭，像被诅咒的人，匆匆逃遁——

唤醒我，恐惧缠身。"

　　老书商想了一会儿，又翻回到上一页，用胖乎乎的食指按着那一页不让它合上，自言自语地说："看这里，'一个犹太人'，我可从来没听人提起过犹太人。但是，不知道你跟我想法是否一致，"他用眼镜敲着打开的那一页，接着说，"先生，对于这些事情，我的感觉就是，与其说这些诗的作者是悲哀，不如说是病态。这些诗充满怨气。请注意，我并不是说它们说的都是假的——不知道你是不是也这么想，我指的是带着怨气，只会让事情变得更糟。我为什么这么说呢，如果我们对于别人的一些小过错都要吹毛求疵、睚眦必报，那我们还能在这个世界上活下去吗？至于死亡……先生，说穿了，谁都有一死。但何必呢？这不是人类的本性。而且，"他若有所思地说出最后一句，"而且，我可不认为这种书会因此而卖得好。"

艾伦一直在听他说话，并没有太在意这些说教。"你的意思是，"艾伦说，"你认为这个本子确实是住在这的那位女士的，而且——觉得那些诗是她写的？可是，你看，封面上写的是E.F.，我记得你说之前住这的人叫马奇蒙特？"

"是的，先生，是叫马奇蒙特。我就只跟你说一说，据我所知，他的太太也曾住在这里。但她后来离开了。我也不太清楚照片里的年轻女人是谁。但我想，应该不是什么老实人。至少——"艾略特先生又匆匆扫了一眼那首诗模糊不清的字母。"不过，先生，"他语气肯定地说，"我看没有必要为这事担心。已经过去好多年了，对现在能有什么影响呢？我的顾客没几个人会关心到底是谁写了这个，反正有人写出来就是了。对于这一点你会感到惊讶吧？这并不是说，如果知道作者是谁——我的意思是，知道作者的名字——把这位年轻女士的生平放在前言里，这样做也不能让这本书多卖钱，虽然也可能会吧。对死去作者的介绍并不太重要，我指的是在法律上，尤其是那些无名诗人。这些都属于'生平'部分。而且，不管在哪儿，自杀就是自杀。另一方面——"他回头瞥了一眼——"我想E太太并不愿意卷入这件事。虽然她最喜欢读那一类的书,但她并不是读了什么就赞成什么。女人要是谨慎起来,没人能比。"

艾伦从没见过老书商像现在这样明晓事理。

"艾略特先生,我刚才想问的是,"艾伦说话的语气非常冷淡,听上去比他的实际年龄至少大二十岁,"您是否同意我把这本诗集出版?这只是个想法,现在还说不准,但这应该没有什么坏处。不管是谁写了这些诗,也许作者本人希望有朝一日能够出版呢?——谁知道呢。当然了,费用由我支付,我也没想从中获利,而且也没想找人——没想找任何人——推荐这本诗集。诗集的扉页也不需要写姓名或地址,是吧?当然,前提是,您不反对这件事。"

艾略特先生又把练习本的底封掀开一两英寸,好像是在找那张照片,但只发现一段潦草的铅笔字迹:

"好吧!好吧!好吧!小猫对猫妈妈喵喵叫:

老鼠不想玩了!就这样完了!"

艾略特先生合上本子,把胖乎乎的小手放在上面,谨慎地问道:"先生,我想,不会有任何侵犯版权的风险吧?我的意思是,"他没戴眼镜,把脸朝艾伦转了转,补充道,"应该不会有人认出来吧?当然,我指的不是那张照片。现如今的书也许都太实事求是了——我的意思是，书刚刚印刷出来的时候。我倒是不担心 E 太太，我担心的是警察，"他把声音压得很低，"警察。"

艾伦毫不退缩地回敬了老书商迟疑的目光。

"哦，不会的……"艾伦说道，"而且，我只在扉页写上 E.F，我还会声明这本诗集之前就出版过。我已经准备好承担这个风险了。"

年轻人冷冷的语气似乎有点吓住老书商了。

"很好，先生。我想跟我的一位年轻律师朋友咨询一下，如果没问题的话，欢迎你出版。"

"这本诗集可以放在这里卖吗？"

"卖？为什么……啊，对啊，先生——不管怎么说，这儿有很多不错的书和它一起卖。"

艾伦天真地以为，签一张三十三英镑十便士的支票，付清当地一家印刷商的账，把这本诗集出版了，就能将这个在他脑海中挥之不去的鬼魂驱逐了。可他很快就发现自己大错特错，这鬼魂现在纠缠艾伦的时间甚至比她出现在艾略特先生的绿色特别室的时间还要久。艾伦保留着那张照片，但早已放弃了在深陷的迷宫中寻找出路。为什么，为什么他要去关心不幸的生活会为那个年轻的女人带来什么后果呢？如果一个人的心灵，一个人的灵魂，被鬼魂纠缠着，还需要听从大脑理智的指令吗？深陷其中的年轻人，奴役于一个在他出生前好些年就已经死去的人，似乎只有她离开了，他才会感到好受一点儿。爱上一个活在过去、而今已经作古的人让他很难受，并且——他为什么要否认这一点呢？E太太可不会！——该死的。

接下来的几个星期里，艾伦一直没有去见艾略特先生，更没有去他的特别室，只和他偶有书信往来。直到诗集终于印刷出来，有毛边的灰色纸质封面胶封装订好，准备好供喧闹的公众阅读，艾伦才再次来到书店。这是六月的一个上午，艾伦一大早就来到了那个书店安静的副楼。窗前的丁香花被温暖慵懒的微风撩动，轻轻拍打着窗户，残留着芳香的穗状花絮随心所欲地摇来摇去，清晨最后一滴露珠从心形树叶上滚落下去。年轻的白杨像金绿色的火炬一样矗立在蔚蓝的天空下。不知道从哪儿传来画眉鸟清脆的叫声。这场景简直就是世外桃源。

在他的前半生，艾伦都随遇而安，没有任何事情需要他激发内在的潜能。而现在，既然已经成功发表了第一部作品，反响就开始了。但当艾伦透过玻璃窗向外凝视时，沮丧的阴云笼罩着他年轻的面庞。尽管在过去的几个星期里艾伦一直努力安慰自己，一再告诉自己出版这些诗是在做有益于他人的事，而且花费三十磅左右让自己心安，也很值得，他可从来没有想过得到任何回报。然而，就在前几天的后半夜，他好像听到有人敲了一下门，或者梦中有什么声音在召唤他，艾伦立马警醒。坐起来后,艾伦靠在床头。每天只睡几个小时,而且还半梦半醒,艾伦感到筋疲力尽。他大脑一片空白,然而黑暗中照片上那个年轻面孔的生动形象再次浮现眼前——只有一张脸,垂下的眼睑惨白惨白的,整张脸就像一张死气沉沉的面具,像一朵没有枝条的花。低垂的双眼看不出任何情绪,充满渴望的可爱面庞上也没有其他表情。不对,应该是没有对他呈现出任何表情——很快,它就迅速消失了,就像海市蜃楼里绿意盎然的棕榈树一样转瞬即逝,就像水消失在沙漠里干涸的沙地一样。

那天晚上,艾伦睡意全无。睡着了就可能做梦,可醒着又有各种问题困扰着他。她在这个本子里写下第一首诗的时候,年龄多大呢?又是在多大的时候灵感枯竭,停笔不写,开始踏上幻想破灭、饱食终日又自我鄙视的贫瘠可怕之路,然后就这样日复一日——日复一日?在她小时候,在无忧无虑的童年时期,她是否快乐过?她写的都是真实的吗?诗歌到底能有多真实呢?到底发生了什么事情?又有什么没写出来呢?不过,经历了外在世界的起起伏伏,我们——我们本人——都很难说得清楚自己大脑中那些隐秘的角落里到底在想些什么。例如,《一报还一报》和作者莎士比亚、《维纳斯与阿多尼斯》和作者奥维德有什么关系呢?《唐璜》和孩提时代的拜伦又有什么关系呢?有一点要提一下,艾伦那个时代的年轻女人可不会这样处理她们的感情纠葛,她们所有心思都花在应该如何好好活着上。但这个鬼魂！她关心的却是复仇、绘画和隐伏，还有衣服！

想到这里，艾伦突然意识到，自己这不是一直在为一个鬼魂痛苦万分吗？这个问题一天又一天地在他脑海中盘旋，一直找不到答案，也没看到找到答案的希望。窗外那世外桃源般的风光突然变成了一种讽刺和嘲笑。那看不见的鸟儿用粗俗嘲弄的嗓音唱道："别闹了！别闹了！别闹了！笨蛋、笨蛋、笨蛋！"

艾伦转过身去，避开明亮的光线，眼睛盯着那个装着刚印刷出来的诗集的棕色包裹。再这样待下去也没什么用。他没必要打开看，如果打开，也只会翻其中一本，看一看印刷工有没有在他校正了三次后还能找到拼写错误或标点问题，并作出相应改正。这里面的诗——至少其中一部分——艾伦已经烂熟于心。

在此之前，艾伦曾经极不情愿地和一位文学朋友分享了其中的一两首："佚名作者写的，我是在一本旧书里读到的。"

这位朋友的回应更多的是出于礼貌，并没有表现出多大热情。他手夹着香烟，很随意地听了一两节，微笑着问艾伦是否读过一本名为《柯勒、埃利斯和阿克顿·贝尔诗集》的诗集。

朋友说："哦，明白了，原来你是阿克顿的追随者！既然你问我，我就直说吧，没什么大不了的，像黑莓一样常见。"

艾伦欣然接受了朋友的评判，从此再也不想和任何人分享这些诗。如果没有人买，也没有人关心，又有什么关系呢？这样更好。而且艾伦现在也不再担心这些诗是否有人喜欢了，不在乎它们是否有文学价值。艾伦已经尽力而为，事情就到此为止了。至于赫库芭[1]对他有什么影响，或者他对赫库芭有什么想法，管它呢！

艾略特太太其实比艾伦更有权利处理这些诗，但幸运的是，艾略特太太不可能提出任何要求——这说明什么？上了年纪的女性反倒更容易成为道德卫士。想到这里，艾伦心里很不是滋味。仅仅是因为这个练习册的主人，那位绝望的年轻女士，因为爱情悲剧而服毒自杀，弓着身体，凄惨地死在这房子里，艾略特太太一听到她的名字，就惊诧得用手捂着嘴巴，"狠狠地"盯着她惧内的丈夫。当然，自杀这样的事，发生在哪栋房子里都不是让人感到高兴的事。可是已经过去这么多年了，他们又怎么知道这个可怜的女人生前做过什么，何至于这般羞辱她呢？这些过往，艾伦既不知道，也不想知道。但不知什么原因，艾伦浪费了至少五分钟时间，把捆着诗集的粗带子解开，而不是像他去印刷厂取书时那样，以他喜欢的方式，简单粗暴地用衣兜里的小刀

---

[1] 赫库芭（Hecuba），古希腊神话中的女性人物之一，为特洛伊国王普里阿摩斯（Priams）之妻。她在特洛伊战争中施加影响，发挥作用，成为文学作品的重要题材。——译者注

把绳子割断。

终于，一小捆儿干净的诗集露了出来——灰蓝色的封面，新书特有的粗糙边缘。艾伦将手写的那本诗集抛之脑后。艾伦又给印刷厂开了一张支票，但他毫不心疼，甚至还交代他们多花点钱。艾伦向来都喜欢把东西包装得漂漂亮亮的——甚至包括他自己。他和他那些精美的诗集要"相互匹配"。

打开包裹后，整整齐齐地叠好包裹得厚厚的棕色牛皮纸，扔掉填充物，卷好绳子后，艾伦就没有别的事可做了。他靠在艾略特先生的旧温莎椅上，用手撑着下巴。艾伦在等着什么，但他并不愿意承认。艾伦很清楚地知道自己已经受够了这一切。岁月和生活足以消磨掉任何人的热情和梦想，而且不可挽回。

于是，当艾伦在内心深处的召唤下抬起眼睛时，他的心肠已经变硬了，恨意也加深了，却突然在明丽的房间里清楚地看见那个鬼魂正带着和他一模一样的恨意站在那里——那只高跟鞋卖弄风情般搭在三级台阶中最低一级上，那顶可笑又耀眼的帽子下面、漆黑眼睑下的那双眼睛正斜视着他，六月的明亮光线照在她高高的颧骨上。就这一瞥，让艾伦所有的恐惧和恨意都变得清晰而明确。艾伦知道她看到了桌上这一捆刚印刷出来的诗集。艾伦惊讶地发现她的脸上露出一丝胜利的光芒，他知道她既不在乎过去的自己和练笔的那些诗，也不在乎他对那些诗表达的愚蠢、自以为是的敬意。那她在意的到底是什么呢？

她的两眼深邃幽暗，闪闪发亮，再次飞速地向艾伦表达什么，可眼睛的交流再流畅，也只是传达一些空洞而无意义的信息而已。如果说半熄半亮的火焰在黑暗的房间里显得羞怯暧昧的话，她的双眸看起来正是这样，但同样的羞怯暧昧如果出现在一张并没有经过多少岁月洗礼、看不出多少故事的脸上，羞怯暧昧的效果是由周遭环境烘托出来的，那这种羞怯暧昧就没有多大吸引力。"弓形！"上帝啊，她要表达的就是这个词！

艾伦浑身颤抖。生活的利爪已经把他自己一丝不苟的意识抓挠得千疮百孔。艾伦知道他不够阳刚的五官已经因为恐惧而扭曲，他淡蓝色的眼睛里流露出的恐惧极其强烈。如果艾伦的心只是一个影子的话，那么他此刻的恐惧会不会更加真切？

幸运的是，艾伦终于把背转向窗户，这样就可以在完全看清对方的脸到底在说什么之前，把他的脸尽力藏在自己的手里面。她稍微动了动，头在肩上微微抖动，低垂的帽子上淡紫色鸵鸟羽毛的每一根细小而精致的绒毛都在颤抖，仿佛在表示同情。她戴着戒指的手指从门上滑落到她狭窄的臀部；她涂了色彩的眼睑眯了起来，好像要和他说话似的。就在这时，突然一阵风搅动了窗外的丁香丛，吹散了干枯的花朵，吹动了柔滑的叶子。她弯下腰，凝视着；然后，敏锐而熟练地点了点头,像猫一样充满诱惑,又像初生的牛犊一样勇猛无畏,接着就不见了。很快,风渐渐停歇,狭窄楼梯顶上的门,仿佛吓唬人似的,砰的一声猛地关上,好像在说:"触碰我,拍打我,用力推开我,你敢吗!"

猛烈的撞击震动着墙壁,把下面房间的窗户震得嘎嘎作响。这句话像是一句咒语,极大地触动听者的神经。紧接着是一阵突然的寂静。艾伦感到恶心,有点头晕,挣扎着从椅子上站起来,手指机械地搁在那堆没有遮盖的诗集上,拿起帽子,茫然地瞥了一眼帽子丝绸衬里上镀金的皮卡迪利大街制帽商的名字,转身准备走。就在这时,一股可悲的、令人战栗的悔恨就像西洛哥又干又热的风吹过沙漠一样,瞬间席卷了他。经过狭窄的空楼梯时,艾伦屏住呼吸,匆忙地朝上面看了一眼,接着自言自语地咕哝道:"噢,上帝啊,我希望——我祈祷——你这个可怜的家伙,请你安静一点——不管你是谁,无论你在哪里——也不管我是谁。"艾伦终于下楼,走到老书商那里,那个世故的老店主戴着钢框眼镜,正和往常一样天真地打量着艾伦。

"他看起来不太对劲。"老店主心想。"上帝保佑,先生,"老店主大声说,"坐下来歇一会儿吧。你一定是忙过头了,你看起来情绪低落。"

艾伦无力地摇摇头。他的脸几乎和印着诗行的纸张一样苍白,细密的汗珠布满上唇,头发也湿了。艾伦张开嘴,想告诉老店主别担心,但他还没来得及说话,他们的眼神就碰到了一起,互相瞪着对方——

就好像干坏事的同谋被当场抓住了一样。两人的眼神里满是狐疑。就在这时，一阵沉闷的隆隆声从书店的另一头传来，就在艾伦刚刚才离开的那个地方。整栋房子都在抖动，好像地震一样。

"上帝保佑，先生！"老书商喊道，"上帝啊，到底是怎么回事？"

老书商急忙走过去，站在特别室的门口向里面张望，可一团厚重的灰尘遮蔽了上午的光线，挡住了视线。直到灰尘慢慢落地，老书商才发现引起巨响的原因。还好不是不可挽救的灾难，只是裂开的旧石膏天花板掉了一块，砸在折叠式桌子和椅子的旁边，大量的碎石和石膏高高地堆起，而天花板上的窄木板条破裂开来，光秃秃地戳在那儿，像骷髅架上的骨头。屋里到处都蒙上了一层厚厚的灰尘，灰色面纱使这可爱的小房间惯有的寂静变得更加浓厚。几乎就在同一时刻，老书商首先想到，如果那位年轻的顾客不是在最关键的时刻从这把椅子上站起来走开，他不知道得赔偿多少钱；接着他又想，他自己那点稀罕物几乎不会受什么影响，艾伦再在这个房间里东寻西找估计也找不出更有价值的东西了。那一捆儿诗集——早上从装订工手里拿过来时洁白无瑕——现在只能看到其中的一两本，已经破破烂烂。艾略特先生看着诗集，心里一痛，自言自语道："轻点儿，轻点儿，不然 E 太太马上就出来了！"

但是 E 太太并没有听到。上面没有脚步声，也没有任何动静，一切都像预料的那样保持着原样。艾伦刚才一直一动不动地待在进门处的书店里，这时他走到老书商旁边，和他一起看着眼前的废墟。

艾略特先生真诚地安慰起艾伦："好吧，先生，我想我唯一能说的是，你从那个房间里出来了，真是谢天谢地，真是死里逃生啊！"

艾伦没有回答。他的大脑一片空白。他再次侧耳细听——听得如此专注，甚至连最远处的角落里发出的最微弱声响，都能传到他的耳朵里。艾伦想起——他以前怎么也不会想到的——一句老话："心中的苦楚，自己知道；心里的喜乐，外人无干。"[1] 如今再在那本诗集的扉页加上这句箴言，已经没必要了，虽然这句话至少可以表达他的歉意。艾伦的初衷是好的——他出版诗集原本也可以表明这一点。可谁也说不准会发生什么。

两人站在那儿，这个天花板坍塌的房间突然陷入一阵沉寂。这时，两人背后传来一个沙哑、幽怨、指责的声音："E 先生，你在哪里？"

---

[1] 出自《圣经》书卷《箴言》。——译者注

隐士[1]

"人生最美好的事情就是发现自己处于生活的边缘。"我很好奇,在世界上所有自以为无所不知的人中,到底是谁说了这句名言。当然,这句话的意思太模糊不清了。对于"最美好"和"边缘"的理解,决定了这句话的具体含义。但不管怎样,大多数人还是喜欢处于生活的中心。从边缘探索,才能抵达中心,中心更加安全,知道自己所处的位置。大量的资料以及亲身经历,早就已经证实了这一点。但是,"有趣吗?好吧,没什么趣,很没趣!"我的朋友布鲁姆先生一定会这样说。

---

[1] 该小说初次发表于1926年由辛西娅·阿斯奎斯编辑的《鬼故事集》,出版地为伦敦。

可布鲁姆先生现在已经跨越了"边界线"。我想，他现在应该对任何边缘都没什么兴趣了。

看到《泰晤士报》上的一则广告，我再次想起布鲁姆先生——其实根本不需要任何提醒就会想起他！广告里说，布鲁姆先生的府邸——布鲁姆先生给它改名为"蒙特莎"——要举行拍卖。"这座舒适宜居的府邸可终身保有……占地面积约38英亩……风景怡人，拥有它，您一定会享受到实实在在的快乐。"我认可广告里对它的描述，但非要说它"宏伟"，这样的用词经过深思熟虑了吗？我的一双拖鞋让我产生了这样的疑问。怎么说呢？牵涉到这样的问题，使用清楚、准确的语言，非常重要。可是呢，关于布鲁姆先生，我唯一能说的就是：很模糊，不确定。事实上，他本人在某些方面的确很模糊、不确定。

五月底的一个下午——那天是周四。我先去看望一个朋友，他病了很久，似乎终于又重新回到这个世界来。我们坐着聊了一会儿天。他笑着低声说话，突然躺倒在枕头上，满脸憔悴，两眼死死地盯着窗外的绿色枝叶。他脸上露出惯常的神色：凄凉而又充满渴望。我们两个沉默时，他的护士从门缝里鬼鬼祟祟地探进脑袋，对着我点了点头，我几乎是迫不及待地站起来。他握着我的手，跟我说再见。他的手冰冷，汗津津的，瘦骨嶙峋。"你现在看上去好太多了。"我一遍又一遍地跟他说。

走出病房——离开弥漫着烟雾、空气似乎凝滞的空间,我感到如释重负,终于可以再次自由呼吸。病房里的闷热、寂静,还有假装的愉悦和乐观,自欺欺人的意识,都让我难以忍受。坐进我的两座汽车里时,我居然不由自主地吹起了口哨。一棵酸橙树像车库一样罩在车上方,傍晚的阳光透过树叶忽隐忽现地洒在引擎盖上,给上面的灰尘镀上金色。我松开脚刹,车跳动几下,接着往前开动了。

发生了什么奇迹?乡村的树丛和丛林里的仙女们把路变得弯弯曲曲。我觉得很新奇刺激。如果原路返回,那就太没有冒险精神了。我准备摸索着前路开回家。

五月的傍晚,和黎明一样,是这个时节里最有魅力的时刻。匆匆地往山谷深处瞥上一眼,就能发现迷人的景色——一束束阳光在开满野花的小路上洒下光晕,开着小黄花的山谷,长满欧芹类植物的幽静处,昏暗的灌木丛中,鸟儿的叫声婉转动听,蝴蝶翩翩飞舞。可惜所有的美景都一闪即逝。荆棘丛散发着让人恶心的香味儿,暗示着美景易逝。昏昏欲睡,郁郁葱葱,潮湿温热,无处不在——典型的英格兰傍晚。

我懒散地往前开着车,路过一个骑马的人。现在看来,无论如何他和后来发生的一切都没有任何关系——也和我那个鼻子细长、气喘吁吁的朋友没有关系。我提起他,唯一的原因是他吸引了我的注意——也是以同样奇特的方式。第一眼看上去(离得有点远),我误以为那是一只鸟———一只巨大、怪异、丑陋的鸟。他背着的纸板箱让我产生这样的错觉。

那个纸板箱用一根绳子挂在他的脖子上,斜对角垂在他的背上,颜色比他的衣服和马的颜色都要浅。他骑在马背上,小步往前跑,他的身子在马鞍上上下颠簸,他背上的纸板箱也跟着上下颠簸。与此同时,他用手指夹着一根带几片叶子的柔软细枝,随着一上一下的颠簸,拍打着马的肩胛骨,像是在打拍子。我从他身边经过时抬起头看了一眼他的脸——脸色灰白,蓄着胡须,模糊不清,像磨坊工人的脸。我居然把纸板箱看成一只鸟!真把我逗乐了,我忍不住哈哈大笑,从来没有想到那只大鸟就这样瞬间消失了。

又往前开了两三英里,经过几个挤在一起摇摇欲坠的小屋和一个养鸭池塘,我第一次看到布鲁姆先生的府邸——蒙特莎。我相信,不管什么人,只要有眼睛,从这里经过时都不会注意不到它。它看上去安静羞涩,光是这一点就让我瞬间呆住了。哪里看上去"宏伟"了!

我坐在车里,透过高高的铁艺大门往里看,没过一会儿,听到"嘚嘚嘚"的马蹄声从我身后尘土飞扬的路上传来。不用回头,我就知道是谁——那个骑在马背上的人。那些狭窄的小道——对,他肯定抄近路了。

"一个磨坊工人骑在马背上，

一个骑在蠢驴上的家伙都比他强——

嘴里喊着：'嘿，嘿，咯呦，咯！'

下巴上、胡须上挂着食物

魔鬼种杂草，在长着庄稼和杂草的地方——

嘴里喊着：'嘿，嘿，咯呦，咯！'"

  他的身子往上一颠，往下一颠，手里的细长枝条打着拍子。等他从我身边经过时，我扭过头去，大声喊着向他打听面前这栋府邸的情况。他却根本没有停下来，只是把满脸胡须的脑袋朝我低了低，张开嘴，拿枝条的手往上抬了抬。也许这个可怜的骑马人是个哑巴；瘦骨嶙峋的马咳嗽了几下，好像是对他表示同情。不管他是不是哑巴，他的动作已经清楚地表明——尽管完全没必要那么强调——蒙特莎根本不值一问，我最好继续"往前走"。自然而然，他的反应激发了我更大的兴趣。我看着他逐渐从我的视野中消失。我说了，我根本不知道我为什么要提起他，他只在那儿出现了一小会儿，还是在大门外——布鲁姆先生家的——大门外，而大门里面的布鲁姆先生很快就离去了。等骑马人完全消失，他身后扬起的尘土也完全消失，我才转过头，又看着那栋府邸——跟看骑马人离去一样看了好一会儿。

仅从外观，就知道房子里没有住人。如果的确没有住人，肯定也没有空太久。通向住宅的车道上杂草丛生，但两边的草地像是近期才修整过。房子周围绿树环绕，树枝伸到了屋顶上——主要是栗树，浓密的树枝几乎垂到地上，擦到地上的草皮。这些树从树根到树梢装饰着枝状大烛台一样往四周伸展的花。天还没有黑，但试想一下，如果是在寂静、漆黑的夜晚，每根细枝上都托着一束含磷的小木条，那将是什么场景！

并不是因为蒙特莎（其实我只能看到它的正面）历史悠久或者房子本身有多漂亮。它应该是1750年前后建造的，仔细看，也只有房子的比例给人感觉不错。如果再多看几眼，似乎房子在和我对视——就好像房子在悄无声息、小心翼翼地往栗树巨大的树冠后躲藏。房子的窗户看上去有点像人的脸，似乎在说："如果我们想躲起来，我们就能躲起来。"毫无疑问，应该是那个背着纸板箱的骑马人刚才用怪异的动作和更加怪异的表情让我产生了这样的幻觉。

天上飘过一层薄薄的云，天空由蓝变白。太阳已经落山，苍白的光照着墙和屋顶。这种光很适合这栋房子——就像白色的粉适合扑在苍白的脸上一样。就连大自然似乎都不计较这些拙劣的装扮技巧——空洞的草地、甜蜜的映山红。

一个人要是犹豫起来，真的会很荒唐。我从头到尾都在做思想斗争：

到底是下车走近,还是直接开车进去。我选了后者,隐约觉得,如果有必要,也许这样可以保证我以更快的速度从里面出来。现在回头看,那些不祥的预感似乎比当时更加清晰!不管怎样,如果我下车走过去,那个夜晚我将不会和布鲁姆先生一起度过。但在当时,这栋房子看起来没有任何危险,而且也没有租给别人住。我推开大门,把车缓缓地开进栗树笼罩下的车道上,再次呆住了。

一条地势较低的宽阔车辆通道通向漂亮的门口,车道两旁立着细长的碎石柱。和大门一样的金属窗楣上装饰着图案,画着鹅鹕妈妈正在给小鹅鹕喂食。毫无疑问,这应该是房子主人家的纹章。尽管前廊简单质朴,但看上去和房子并不协调一致,像是后来新增上去的。空洞的回声消失后,我坐在车里,漫无目的地往四周看,又好像根本没有意识到自己正在看。大脑处于什么样的状态下才能如此宁静——或者如此活跃?

好像没有人看到我闯了进来。周围一片寂静,只有寂静。事实上,尽管我的头顶上方覆盖着浓密的枝叶,很奇怪,却没有听到任何鸟叫声——只有远处隐隐约约传来乌鸦的鸣叫声:"啊喊!啊喊!啊喊!来喝茶!来喝茶!"毕竟是万物生长的五月,而且天色尚早,但我的周围什么鸟都没有,连只鹅鹕都没有。我从车里出来,悠闲地往用石头矮矮地砌起来的露天平台那头走去,还特意踩着一簇簇的草和青苔。

不远处只有枝蔓交错的灌木丛：紫杉、圣栎、冬青，还有一条湿漉漉的曲折小路。就在这边——房子的西侧——窗户上挂着褪色的百叶窗、窗帘——也被夕阳晒得变了色，但颜色依然斑斓悦目。

不知到底有没有人或动物看到我私闯民宅，即使有，看到后也马上缩回去了。我叹了口气，转身走开。这栋被遗弃的住宅给人的荒凉感，我一下子就感受到了，这种感受要先于理性的思考和判断。门廊下，我的汽车像绿色的翅膀，看起来很突兀，与周围格格不入——车子看起来有点想回家了。车身上布满灰尘，像那个怪异的骑马人的胡须一样灰白。我判断——错误地判断——至少暂时这里是没有人住，尽管看门人或管家随时都有可能出现。

正当我准备上车时——事实上，我的一只脚已经跨进车里——好像听到有人在召唤，我扭过头，发现门开着，而且还有个人——布鲁姆先生——正站在离门槛只有一步远的地方，所有的注意力都在我身上。布鲁姆先生——一个让人很难忘记的人。他肯定有六英尺高，但背驼得很明显，脑袋和肩膀都显得硕大沉重。他长得结实壮硕，可身上的衣服看上去空荡荡的，好像是按照以前的尺寸做的——宽松的黑色睡衣和外套，以及棕色棉布长裤。我注意到他的靴子很精致。靴子上装饰着老式图案——图案上画着假鞋带。除了样式外，那是一双剪裁得体的靴子，鞋匠手艺肯定不错。布鲁姆先生的头顶已经秃了，显得额头更加宽大高耸——但他头周围一圈的头发浓密得出奇，脸上的胡须也更加浓密。他下巴微微扬起，眼睛从宽大的眼镜后面审视着我，左手放在门内侧的把手上。

突然看到他，我一下子愣在那儿，不知道该说些什么。我们就这样互相看着对方，他比我更加专注，当然和我相比他的专注有更加正当的理由。就像俗话说的那样，他正"上上下下"打量我，暗自猜测我是干什么的。他终于开口说话了，声音在门廊下回荡——从他的脸上可以看出他的嘴巴在动，嘴里发出的声音很洪亮，但听不清，就好像他的大胡子影响他发声一样。

"我看你对这栋房子的外观很感兴趣。"这是他说的第一句话。

那人的问候很礼貌，但不带任何情感色彩。我急忙道歉，胡乱说了些不像道歉的话，说这里风景如画，说夕阳斜照下这里看上去多么美妙。嘴里说着这些时，我心里却非常确定，我只想赶快停下来，尽管我俩才刚刚开始打招呼。不知道为什么，布鲁姆先生已经打消了我对这栋房子的所有兴趣。我只想赶快离开他，离开这里。布鲁姆先生的眉毛高耸，但他的整张脸看上去依然很空洞。如果这栋房子给人的感觉是空洞的，那么他给人的感觉更是如此。可是……我依然有点好奇。

我只想赶快离开，然而，布鲁姆先生像是在邀请我不要离开。他在欢迎一个闯入者。他缓缓地往左边看了一下，又往右边看了一下，终于从门里往前挪了挪，走到门廊下——动作显得特别踌躇不决——朝着我的方向伸出一只保养得当的手，就好像是为了让我完全放松下来。接着，他站在那儿仔细打量我那辆显得特别小的汽车，有他这样身材高大的人在旁边，那辆车看上去更像是他的婴儿车！

我茫然不知所措，往后退了一两步，再次盯着房子的前面看，这次同样看了好一会儿——空洞的窗户、红砖线脚、像是在窥视的烟囱，一切都显得异常安静祥和。我现在还记得向前伸出的狭窄屋檐下有小排只筑了一半就遗弃的燕子窝。这样往前探着身子很快就累了，于是我转过头，看着布鲁姆先生。

布鲁姆先生显然并没有受我影响。他行动迟缓，看上去像是竖立在偏远乡村的维多利亚时期贵族雕像，早已被人遗忘——还站在门里面的双脚紧紧并在一起，脚上的靴子干净锃亮，肥胖的手指放在表链上。此刻，他蓝灰色的眼睛好像正看着我笑，两只眼睛在变形的厚眼镜片后显得很突兀。他好像在邀请我进去，但他的邀请没有丝毫热情，却又给人一种比语言更加迫切的感觉。从效果看，就好像冲着老鼠阵阵飘来的烤奶酪味儿——只是捕鼠陷阱还没看到。那副眼镜后面的双眼里流露出迫不及待，尽管眼睛的主人努力克制。眼珠在眼眶里轻轻地滚动了一下。然而，即便如此，为什么我还是不信任他？仅从外表判断内在，那就太浅薄了。我正打算不管不顾地拒绝，布鲁姆先生往后退了一步，推开身后的门。我往里面瞥了一眼，就这一眼，我立马做了决定。

大门洞开，像是对我热情地敞开嘴巴，门里面的客厅对我来说格外有吸引力。客厅不算太宽敞，镶着浅色木板，檐口和壁柱到处点缀着金色，整个客厅的比例看上去赏心悦目。屋顶上吊着三个浅绿色的玻璃吊灯——非常迷人，像是用沃特福德[1]的精致水晶做成的。夕阳的余晖从没有窗帘的窗户里柔和地照进来，宛如洒进静谧的梦境。

如果客厅里没有家具，那么这个房间将格外漂亮宜人。遗憾的是，这个房间里塞满了旧家具，显得很怪异——家具虽然旧，但都价格不菲，设计精美，只不过像这样杂乱无章地挤在一起，完全把这些家具的典雅精致挤没了，家居间只留下非常狭窄的一条过道——过道仅容得下一人通过，通过时还不能有大幅度的动作，就像玩孩子们喜欢的游戏"水陆两用"时那样。也许是某个古董家具商的储藏室，为了"夜间潜逃"，不得不把收藏的所有家具全都集中在这里。我肯定满脸惊讶，因为布鲁姆先生看着我笑了，嘟囔着说："今天挪过来的，明天就挪走。"他说话时好像随时准备离开。

就这样诱使我进来后，布鲁姆先生快速示意我继续往里走，甚至

---

[1] 英国著名水晶制品品牌。——译者注

都没有回头看我是否跟在他后面。像他这样高大笨拙的人，走起路来却敏捷灵活，三下两下就已经穿过弯弯曲曲的昏暗通道，在通道尽头一个门口那等着我，一只手放在那扇门上，对我说："这是书房。"他说话的语气很柔和，就好像我是一个富有的潜在购买者，他指望我能买下他的这栋房子。"等一下，"布鲁姆先生急匆匆地补充道，"我好像忘记关外面的门了。"

书房的功能其实和陵墓差不多，但在阳光明媚的早上，这间房看上去肯定像个"美女"的闺房。可惜这会儿天已经开始黑了。地板上铺着小波斯地毯，颜色灰暗陈旧，书房里还放着一张宽大的书桌，几把大扶手椅上盖着朱红色的摩洛哥皮革。墙上除了几件雕刻品和铜版画，还整齐地摆放着包装精致的书，翡翠绿、鲜红和樱草黄显然是布鲁姆先生最喜欢的几种颜色。一侧书架上的书都被挪开了，一堆一堆地垒在书架旁的地上。对面是一个大壁炉，壁炉台顶上装饰着石膏造型——异域色彩浓厚。嵌板的正中央又有一只鹈鹕——正在给小鹈鹕喂食。

我正朝长形窗户外面看时，布鲁姆先生出现了。他还是像刚才那样不带任何情感地笑着，再次上下打量我。他身上最引人注目的除了那副眼镜外，此刻是从表链上垂下来的盾形几尼。棕色裤子，我暗自思忖，为什么是棕色？为什么不穿颜色和其他衣服相配的裤子呢？

"你爱看书吗?"布鲁姆先生嘟囔着问我,声音还是像刚才一样平淡、模糊不清。很快,我俩就亲切地谈起了文学。他不紧不慢地引着我从这个书架看到下一个书架,但有一阵子他只是忙着和我攀谈。我很确定,他在用尽一切办法留住我,竭力避开每一个我想要离开的机会。最终,我只好直截了当地伸出手,不顾他的抗议——如此急切坚决,甚至开始口吃——跟跟跄跄地逃出这间房。

天色越来越暗,拥挤的家具在暮色中看上去非常压抑。布鲁姆先生追出来,嘴里发出咕咕哝哝的声音。他一边朝我这边追过来,一边道歉,问我是不是挤不出时间了——"楼上的房间……花园……我收藏的瓷器。"但我坚持出去,并推开了外面这扇门。我在门外的暮色中沮丧地坐进了我的汽车里,像一只长毛猎犬,焦急地等待女主人,可她迟迟不出现。

我的确已经坐进了驾驶室——没有和布鲁姆先生握手道别——却发现车被锁上了。我肯定是刚才走神了才锁上的,而且通常放在仪表盘左侧凹室里的耶鲁钥匙也不翼而飞了。说来荒唐,但像这样的事情会让我感到不安。我搜遍了衣兜,没有。于是我跳了几下,再搜一遍,不仅没有找到钥匙,而且根本想不起最后一次碰车钥匙是什么时候。真是既荒唐又尴尬!我瞪着眼睛,努力回想下车时的每一个动作,眼睛盯着纹丝不动的栗树树枝覆盖下的宽阔绿草地。过了好一会儿,我终于抬起头，一眼看到布鲁姆先生。

只见他两条胳膊松松垮垮地垂下来，无助地往他前面伸出一点，脑袋偏向一侧，像慈父看着自己的孩子一样，看着我苦苦搜寻。

"我把钥匙放在哪儿了，我想不起来了。"我几乎是大声喊叫着对他说，就好像他听力有障碍一样。

"你有要事急着处理吗？那我给你拿点喝的吧？要不要水？或者来点油？"

听到他荒唐地颤声说出"油"，我一下子就失去了耐心。

"是车钥匙，"我冲着他大声斥责，"车档锁死了，动不了了，不能用了！我真希望我……"说到这儿，我停下来，焦躁地逡巡着门廊和外面的草地。布鲁姆先生像一个母亲，关切地看着我。"我一个小时前就该到家了。"我结结巴巴地回头说。

"恼火至极！哎呀，我心情低落。但我记得……'绝望的深渊'。你有没有，戴西先生，有没有可能把钥匙放在你口袋里了？"

我盯着他。他的提议简直就是愚蠢。但是，他没有那么愚蠢，因为显然他已经看了我驾驶证上的名字！"离这最近的镇子是哪里？"我对着他大喊大叫。

"最近的，"布鲁姆先生重复着我的话，"呃，离这最近的！好，让我想想！最近的镇子——修车店，当然是修车店。你进来，我们得找个地图；对，需要地图，你不觉得吗？这是最好的办法，绝妙的计划。"

我把手伸进车里的皮袋子里，拿出地图。可如此昏暗的黄昏里，只有猫头鹰才能辨别出地图上的字。不知为什么，在如此宁静昏暗的场景下，我竟然根本没有想起打开车灯。没有别的选择，我只好跟着布鲁姆先生再次走进屋内，来到他的书房。他点了几根蜡烛，我们坐在书桌旁，一起研究地图。目前为止，这是我离他最近的一次。

地图上的位置完全不合理。蒙特莎离周围最近的村子少说有四英里多，离最近的火车站有七英里——那个火车站还在铁路支线上。而这个与世隔绝的隐士就在我旁边坐着，表面上看，他给我提了一项又一项建议和帮助，但都毫无用处，甚至可以说他对我眼下所处的困境感到非常满意，这一点显而易见。这屋里连个用人都没有，不然还可以去附近村子里发个电报——如果电报有半点用处的话。我急匆匆地叠起地图——当然，是胡乱地叠起来——郁闷地坐在那儿。研究了一会儿地图后，布鲁姆先生呼吸有些急促。

布鲁姆先生恳切地对我说："你为什么为此烦恼呢？为什么？这只不过是一次意外，只不过是没有任何收获的意外。今晚有你这位贵客为伴，我会感到很高兴——简直就是幸福，我向你保证。别再说了，这事根本不会妨碍我什么。这栋老房子……真是极其不幸的意外。他们应该把钥匙做得大一点儿，重一点儿。真是荒唐！可惜我不是一个机械师。"

他弯着上身探向我——松弛、高大的家伙——像是在和我调情:"坦白地说,亲爱的年轻人,如果你能和我做伴,再不幸的意外我也不会觉得遗憾。像我这样的书呆子,你知道的。"

我拒绝继续坐下,站起身,再次搜索口袋。布鲁姆先生突然把头往后缩,回到之前的姿势。

"啊,我知道你在想什么了。别想了。是的,是的,是的。不舒适,不方便,我同意。但我的用人准备的饭菜一直都足够两个人享用——习惯而已,戴西先生,差不多是动物的本能习惯。而且还有——为什么不呢?我会给自己觅食。各种食材大杂烩,但并不难吃。"他说着笑了。"为什么不趁着天还没有全黑去看看花园?"他的声音又变得和之前一样单调,脸也变得和之前一样没有任何表情。

我走投无路,再抗议也毫无用处——只会显得更加粗鲁无礼。布鲁姆先生帮我打开窗户。尽管我非常恼火,还是脚步沉重地走到阳台上,而他离开书房去"觅食"了。我想象着他站在食物储藏室前,戴着厚重的眼镜,盯着切碎的肉。这个人到底怎么回事?是什么让他显得如此实实在在却又给人不真实、不可捉摸的感觉?到底什么才是真实?可以确信的是,应该是内在的某些东西,内在的自我,而不是皮囊。

和布鲁姆先生在一起时,他的皮囊好像仅仅用以掩人耳目,是替身。

如果真是这样,捕猎者费尽心机只是为了不惊到猎物,就像那些涂了蜂蜜的诱饵。可是,他到底想从我这里得到什么呢?他潜伏在窗户后面,是在等谁呢?他为什么一个人住在这么大的房子里?只有布鲁姆本人知道这些问题的答案,而且不管是出于礼节还是别的什么原因,我都不能直接问他这些问题。真是荒唐!

接二连三的烦人事让我感到厌倦,于是我便让思绪随着眼睛所到之处放松一下。我往南边看——南边的天空像玻璃一样清亮。夕阳的余晖映照下,眼前的一切宁静而没有任何色彩,西边天空挂着羊毛一样的灰白色云朵,昏星像银子一样在淡蓝色的地平线上闪闪发光。周围的乡村在紫黑色的黄昏里显得阴沉可怕,离这儿一百码左右的地方是宽阔的水面——在天空映衬下像死一样苍白——是一个湖,湖里肯定生活着很多生物,但即便如此,我也没有听到任何田凫的鸣叫声。

我面前的花园被浓密的树围绕着,近处的紫杉被园艺师精雕细琢得像古罗马壁画一样,上面的各种造型,有小鸟、拱门、巨大的蘑菇,甚至还有一个方尖石碑,园艺师肯定已经花了很多年的时间,可还没有完工。眼前一派新绿。布鲁姆的用人们不可能就这样丢下一堆没有完工的事情弃之而去,可眼下他们的确都无影无踪了。周围没有一丝光,没有任何动静,也没有一点声响,只有远处传来欧夜鹰的颤鸣声,让人昏昏欲睡。欧夜鹰是生活在森林里的鸟,喜欢独来独往。对了,我知道当天晚上会有月亮。月亮出来了，猫头鹰也会跟着出来，这样至少晚上我还有催眠曲可听。但眼下我为什么感到厌恶？感到内心深处焦躁不安？

我突然转身，因为我感觉好像听到了脚步声。不对呀，明明只有我一个人。布鲁姆先生这会儿肯定正忙着在厨房或地窖储藏室里"觅食"。可是——现在听起来不可信吧？——怀着最后一丝希望，我又一次开始翻衣兜找车钥匙！就在这时，布鲁姆先生出现了，我只好停止翻找。他光滑的双手握在一起，放在身前，像参加教区社交晚宴的教会委员一样和蔼可亲地看着我。他带着我往房间里走，一路上喋喋不休地解释，自从一个人住这房子后，楼上的房间就没有用过。他还说："事实上，我正准备离开这里，时机一到就——离开这里。离开前这段时间，我就在地板上打地铺睡觉。戴西先生，我日常生活中有很多和别人不一样的地方，都是我们平常很少有机会看到的新奇之处。我的秘书，那个可怜的家伙，觉得我这套像野餐一样的生活体系很有趣——至少有一阵子他是这样想的。"

布鲁姆先生带着我往一个房间里走，在门槛那儿停下来。只见房间里的橡木长桌上摆着一个烛台，烛台上点着几根点燃的蜡烛，桌上已经摆好晚餐，整个房间——比书房还大，房间里除了瓷器柜和古老的象牙，还有很多书，几乎和书房里的书一样多——窗帘很厚重，整个房间的氛围幽暗沉闷。

"我必须解释一下,"布鲁姆先生一边说,一边把左手的四根手指轻柔地放在我的肩膀上,"我的秘书离我而去了。他永远离去了,他去世了。"我把脸转向他,一脸茫然,他用猫头鹰一样的眼睛审视着我,好像在期盼着我对他表达怜悯之情,可我根本没有感到任何怜悯之情。在没有任何准备的情况下,怎么可能假装怜悯?

布鲁姆先生扭过头,看着我们后面的走廊,说:"对我来说,他的离去是个重大损失。我很想念他。但另一方面,"他轻松愉悦地接着说,"我们不应该让我们的个人情绪影响我们享用晚餐,尽管我担心这顿晚餐顶多只能算是一顿家常便饭。"

布鲁姆先生再次表现出不了解实际情况的一面。这怎么能算是家常便饭?除了牛肉汤,桌子上还摆着童子鸡,鸡胸上撒着白沙司,里面配有各种配菜,有黄瓜、块菌、蘑菇——可怜的小鸡似乎活着时只能以樱草和金银花的嫩叶为食。还有一盘芦笋沙拉,放进嘴里只觉得冰一样凉,沙拉旁边的老式银质餐盘里有蛋白酥和琥珀色的果冻,涂着厚厚的奶油,有的奶油凝结成块。喝完雪利酒后,只有香槟可以喝,而且要不是因为饮食有节,我俩肯定能喝完两瓶香槟。

布鲁姆先生一边吃,一边——以令人惊叹的方式——和我聊天。聊天的内容几乎涉及他自己的方方面面。他告诉我在蒙特莎度过的童年是怎样的，说他家族拥有这座宅邸已经快两个世纪了，还说他曾和他的三个姐妹——她们现在都已经过世———起在这里住了不少年。

布鲁姆先生用手里的叉子指着壁炉右上方的画像，大声说："她在那儿！那儿，那是我的母亲。"我抬头看了看布鲁姆太太。画像里的她也在看，看向别处，所以我的眼睛和她那双画出来的眼睛没有对视。简直无法相信他们两个曾经是孩子，曾经一起玩耍，一起大笑，也曾发生争吵，争吵后又和好。即使我能够想象出画像里这个已经作古的女士当年那副小姑娘的样子，再天马行空的想象力也无法把眼前的布鲁姆先生转换成一个小男孩——我指的是让人能够忍受的小男孩。

我放弃了想象，也不再吃果冻，接着我们开始吃法国卡门贝奶酪。就在这时，布鲁姆先生谈起了他的秘书，悲痛难忍。

"他对于我的文学创作来说不可或缺，"布鲁姆先生一边大口嚼食一边说，"我写的东西不值得一提——我不会麻烦你看的——只是出于个人兴趣，不可或缺。当然，我们在很多问题上看法不一：没有人会对这个话题看法保持完全一致……简而言之，就是超自然问题。他天赋异禀，你可能都不相信，可来我这儿之前，他甚至完全不知道自己的天赋。"布鲁姆先生把左手放在桌子上，接着说："我从来没有否认过他的天赋。我们做了一些小实验，成功获取结果，都极其不可思议，极其有意思。我要是告诉你，你一定也会大吃一惊。"

我倒是喜欢布鲁姆先生的提议，但我说什么都没有用。房间里虽然点了六根蜡烛，但六根蜡烛依然不足以让我透过亮光看清主人。布鲁姆先生坐在桌子的那头，我的正对面，看到我正盯着他看，立马坐直身子。

"我的个人观点是，"布鲁姆先生解释，"他的健康状况出问题和这些实验没有任何关系。我向你保证，我完全不希望他继续下去，即使是为了他自己。坦率地说，在这些问题上，两个人的智慧，两个人的意志，甚至两个人的思虑，都比一个人强。庞松贝医生——我要解释一下，庞松贝医生是我的家庭医生，我妹妹生病期间一直是他负责医治——很遗憾，庞松贝医生住得有点远，但只要有时间，他都会马不停蹄地赶来。另一方面，我记得最后时刻到来时，庞松贝医生一点都没有感到意外——最后时刻到来得非常突然。我的秘书，戴西先生，被发现时已经去世了。当时他躺在床上——卧室的床上。说到我自己，我应该——"他又把头缩回去，有点突出的双眼像打磨过的玛瑙一样，透过银白色的烛光再次盯着我——"说到我自己，"他的声音压得很低，好像被胡须挡住了，很难发出声音，"我的最后时刻到来时，我应该会希望那能越快越好。"

布鲁姆先生用松软苍白的手又往酒杯里倒了一些香槟，接着说："我并不是说我急于离去。而对于你来说，亲爱的年轻人，"他欢快地补充道，

"你涉世未深,和我的经历相比,那只是很小一部分,你肯定不像我这样期盼最后时刻的到来。"

"你说的是死,是吧,布鲁姆先生?"我直截了当地问他。他的下巴再一次缩回领口里,眼睑低垂,遮住双眼。

"正是。尽管我们应该知道,死的方式不止一种。首先要考虑的是身体,其次是——余下的部分。当然,尽管当今——好吧,我还是把这个问题留给你吧。"

布鲁姆先生和人聊天时非常怪异。他更像是在写信,会自动忽略他不感兴趣的问题,或者他不想回答的问题。就像生活在野外的黑猩猩,从一个他不喜欢的话题灵敏地跳到另一个话题,即使没有人提起那个话题。我们共进奢华晚餐、边吃边聊时我就开始怀疑,如果有人意外到他家里来,他欢迎客人的秘诀就是希望客人听他讲话,不管对方是否愿意。他太自负了。接下来发生的事已经部分证明了我的这一猜测。但同时我又理解布鲁姆先生为什么需要有人做伴,我指的是普通的人与人之间的相伴,尽管他在秘书去世之前似乎已经对秘书有点厌倦。

"亲爱的先生,和生命垂危的病人保持观点一致,是一件压力很大的事,你应该同意这一点。生病时会产生各种想法,而且不是所有的想法都考虑周全。他是个并不快乐的年轻人,从来没有快乐过。现在回想起来——用我们这个时代的术语说,他是个'内向的人',但他也是个善良的人。对了，还有，他——和别人在一起时——一直都坚持己见。我的姐姐向来都不喜欢他，一点都不喜欢。但是，在那个时候，她被传统所害。在当时来说，传统意味着安全，对于现在的一些人来说，依然如此。当然，我们有共同的兴趣爱好——我和他。我们一起所做的安排都是建立在这个基础上的。他很有自己的见解，但有时，哦，对的，"——他又往自己酒杯里倒了点儿酒——"有时他特别固执己见，他原本并不是一个有定力的人。他——可能是在我们恰好讲到最有趣的观点时——很容易动摇，开始探索新的可能性，或者提出质疑，或者慌里慌张。而我，就那个问题而言，也是一样。"

"当然，你知道大概的过程吧？"布鲁姆先生的眼神从食物转向我，但并不是为了听我对这个问题的回答。"是这样的——"紧接着，他便开始了乏味的长篇大论，谈到占卜写板、自动书写的美妙用处，还谈到叩击桌子法、秘密石板、细胞外质，还谈到很多其他的——我都不太喜欢——和通灵降神会相关的事物。无论我说什么，或做什么，甚至连实在忍不住的哈欠，都无法阻止布鲁姆先生侃侃而谈。"肺部问题"似乎是他秘书去世的主要原因。但如果那个可怜的年轻人活着时也不得不像我这会儿一样，也不得不一个夜晚又一个夜晚，耐着性子听他长篇大论，仅仅是恼怒和无聊就足以要了他的命。我不禁暗自好奇：他的秘书到底是如何才能忍受他那么久的？

我没再继续往下听，滔滔不绝的讲话突然停住了。布鲁姆先生把他的双手放在甜点盘的两边，两眼再次从眼镜后盯着我，一声不吭。过了一会儿，他问我："你，你自己，有没有涉猎过我喜爱的领域？"

事实上，我有。小时候，我家有个年长的女性朋友——埃尔古德小姐。我母亲结婚时，她曾是我母亲的伴娘。我家有个不成文的规定：任何情况下，我家所有人都要顾及埃尔古德小姐的需求和感受。埃尔古德小姐，可怜的人，她是在韦斯特邦尔公园区的一个出租房顶楼房间里——来到这个世界上的。她体弱多病，健谈，温柔亲切，对另一个世界充满强烈的兴趣。我现在似乎还能听到她说"亲爱的查尔斯，另一方面""查尔斯，另一个层面""等我去世的时候"。但让人好奇的是，她对什么都毫不畏惧，独立自主到不切实际的地步。

念在旧日情分上，我过去常和她一起喝茶——事实上，除了旧日情分，我们之间也没有别的什么。我们会一起坐着，茶水的热气慢慢上升，飘到她家窗外洒满阳光的大街上；她会拿出那个维多利亚时代的小圆桌，还有酒杯和纸板字母。我们会讨论一些不切实际的问题，如关于我们肉眼看不到的世界、心怀恶意的人、未知世界等方面的问题。她催促我先放下旧的想法和观念，再专心思考，每当那时，她常会显得很兴奋，脸会变红，消瘦的手还会发抖。实话实说，当那个小酒杯在涂了清漆的小桌子上移动时，我从来没有故意干涉过，我也从来没有发现埃尔古德小姐故意添油加醋地篡改拼写出来的信息。当看到出其不意的结果时，我俩都会很开心。那些结果就像聪明的猴子或鹦鹉也许能够做出的具有创意的事情——事实上，那些结果并没有任何实用价值。

我们互相提出的问题的答案都是"通灵的"，都是充满智慧的，但同时又很容易理解，不过都毫无实际用处。有一次，我对"那边"的丁点儿兴趣也全部被消灭了——一切就这样被揭秘了。事实上，如果要说对我有什么影响的话，那就是那次经历甚至有些破坏了我对布鲁姆先生现在跟我分享的话题的兴趣。

正是由于这个原因，布鲁姆先生第一次提起这个问题时，基本上就让我对他准备的童子鸡、果冻和香槟失去了任何食欲。根据诗人所说，没有一个跨入"那边"边界的人曾经回来过，那个边界肯定比中国的长城还要长，而且并不是所有的门都通往宁静之地或天堂或人类能够忍受的地方。

最后，我跟布鲁姆解释，我对通灵毫无兴趣。哎呀，布鲁姆先生突出的灰蓝色眼睛——就好像被烛光点燃了一样——使得我说话时的语气比我原本想的还要重。我告诉他，我很不喜欢关于这些领域的任何话题。我明确地跟他说："我确信，你用那种方式获取的信息也好，交流也罢，不管你想要怎么称呼它们吧，如果它们本身不是潜意识——

一个极其含混不清的术语——的胡言乱语，那它们很有可能是比某种东西或某个人的潜意识还要深层的产物。"

哪里是"确信"！对于这个话题，我实际上并没有任何第一手的资料——埃尔古德小姐，可怜的人，只是外行中最易怒、最脆弱的人——但无知尚且闪烁着直觉的微光，有可能让人更有把握。我直截了当地告诉布鲁姆先生："布鲁姆先生，关于未来——我的意思是当我们从自己的皮囊中解脱出来时等待我们的那个地方，我听说那里除了遗憾——关于此生结束并不是一切都结束的遗憾——其他什么都没有。我并不是说到时候我们哪里也不会去，也不是一定会以那种方式去那里，我也不是说也许将来有一天我们不会走得比我们想象的要远，但是，"我愚蠢地咆哮着，"我的个人看法是，所有这些事情，那样处理的话，完全是在浪费时间，而且是以愚蠢和危险的方式浪费时间。"

布鲁姆先生的眼睛一眨不眨，微微点一下头。接着，他像是在低声细语一样，嘴巴几乎没动，突然爆发起来："的确如你所说，但也许，也许并不是哪里也不去。"

接着，就在我坐在那儿看着他的时候——很难用语言表达——可以这么说吧，他的脸突然"出走"了。他的脸（不仅被抛弃）像是被彻底遗弃，空洞无物，看上去像是没有挂窗帘的窗户一样荒凉静默。静止不动的眼睛圆睁着，毫无活力的手放在桌子上的餐盘旁边，但他，布鲁姆先生,已经走了。我就那样坐在清亮宁静的烛光里,孤独地坐了两三分钟——这种经历我再也不想尝试了。是的——我甚至当时就意识到了——布鲁姆先生仅仅靠耍花招就已经成功地操控了这一切。尽管他的眼睛偶尔会眨一下,就好像被烛光刺到一样,也像是在努力隐藏他并不是那么喜欢刚才所处的场景或状态这一事实,但就在下一秒钟,他的眼睛活了过来,再次从眼镜后面看着我,脸上也有了活力,带着胜利的笑容,还有一种迷人的自负。

布鲁姆先生没有给我消化这一滑稽转变的时间,就立马跟我说:"所以,所以,不管百叶窗拉上还是拉下,我们依然是我们。亲爱的戴西先生,你刚才说的一切,我都觉得很有意思。太精彩了!再没有比这更有趣的了!茅塞顿开啊!的确如此!的确如此!好极了!你跟我说你对这个问题一无所知。确实是一无所知。还说那很愚蠢,很危险。啊,是啊!为什么不呢?危险!好吧,你就听我说一句吧。这儿,亲爱的先生,我们正处于其中,对,良性的温床。但如果说有一种方式我应该避开的话,"他把眼神收回,厚厚的眼镜再一次在烛光下闪闪发光,"那就是采用任何个人措施让你加入——加入我们的神秘世界里。不过,我会完全顺其自然。"

布鲁姆先生几乎没有提高嗓音,说话时声调也没有任何起伏变化,他面带微笑地看着我,只有粗壮的手指在桌布上抖动了几下,但他的脸气得发白,他憎恨得连头盖骨似乎都在动,头盖骨把两侧的头发都顶起来了一点儿。

"戴西先生,幸福的状态是——无知。无知是我们的第一父母。"

就在这时,我像个傻瓜一样,突然勃然大怒,再次提到埃尔古德小姐。布鲁姆先生面带微笑地听我说。

我言辞激烈地为我那位善良、多愁善感的老朋友辩护。

布鲁姆先生说:"啊,事实上,就是一个退休的家庭女教师!一个——一个老处女!"说完这话,他再次摆出一副傲慢的样子。"别害怕,戴西先生,她不在我的访客名单上。我的访客思想觉悟都很深刻,非常深刻。"

说完,布鲁姆先生伸出一只手,猛地拿起我餐盘里的一块鸡骨头。

"出来!"布鲁姆先生大声地喊道,"给你,拿着!"他弯下腰,头往下探,一直探到从我的视野中消失。接着,一条黄狗——只眼睛闪着光斜向一侧——突然从一把椅子下面出来,走到房间中央,开始享用晚餐。在这一刻之前,我根本没有看见那条狗,更没有听到它发出的任何声音。有那么一会儿,只有狗啃骨头的声响在房间里回荡,除此以外,再没有任何其他声音。

"贪婪,你!贪食者!"布鲁姆先生在引逗那条狗。"嗨,斯蒂夫在哪里?戴西先生,一只动物的智慧,"——他的声音从桌子的那头儿飘到我这儿——"就在它的腹内。如果动物能脱离动物的肉体,进入思想有偏见的人体内,我们通常还是能从中辨别出原始落后的成分。"

有那么一小会儿,我对这番客套话不知该如何回应。趁我发愣的时候,布鲁姆先生对我笑了笑,并往郁金香形状的酒杯里给我倒了点儿荨麻酒。

布鲁姆先生接着说:"再说一遍,再说一遍,我一直都非常欢迎你的陪伴,而且——好吧,在对方没有明确表示可以的情况下,一个人不应该入侵他人的私人保护区。但我自己的私人保护区一直都没有受到多少礼遇。那只动物会讲故事。"狗啃骨头的声响还在继续。"你,你这个老东西,你能吗?斯蒂夫在哪儿?斯蒂夫在哪儿?好吧,滚回去!"狗啃骨头的声响戛然而止,黄狗退回到角落里去了。

布鲁姆先生接着说:"好了,戴西先生,如果你已经完全恢复活力了,我们就离开这里吧。最近几个月,我不喜欢房子里有佣人妨碍我,用人是外来者。我向你保证,就所有重要事情而言,他们和我们之间的差距很大,比角落里的那个老东西——强克斯——和我们的差距还要大。哦,是不是啊,老恶魔?"他一边叫狗一边说,"难道不是吗?好吧,让我看看,"他拿出表,一只金双盖怀表,表盖上的刻字都快被磨光了——"九点了。嗯!九点整!漫漫长夜在等着我们呢。相信我,对你的陪伴,我非常感激,并且感到遗憾的是——但是,好吧,我看到你已经原谅了我这个老家伙的怪癖。"

奇怪的是,说最后一句话的时候,布鲁姆先生的语气显得空洞无物,甚至有点可怜。他晚餐食欲大开,至少,喝了餐桌上所有香槟的五分之四。可他从餐桌旁站起来时,看上去垂头丧气,我根本意料不到这一点。他在地上拖着拖鞋往前走,就好像刚才最后的十分钟让他变老了很多。

布鲁姆先生一只手擎着蜡烛走在前面带路,但为了不让烛光摇曳不定,我想烛台上的蜡烛已经被他吹灭了两根。昏暗的月光从书房的长窗户洒进来,空气中弥漫着淡淡的春天和夜晚的味道,也许是因为有一扇窗户开着。他看到开着的窗户,便停下脚步,环顾四周。

"如果有一种动物让我不能忍受的话,"布鲁姆先生回过头低声对我说,"那就是猫——猫科动物。猫科动物有久远的历史,它们可以回到过去,所以我们会在遥远的地方遇见它们。就是这样的,就是这样的。"

布鲁姆先生一边说话一边把窗户关上,拴上,拉下百叶窗,拉上窗帘。

"好吧,上帝保佑,戴西先生。你的卧室——专门为你准备的房间——怎样?我之前应该想到这个:单身男人的习惯。我们应该——睡哪儿呢?"他紧并着双脚站在那儿,看着我。"我秘书的卧房,可以吗?可以睡在他的房间吗?我喜欢舒适。但谁都有幻想,有不愿意做的事,可能吧。就像我刚才说的，楼上的房间都空着，弃置了。也许我们可以一起打地铺——而且，盥洗室有水。我自己就睡这儿。"

他从我面前走过，把挂在两个书架之间的帘子扯到边上，但光线太暗，看不清帘子下面是什么。

"我刚才提出给你住的房间也在这一层。咱们两个不要离得太远，也许有这个必要。嗯？你觉得呢？好吧，来吧，到这边来。"

布鲁姆先生停顿了一下，然后带着我往外走，在走廊左手的第三个门前停下来。他这次停下来，在我看来，就好像是在等待让他进去的许可。我跟着进去。这个房间很宽敞——既是卧室，又是客厅，房间的窗帘和椅套都是淡紫色。窗户关着，房间里很闷，有一种淡淡的甜味。床在窗户左侧的角落里。和刚才那个房间一样，窗外昏暗的月光也透进房间来。

在昏暗的月光和同样昏暗的烛光的共同照射下，房间里看上去没有任何生气。我站在那儿，看着周围的摆设。毫无疑问，如果对这个房间的主人或最后一个使用者一无所知的话，我根本就不会注意到这个房间的静谧有什么不正常。可是，嗯，可是就在当天下午，我才看望了一个与死神擦肩而过的朋友。而现在——这是我今晚到的最后一个地方——四堵奇异色彩的高墙、书架、桌子、窗户——这所有的一切，布鲁姆先生的秘书在离去前，在一去不复返之前，都曾经看过。

布鲁姆先生看着我。我现在觉得,如果我当时给他机会,他应该也会拉下那些挂在窗户上的窗帘。

"那么,你觉得怎么样?你觉得,你会——可是,我有些犹豫要不要坚持这样安排……事实上,戴西先生,这是我唯一能给你住的房间。"

我嘟哝着说了声谢谢,明确但并不是很感激地跟他说,在这儿过夜我应该会觉得舒服。

布鲁姆先生大声说:"棒极了!我找到了!我唯一担心的是——嗯,你知道人有多脆弱,多敏感。亲爱的戴西先生,在我们居住的这个古老世界上,我们吸入的每一口气肯定都包含着另一个人呼出的最后一口气。好吧,我该让你休息了,你好好休息吧。你要找我的话,我就在书房里。我向你保证,不会再有任何人打扰我们。蜜蜂可能会嗡嗡地飞来飞去,但布鲁姆先生会一直在那儿敞开双臂等待着!右边的第四个门——往你右边转,走到走廊尽头就是。啊!我就不给你留下蜡烛了。"

布鲁姆先生点亮已故秘书梳妆台上的两根蜡烛,然后出去了。

我呆呆地站了一会儿,傻傻地盯着窗外。尽管布鲁姆先生说话非常流畅,但我意识到他是一个城府很深的老人。当然,我自始至终都知道他讲话时并没有看着我的眼睛,他想要的也不仅仅是我和他做伴。这位老人——尽管从外表看他伪装得很不错——如芒在背。即使他曾经希望一个人生活，但不管怎样，他现在非常不喜欢独居。我甚至还想到，他也许非常想念他的秘书。但恰恰相反，他提到自己的秘书时流露出鄙夷的神色，但又不是对已经永远离开或打败的人的那种鄙夷。事实上，布鲁姆先生似乎因为两件事不能原谅他的秘书———件是他们之间尖锐的冲突，另一件是钱普尼斯先生没有提前通知就离开他了——除非肺部问题算是提前通知。

我拿起一根蜡烛，开始浏览书架上的书。主要是小说，有几本诗集，还有一本关于苔藓的书，一本关于英国鸟类的书和几本绿色封面的医学书。除了这些，还有一整排手稿，都包着猪皮革，上面写着《正在进行》。我转向书桌，上面没什么让我感兴趣的东西——一个停止走动的钟表，一个已经干涸的墨水瓶，一个脏兮兮的银杯子，还有两本书：一本《感伤旅行》和一本托马斯·阿·肯皮斯的书，都包着柔软的红褐色皮革。我打开肯皮斯的书，扉页上的题词像蜘蛛腿一样细长："送给亲爱的西德尼，爱你的妈妈F.C."我吓了一跳，就好像偷窥时被人当场抓住。这时，我的内心深处传来一个秘密而伤感的声音："人生不应该走到这一步。"于是我把书合上。

桌子的抽屉里只有信封和信纸——志留纪背景上印着淡蓝色大字：蒙特莎，还有一本黑色封面的本子，封面上盖着章，印章上是"日记"二字。扉页上写着："S··S·钱普尼斯"。我抬头看了一下，接着翻到日记的最后一页——时间是几个月前——上面只潦草地写着几句话："不管怎样，不是我：不是我。但就算我能逃脱……"从这儿开始，墨迹开始模糊不清，只在下一页留下印痕。接下来是一小片字迹，又被涂擦得看不清了——看上去像符咒。布鲁姆先生的秘书似乎也很想和我分享秘密。我合上本子，转身离开。我在洗脸盆里洗了手，然后——用手指——对着钱普尼斯的镜子整理了一下头发。接着，我发现自己居然开始脱衣服——我现在想，我当时这样做只是因为不愿意再回到另一个房间，去面对另一通滔滔不绝的废话。

让我吃惊的是，我最终再次来到书房时，发现壁炉的炉条上一根木头正熊熊燃烧，布鲁姆先生已经把两把大扶手椅拖到壁炉前，他正陷在其中一把椅子里。他把眼镜摘了下来，看上去像是睡着了。听到我的脚步声，他睁开眼睛。也许刚才他只是"闭目养神"。

布鲁姆先生跟我打招呼："我希望你没感觉不方便，戴西先生？环境方面……"

他声音很大，就好像我耳背或者离我很远一样，但声音很快又降低了。"是不是只差一样东西，呃？……睡衣！我不是说你在衣柜里找不到合适的衣物穿。事实上，我的秘书衣着浮华。我不是责备他，绝不是责备。他喜欢漂亮的外表，戴西先生。"

我对天发誓，不得不和自己不信任的陌生人共处一晚，真是难以忘却的经历。不光是布鲁姆先生的言行举止都像带着假面具，就连他时不时冒出的傻话似乎都很矫揉造作——他讲的那些话机敏聪慧，可都处心积虑。蒙特莎——这栋住宅里面异常静谧。它拥有18世纪建筑的大方雅致，每一块嵌板和线脚都透着宁静。谁看到它的第一眼都会爱上它，它就像一张开朗的笑脸。可是——一看到它的双眼你就不会喜欢了！它散发着让人不信任、不愉快的臭味儿。但人的感觉怎么能作为明白无误的证据呢？这样的感觉连科学都无法验证——就像很多其他的事物都无法用人类能够找到的证据来证明一样。

可以说，布鲁姆先生的一次家宴或一场座谈会，也许就足以证明他有多么滑稽可笑。他竭尽全力逗客人开心；他博览群书——包括那些内容稀奇古怪的书；他兴趣广泛，我们一起探讨了音乐和艺术——他拿出一本又一本的照片和蚀刻版画，想要证明他说的某个荒唐理论，他还弹奏了一两段德彪西和拉威尔的《夜之幽灵》，用以证明他的另一个荒唐理论。我们还谈论了冒险、梦、疾病和遗传，之后话题又转到女性，接着很快又转到其他话题上。他把生命归结为"在令人不安的环境里发生的一个片段"，接着又从圣方济各遭受的诽谤迅速转到"痛苦"这一话题。

"戴西先生，我们都太畏惧痛苦了——畏惧痛苦的到来。甚至一提到畏惧，就感到无法呼吸。这种态度太违背教义了！"

说到这里，布鲁姆先生瞥了我一眼，这就足以证明他唯一的目的就是要引导我，想让我畅所欲言。但我变得越来越警惕，嘟哝着说，哲学始于亲人。

"啊，的确是！你开始反驳了，开始反驳了。另一方面，仁爱始于女式室内帽和软拖鞋，是吧？我看到那个可爱的尤物了：我看到她了！但你依然会同意，戴西先生，你甚至会立马同意：人的理智已经迷失在情感里了，人的大脑里也许装满了肥皂泡。一个有七情六欲的人，不管怎样——少量，一丁点儿的理性，嗯，还是应该有的！你说呢？"

几分钟后，当我们正在谈论人类思想的进程时，布鲁姆先生突然问我是否喜欢西洋双陆棋。

"为什么不喜欢？国际象棋呢？单人跳棋呢，戴西先生？——它是一种被人低估的娱乐方式。"

尽管布鲁姆先生一直开玩笑，一直精神愉悦地对我有说有笑，但这些显然都是障眼法，一点都不值得夸奖的障眼法。他一直"坚持不懈"地想让我对他谈论的话题感兴趣；也许，是想让他自己感兴趣。他说的很多话都不假思索——只是大脑的荒唐行为而已。就像转经筒，他的思想只是不停地转啊转，但他的注意力一直都专注在别的事情上。他汗毛密布的大耳朵，至少有一只一直都竖着，一直在留意其他事情。终于，整个晚上都在我嘴边的一个问题不经意间蹦了出来。我问他是不是在等某个访客的到来。就在这时,他把黑色的、圆滚滚的背转向我,在角落里的一个橱柜里翻找酒杯,用来倒雕花玻璃酒瓶里的威士忌。他顽皮地把头从宽厚的肩头扭过来。

"访客?你让我感到吃惊。在这儿?这个时候?亲爱的戴西先生,你以为这儿是鲁姆斯伯里或伦敦上流社会居住地?你让我觉得很有趣。访客!谢天谢地,并没有。你来这儿了,你也到处看了,但你并没有期待受到热烈欢迎。蒙特莎不值得一提的房客让你感到吃惊了。承认吧!事实就是这样。如果你就是我一直在等的客人呢?如果是,那该怎样?你会揣测,会凭直觉,会有预感——用令人愉悦的词语说出来。是的,是的,我赞同。我是一直都在守候,耐心地,非常耐心地守候。你那可爱的小汽车就在恰当的时候出现在了我的大门口。你停了下来,我对自己说,他来了。终于有人和我做伴了。一起举行讨论会,也许还会有争论。为什么不呢?我们都住在北半球。直截了当地说吧,我能预测到你的决定,就像牧羊人看到日出时天空的红色就能预测到当天会下大雨一样。于是我走下楼去。就这样,这不,咱们就一起坐在这里了!"

我原本并没打算流露出任何热情,但我的回答出卖了我。我明确地告诉布鲁姆先生,如果不是我的车钥匙找不到了,我根本不会在这儿停留五分钟。"我可不喜欢有个陌生人在一个陌生的房子里等着我。"

我说的话显得格外笨拙无礼。

布鲁姆先生哈哈大笑,接着耸了耸肩。他被我的话逗得笑个不停。"啊,但我们不要忘记了,这点小小的意外才是整个计划中最重要的一部分,是不是?就像诗人说的那样,这点意外决定了整个过程,是不是呢?"

"什么整个计划?"

"戴西先生,当你连珠炮一样地向我发问时,我感到非常不舒服,我都没办法集中精力思考了。我祈祷咱们两个不要再像证人席上的证人一样对待对方,或者甚至,"——他的脸上浮现出猫一样的笑容——"像正在接受审判的犯人一样。你要不要来点儿威士忌?全麦芽的,或者一小杯烈酒?听起来可能滑稽可笑,但对于我来说,我的秘书,钱普尼斯先生,最让我恼火的事情之一,就是他对'酒精'的厌恶。这是他自己的原话!每年三百英镑——戴西先生。一分都不少,其他全包。除了自己抽的香烟和看的鬼怪故事——这也是他的原话——睡衣、牙膏和——一辆很快就丧失战斗力的轻型摩托车用的——汽油外,其他什么花销都没有。如果你喜欢,你也可以称之为'酒精'!简直就是诽谤!这些所谓的专家们!苏打水或矿泉饮料?"

纯粹出于恼火,我才喝了酒杯里的液体,起身去睡觉。想都别想!布鲁姆先生偷偷地看了看他的怀表,然后想尽一切办法把我留到后半夜，还费尽心机地想要掩盖早就露出端倪、整个晚上越来越明显的焦虑。然而，在这种焦虑的影响下，他的声音变得越来越大，说话的连贯性也越来越差。如果布鲁姆先生是在演戏，而他扮演的角色是他自己，那么他的即兴表演部分已经达到了登峰造极的地步。在这场戏中，我的戏份原本就非常少，即便如此，在我说话的时候，他这会儿甚至连假装听一下都做不到了。当他不得不听我说话的时候，他听我说话的唯一目的就是他可以思考别的事情。一次又一次，就好像为了强调自己的观点，布鲁姆先生会从深陷其中的扶手椅里站起来，然后往门口挪去——假装是要去找一本书。他会在那儿停一下——接着，紧张的声音会再次传过来，依然磕磕巴巴，模糊不清。但是，有一次他停了好久，然后抬起一只手，站在那儿倾听。

过了一会儿，布鲁姆先生小声嘟哝道："如果不是两只夜莺，那当然就是一只了；不过，戴西先生，请你告诉我，"他站在那儿，面对着房间另一头的我，轻声说道，"我刚才是不是产生错觉了，我好像隐隐约约听到敲门声？住在这么大的房子里，房子里可能还有一些值钱的东西。我们都看过关于暴力的报道。谁都说不准啊！"

我语带嘲讽地问他："即使有人敲门，又有什么值得大惊小怪的呢？你的朋友们难道不会纯粹因为自己的原因敲一两下吗？我想这是他们能为你做的最基本的事。"

他轻轻地重复着我的话说:"'敲一两下',是个信号,可为什么呢?"

"来自'那边'的信号?"

"啊?啊?"布鲁姆先生突然打住,两颊变得苍白。也许只是狗挠门板的声音,那只忠诚的宠物可能厌倦了独自待在餐厅里,想要它的主人陪它一会儿,于是就过来挠门板。没想到狗挠门板的声音让他如此垂头丧气。但是,布鲁姆先生并没有打开门。他冲着门板喊道:"滚开!"接着对我说:"走吧,先生!到你的睡垫那儿去!那条狗,戴西先生,它比人还更有人性——或者也可以说,没有人那么有人性?"他说话的内容都很愉快,但他说这些话时,胡须下的嘴唇却一直在颤抖。

我真的受够了,于是起身离开。布鲁姆先生陪我走到书房门口,停下脚步,伸出手。

布鲁姆先生几乎是嘟哝着说:"如果可能,如果你晚上需要什么的话,当然,你一定会记得去哪里找我,我就在那边。"他说着用手指了指。"但另一方面,"他把手放到我的胳膊上,带着蔑视,看上去又像是不好意思——"我睡眠特别不好,有时到处逛一会儿会让我平静下来。你要不要和我一起去?我随时都可以,你呢?我都欢迎。但今天晚上,我没有期待——任何事情发生。"

布鲁姆先生往后退,靠到身后的门上,说:"你有没有尝试过我失眠时用过的办法?呼吸几口冷空气;或者吃一片凉饼干,刺激一下胃。

可是呢，对于年轻人来说——别这么做，你的器官还比较新！我的管家六点钟会到，因为我希望能在八点三十分吃上早餐。她是个非常守时的人，是个难得的管家。可是，我讨厌用人这整个阶层中的所有人。晚安！晚安！我警告你，千万别看《正在进行》里写的任何内容！"

都到深更半夜了，我还没能完全摆脱他。他急急忙忙地跟在我身后，一边走一边喘气，手紧紧地攥着我的外套袖子。

"戴西先生，我刚才的意思是，我从来没有尝试过改变主张——一个果子，我告诉你，刚开始无比新鲜生硬，但很快就会腐烂。此外，我的秘书在整理资料方面没什么天赋，就是我刚才提到的《正在进行》。他也许写作方面还可以，但缺少方法。当然了，你现在不得不走了，我们一起度过的夜晚也要结束了。可谁知道呢？当然了，别介意。该来的，一定会来。"

我终于自由了。我刚刚摆脱他，身后走廊的尽头立马跟来一个低沉粗哑的声音："戴西先生，如果你需要我的话，你不用觉得有什么不方便。家里没有小孩，也没有生病的人。睡个好觉！"

我把蜡烛放在桌子上，关上钱普尼斯卧房的门，小心翼翼地锁上，然后躺到床上，打算好好想一下今天发生的一切，可说起来容易做起来难。躺下后，我的第一感觉是如释重负：终于可以一个人待着了。可我（给表上弦时）立马又想到离天亮还有那么长时间。想到这儿，我心中升起一股厌恶之情。我打开窗户往外面看。这个房间所在的位置是房子的后部，那么窗户外面应该是一个湖，此时在星空下应该像黑檀木一样。我仔细听一听有没有水鸟的叫声，但什么也没有听到。布鲁姆先生说的夜莺，如果不是他想象出来的话，这个时候也停止了活动。地面上一层薄薄的雾气缠绕着栗树，悄无声息地摩挲着最下面的树干。

我转过身，带动的风把蜡烛吹得摇曳不定。几乎没有思索，我就打开了钱普尼斯先生衣橱中的一个长抽屉，看到里面塞满亚麻衣物。我禁不住好奇：他难道就没有任何亲人吗？是不是布鲁姆先生继承了他的遗产？这么奢华的睡衣，就算穿在阿拉伯王子的身上也不失尊贵吧。浅蓝色的丝质睡衣上绣着漂亮的猩红色字母："S.S.C."。里面的衣服都叠得整整齐齐，也许没有这个必要。我原封不动地关上衣橱。

壁炉上有几张照片，但已故陌生人的亲友的照片和我做伴，也算不上让人高兴的事。钱普尼斯先生已经去世了，照片里的亲人似乎也被涂上了一层晦暗的色彩。其中一张照片上是个年轻人，身材高大，皮肤黝黑，穿着棒球服，面带微笑；长长的鼻梁，胳膊下面夹着一个棒球拍；一条红褐色和黄色相间的丝带被粘到玻璃相框上。他应该是另外一个钱普尼斯，是这个已故钱普尼斯先生的兄弟，也许吧。我站在那儿，懒洋洋地盯着照片看了好几分钟，就好像在寻找灵感一样。

和布鲁姆先生聊天让我感到前所未有的疲惫，甚至在专注于那几张照片时，我都会突然打哈欠，感受到极度的劳累。我需要去一下洗手间，但还是算了——布鲁姆先生并没有告诉我洗手间在哪儿，如果我自己去找，又要冒着和他多说话的风险。和人说再见后又见面是很尴尬的事——和他再次见面？——绝不。我衣服脱了一半，到处翻找，想再找一盒火柴，但没找到，只好躺下，拉上紫色被子盖在身上——毕竟，布鲁姆先生的秘书又不是盖着这床被子去世的！——然后，我吹灭蜡烛。

我肯定立马就睡着了——睡得很沉，好像连梦都没有做。但突然，我又清醒了——完全清醒过来，就好像是在回应身体内发出的某种信号。黑夜过去了，窗外已是灰白色的黎明。房间里弥漫着清冷、带着雾的空气。我躺在床上，一动不动，仔细地审视着周围的一切，清楚地意识到我这是在哪里，同时又明确地感觉到关于这里的一切都有问题，但又说不清楚有什么问题。到底是什么问题呢？

我很难猜到，但又非常确定——房间的特质，房间的墙，边边角角，家具的样子，摆设的风格，好像一切都让人感到紧张。如果说昨天晚上在这里只是感觉诡异的话，这一会儿感觉更加诡异了——更加不真实。如果物体有可疑之处，物体本身很少会显示出这种可疑。但此时此刻，我周围的每一样物体似乎都在显示自己的无常，或者说，显示自身的危险。突然间，就像冷不防碰到了冰一样，我打了个寒战，瞬间意识到如果有人原本已经因为某种原因感到紧张害怕，那么对于这个人来说，钱普尼斯的房间就是以这样的方式让人怕得不寒而栗的。这听起来非常荒唐离奇，但事实就是如此。我原本并不害怕——没什么可怕的，但我看到的一切似乎都和清醒而又不可靠的意识状态密切相关。这样说吧，一旦我的大脑接收到我感觉到的证据，我就会变得像服了药或做了噩梦一样软弱无助。我浑身冰冷、僵硬，坐在床上，愣愣地看着卧室的门。

就在这时，我听到说话的声音：模糊、空洞、磕磕巴巴，像是从房子的远处传来的声音。我现在都记得，一听到那声音，我当时立马感到一股彻骨的冷意迅速传遍全身。我从床上下来，站到地板上，没有发出一点声响。我环顾四周，借着黎明半明半暗的光线，想找头天晚上我穿的那件外套，但没找到，只好穿上钱普尼斯先生那件挂在门锁钩上的丝质花睡衣和他的一双拖鞋。穿上之后，我感觉我都不像自己了，但不管怎样，现在可以到处走了。我用了半分钟时间才打开门锁——越是小心，动作越慢，简直像蜗牛一样慢。我有些发抖，可能是因为五月的清晨还比较冷。这时,刚才听到的那些声音比之前清楚了；我猜其中有一个是布鲁姆先生的声音。但这些声音出奇的相似，太相似了，就好像布鲁姆先生在自言自语，恰好被我偷听到一样。声音是从上面的某个房间传来的，面前的走廊往远处延伸，在白色的黎明中，仿佛舞台上夜灯关闭后的升降幕布一样寂静无声。

我侧耳细听，但听不出他说的是什么。接着，说话的声音停了下来，又传来一种叩击房子另一头的声音，接着，又听到有人向我这边走来的脚步声——脚步声很重，不自然，但步态均匀。什么都不做，就这样一动不动地站着，同样让人身心交瘁，但我很犹豫，一想到再次见到布鲁姆先生（尤其是如果还有别的人和他在一起），就心生厌恶。但即使冒险，我也不得不这样做，因为别无他法。我踮着脚尖，沿着走廊往前走，走到书房门口往里看。

房间尽头的窗帘被拉向旁边一点点。地板上铺着一块厚重的土耳其地毯。我踩着地毯走过去，没有发出任何声响，然后往里看。这个房间比我睡觉的房间还要暗。我扫了一眼，刚开始没有发现任何不正常，只有一张小床上半盖着一条旅行毛毯，小床就在我和一把椅子的旁边，椅子扶手上搭着一件黑色的晨礼服。我站在床边，突然看到一双熟悉的靴子。绝对不会错，虽然不合理，但正是我昨天看到的那双精致的靴子！两只靴子紧紧地挨着，空空地摆在那儿，就像能发出声音的动物，此刻却哑口无声。靠近床腿的地方，有一张被拉过去的小桌子，桌子上杂乱无章，显然摆放的都是布鲁姆先生口袋里的东西。有那只古老的金表、一个盾形几尼、一个钱包、一本袖珍书、一个笔盒、一块污损了的雕刻象牙、一个古董银质牙签、几个电报信封、一串钥匙、一把零钱——这些东西现在都还历历在目,甚至比当时看得更清晰——和那个盾形几尼亲昵地靠在一起的是——一把耶鲁钥匙。为什么布鲁姆先生晚上要把兜里的东西都掏出来,我猜不出来——也许只是个人习惯。只是我和他认识的时间太短,我也只能这样推测。

我想,人一旦愚蠢起来,简直不可想象。在看见钥匙之前的任何时刻,我都没有想到找不到钥匙是因为布鲁姆先生,是因为他偷了我的钥匙。我悄悄地走近,仔细看他的东西。耶鲁钥匙个个都长得很像,就像同一棵树上的叶子一样没什么差别。这是我的钥匙吗?我并不确定,但我必须冒险试一下。我至今也不明白为什么我当时对车钥匙这么小心谨慎。布鲁姆先生对它可不谨慎。那脚步声这会儿听起来像是踏上了远处的楼梯,我可以确定那是他的声音,好像他在抱怨,在抗议,声音里的男子气概和热情完全消失了。

"是的,是的。来了,来了!"脚步声还在继续。

好吧,我可不想打扰任何人幽会。我早就怀疑是布鲁姆先生的待客之道让他的客人感到紧张甚至厌恶,即使其他客人都不像我,都更加主观。物以类聚,人以群分,我想哪里都是如此吧。像我这样固执已见的人也许很难适应他进行通灵实验的独特方式。宽宏大度的人也许只会觉得他比大多数人稍微强势点。总之,结论就是:布鲁姆先生是个开拓者。

我转过身——在没有任何思想准备的情况下,突然看到布鲁姆先生的床。我走进这个房间的时候,我至今都很确定,除了头天晚上床上没有睡过人外,那张床没有任何不正常之处。房间里的光线这会更亮了,但还不够亮。没错,之前床一直空着。

但此时此刻,床不是空的。床的下半部分很平整,白色的被子非常整齐地从一边折到另一边,像台球桌一样。但枕头上——灰棕的胡须伸出来,伸到下面的床单上——好像是布鲁姆先生的头和脸。我伸着下巴,愣愣地看着那张脸,动弹不得。原来是一张完美无缺的脸,蜡质的,一动不动地放在那里,脸和头都不是真的。这一切像是错觉,至于这一切是怎么发生的,我倒是没有去想。脸上的五官没有任何生命迹象,没有任何活力,只是被一动不动地放在那里。真是莫大的讽刺——不管其目的是什么——它已经完全失去了幽默的成分。只是一张面具,一张看上去活生生的面具(面具之精巧,简直可以和中国艺术家相媲美),但——尽管我到现在也不知道为什么——它让我感到难以想象的震惊。

我头天晚上对唯灵论不假思索地反对,这会儿看来结论下得有些仓促,而且有些肤浅。我的那些看法,此刻显得尤其诡异且不恰当。这栋房子不是闹鬼,而是到处都是鬼魂。可怜的钱普尼斯先生活着时被这里的鬼魂利用,去世后又为树上这些栗子提供养分[1]。我突然感到厌倦,感到一种带着恐怖的厌倦。我再也没有往床上看,而是立马夺门而出——以最快的速度跑了出去。

车身上还覆盖着厚厚的尘土——我事后才注意到引擎盖上的手指印——车还停在头天晚上停放的门廊下,在淡蓝色的黎明里等着我。托比亚[2]肯定也是这样等待天使到来的吧。把钥匙插进钥匙孔的时候,我的心真的完全停止了跳动——幸好车还能发动。汽车引擎启动后发出第一声轰鸣的同时,我身后的门廊上方传来窗户被打开的声响。我转过头,看到一个模糊不清的灰白色身影,半隐半现地站在冬青和圣栎后面——一个矮个子男人,离我大约二三十码远,但他没有在看我。可也有可能只是我的幻觉,或错觉。我眨了眨眼,再次往那个方向看时,刚才那个人影已经不见了。太阳还没有升起,花园像绘制的全景图一样静谧,但我身后上方传来的嘈杂声越来越大,而且很急促、含混不清。

刹那间,我就从门廊下冲了出去,完全忘记了体面、尊严,慌乱地飞驰在半圆形的车道上。一片慌乱中,我发现这边的大门严严实实地锁着。我用力踩油门,慌慌张张地往后退,总算成功了。接着,我

---

[1] 暗示钱普尼斯先生被埋葬在这棵树下。——译者注

[2] 出自《托比传》,虔诚的犹太人托比失明后,他的儿子托比亚按照大天使拉斐尔所授办法,使其重见光明。——译者注

连头都没有回，没有再多看一眼那栋房子，便穿过草地，任由开满花的低垂树枝刮擦过车盖。顶多只用了五分钟，我就从布鲁姆先生的府邸冲出了好远。

值得庆幸的是天还没有大亮。我穿着紫色睡衣和红色摩洛哥拖鞋，开着车不管不顾地超速行驶，就连最没有责任心的乡村治安官看到了，也会心生疑虑。但我并没有偷窃，我是拿同样价值不菲的衣物——我的一件外套和一双棕色皮鞋——换来身上这副行头的。至今我还好奇它们能卖多少钱，我同样好奇的是：如果我同意留下来，布鲁姆先生会不会付给我和钱普尼斯先生一样多的年薪——三百英镑？我现在觉得，布鲁姆先生就是太需要有人和他做伴了，而在他最需要有人做伴的时候，一个不那么容易产生偏见的同伴对他来说就足够了。但我逃走了。

时至今日，再想去弥补为时已晚。布鲁姆先生已经"回家"了——我们所有人将来也同样都要"回家"——还带走了他的酬劳。而今，让我感到烦恼的是：我时不时地会想起埃尔古德小姐，只要想起她，心中总是会充满强烈的顾虑。她太单纯了，太容易陷入热衷的事物中去。她粗心大意而又忘我地把手指伸进布鲁姆先生经常光顾的浑水里，就像海德公园里，蛇形湖岸边那些紧张的黑色小鸟忍不住诱惑，飞落在装着"小鱼"诱饵的陶罐上。我不愿意去想任何一条"小鱼"会把她当回事——或者反过来,她把任何一条"小鱼"当回事。我更不愿意去想另外一种可能——当她因为在这个世界上没有找到出路而在那个世界里更加努力地摸索前行时,会遭遇和我一样的经历——在那个世界里遇见他。不管布鲁姆先生迷人的豪宅里到底都有谁与他为伴——都存在这样一个晦涩的问题,即我们的思想到底"靠什么生存"下去,更别说我们的梦想。除了布鲁姆先生的外表、性格和他制造的"效果"外,我和他争吵的另一个主要原因就是他对我那个毫无妨害的世交埃尔古德小姐的鄙夷。我多么希望有机会能提醒她,提醒她要小心布鲁姆先生——小心他那双幽暗、关切、悲伤、充满渴望的眼睛。

万圣教堂[1]

"因为时间本身……无法改变,圣洁……就必然在于我们赋予当今之事的形状或容貌之中。"

——理查德·胡克尔

八月的一个下午,三点半左右,我第一次看见万圣教堂。只看一眼,我所有的疲惫和烦恼立马消失了。我站在那儿,"盯着"它,如古语所说——"像那两个被派去侦察应许之地的以色列孩子"。想象超越现实,这样的情况经常发生,但万圣教堂不一样。历尽艰辛——飞虫、尘土、酷热、狂风——一路艰难跋涉,终于到达我此次旅行的最后一站,终于站在大海的绿色陡岸顶端,陡岸下面就是万圣教堂的高墙——

---

[1] 该小说采用1942年版本,同时包括作者本人于1926年版本中的修改。

不得不说，眼前真实的万圣教堂比我想象的要宏伟得多。

最让我感到惊奇的或许并不是它悠久的历史，也不是它的古朴典雅，更不是它的绝世独立，而是那种破败凋敝的感觉。它静静地伫立在那儿，看上去像是藏在狭窄的海湾里。周围没有任何声音，角楼里也听不到寒鸦扑棱翅膀的声响。抬眼望去，看不到屋顶，看不到烟囱，只有湛蓝的天空和潮水退去时细长的雪白潮水线，还有夕阳余晖中掩映在薄雾下的苍凉海岸。

就这样，在这最适宜的季节和最美好的时刻，我和万圣教堂终于相遇了。然而——我还是充满好奇。可以肯定的是，不是万圣教堂的"美"让这里的天空和周围的一切显得如此静谧，但这里的静谧给我留下最为深刻的印象。如果秋风乍起，吹过狭窄的海湾，这里又会是一番什么样的景致呢？我禁不住遐想。秋风也许会吹起一块块的浮沫，在灰暗的暮色中随风起伏——还有咆哮的海浪拍打着万圣教堂的墙壁发出的回响。如果在寒冷的冬天，这里又会是什么样的美景呢？那时天寒地冻，万圣教堂的凸饰、柱子顶端、浮雕、交汇处，应该到处都覆盖着冰冷的白霜吧！

事实上，从古老的中国到秘鲁，世上凡是有人住的地方，人类不知创造了多少伟大成就。这些伟大成就都是历史的遗产，而创造这些遗产的历史几乎都已经被后人遗忘。人类创造的这些伟大成就真是超乎想象。说它们"超乎想象",我指的是当初激发人们去构思和建造这些伟大成就所需要的激情。它们都是矗立在匆匆岁月里的丰碑——为了纪念那些神一样的人而修建的丰碑。然而,如果我们能够暂时放下胆怯和愚蠢,也许会意识到,我们自己同样也需要给后人留下属于我们这个时代的纪念碑——以此证明我们的创造力和天赋——不属于我们中的任何一个人,而是属于我们人类这个群体的创造力和天赋。

不管怎样,在酷热的三伏天,在经历了旅途的各种奔波辛劳却一无所获的最后时刻,第一次看到万圣教堂,我感到非常幸运。在下午的这个时刻看见万圣教堂,我甚至相信它拥有属于自己的生命。如我刚才所说,万圣教堂静静地伫立在海湾上,在逐渐变暗的苍穹下,看上去像是一个还没有完全石化的猛兽,似乎随时都会从昏厥中醒来,冲着对它施以魔法的魔法师的法杖吼叫。随着夕阳西下,余晖中的万圣教堂似乎每一刻都在发生变化。

这就是光影变幻的魅力。哲学家认为,人类追逐变化,人的生命和周围的其他生命只不过是永恒变化的聚集物。是的,在理想的激励下,在无限可能的鼓励下,人类在无穷变幻中树立永恒不变的追求,时间给它涂上不同的色彩,形成不同的效果。夏天就要结束了,收获的季节即将到来,庄稼很快就要被割倒,捆扎成堆,静默无声的季节已经到来,就连知更鸟都已经开始发出秋日的哀鸣。我真应该早一点来这里。

到这儿的距离并不算太远,但五座小山起起伏伏,绵延七英里,全都是坚硬的公共用地。我艰难地爬上一个(看上去更像是一个山丘)陡坡,面前又出现另一个陡坡;爬过这个陡坡,前面又出现第三个陡坡;气喘吁吁地翻过第三个陡坡,热得像要被烤熟了一样,面前却又(像海市蜃楼一样令人难以置信地)出现第四个陡坡——一路上怪石林立,杂草已经枯黄,零星点缀着有些凋零的千里光、白色的飞蓬、灰暗的荨麻和精致而顽强的旋花花朵,当然,还有翻山越岭整个过程中一直当头照耀的毒辣阳光——的确,随着行程的深入,我感觉越来越烦躁。正在这个时候,一堵高墙出现在眼前。不知道是哪个艳羡山中美景的庄园主,在这郁郁葱葱的山上建造了庞大的庄园,却用黑燧石修建起坚固的高墙,挡住觊觎庄园内景物的游客的视线。这长达一英里的高墙上飞虫密布,沿着墙角,与高墙为伴走一英里,简直就像走在通往地狱的路上——就好像和坦塔罗斯[1]同行,忍受着多重煎熬。这时,一辆空空的粪车从我旁边缓缓而过,扬起尘土和碾碎的垃圾飞末,在燥热的空气中飞舞,我再也忍不住,发出痛苦的呻吟。

这样的跋涉我怎会轻易忘记——或者说,这一路艰辛跋涉结束时我的狼狈模样很难被轻易忘记——我两脚肿痛,精疲力竭——全身上

---

[1] 古希腊神话中宙斯的儿子,因恃宠而骄侮辱众神被打入地狱,永远遭受痛苦折磨。——译者注

下都布满灰尘，脸上、嘴唇上、睫毛上、头发里，甚至连衣服里紧挨着皮肤的地方都是灰尘。我来到最后一座山的山顶，在山顶上一棵枝叶繁茂的大树下，在树荫笼罩的草坪上，伸展一下酸痛的四肢。这座山依然苍翠葱郁，山下的大教堂看上去赏心悦目。记忆真是奇怪的东西——记忆对过去进行整理和归类，然后存储，像鸽子笼一样的存储方式是多么诡异！

我想起多年前一个下着毛毛雨的夜晚。一个救世军军官在街角布道，我停下来听了一会儿。旁边肮脏的房子被雨水打湿，布道者慷慨激昂的演说在房子里回荡。忏悔者打着鼓，就像刽子手行刑前磨着刑具。布道者的山羊胡子随着他说出的每一个字抖动。布道者说："我的兄弟姐妹们，我们的肉身从来到这个世界的那一刻起，就开始走向死亡；从我们的神把我们的身体拼到一块的那一刻起，时间就开始把它们拆散。此时此刻，如果你倾心聆听，就能听到虫子在我们身体内蚕食、咀嚼的声响和我们的身体腐化生锈的声音——我们身体里的蠕虫永远不会消亡。人类的追求、信念和制度，也和我们身体里的蠕虫一样永不消亡——都一模一样。噢，那么，既然尘世间再美好的事物都将消亡，我们追求的应当是无限接近永恒真理！"

街角一个卖绘画颜料的店铺里射出明亮的灯光，照在布道者的脸颊、胡须和眼睛上。布道者打着手势，边比画边讲，他的周围围着一圈听众，都被雨水淋湿了，但都一动不动地盯着布道者——有少女，有实习生，还有面色沉郁的闲人。我听够了，便继续往前走。但奇怪的是，对这个场景的记忆却在此时不合时宜地挤进我的脑海里来。我前面说过，环顾四周，看不到任何人，只有几只海鸟——也许还有抓牡蛎的人——在远处的海滩上发出一些吵闹声。

我看了看手表，四点差一刻。可以确定的是，过不了多久，随着暮歌响起，教堂钟楼里就会传来"铃锒铃"声。教堂的钟声听起来总是忧郁哀伤。事实上，就算这个时候海面上和海岸上突然钟声大作，我也不会感到丝毫惊恐。我躺在树下，看着已经被风吹得飘零的叶子，眼前的景色算不上美——但我感到一种宁静，一种无法用语言描述的宁静。

事实上，在这个时间几乎停止流动的半小时里，我并没有听到任何钟声。万圣教堂应该空无一人，除非下面的高墙后有和我一样偶然闯进去的游客。这座大教堂既没有其他大教堂通常会有的周围空地，也没有会众——却显出另一种独特的魅力。手里那本陈旧的旅游指南我早就研究过了，知道主任牧师办公区和住所都在一英里外。休息了一阵子后，我打定主意，决定先去参观教堂里面，先满足好奇心，再找个地方洗个澡。

极端的状态——饥饿、劳累、疼痛、渴望——多么残忍啊！在极端状态的折磨下，人会变得非常脆弱。远远地看着大教堂的同时，我感到口干舌燥，喉咙里冒火，饥渴感一直占据着我的大脑，于是我对着海风长长地吸了口气，嘴巴里都是大海的味道。但与此同时，我的双眼一直紧紧地盯着远处山下几百年前修建的这座丰碑。

岬角几乎正对着西方，所以圣母小堂的窗户正好在我的下方，花饰窗格里的玻璃有四百年历史，看上去一团昏暗，平平无奇。窗户上面是祭坛的屋顶，屋顶上装饰着V形薄棱纹，都朝向高耸入云的塔尖，又在恰当的角度收住——因为这座大教堂是十字形建筑。教堂的墙壁同样历史悠久，墙上几乎没有任何装饰，给人的感觉很荒凉，不适宜居住。墙上的石头呈现褪了色的骨头灰白色，这种灰白色看上去像火焰——也可以说像炽热的灰烬———样没有实质。但教堂的墙壁又那么实实在在，实在得能在墙壁下的斜坡草地上形成影子，可影子又是透明的，让人感到惊奇。透明的影子呈现蓝色，和海水一样鲜亮的蓝色，只不过比海水的颜色淡一些。我看着墙的影子，发现它一直在动。即使这整座宏大建筑消失殆尽，这场景依然会美妙得让人难以置信。眼前天空的颜色和变幻不定的海岸线，似乎让大教堂外围的石头显得很不真实。

就这样，我坐在山顶上，俯视着下面的万圣教堂，欣赏了好一会儿。更准确地说是从上方审视着它，像站岗的哨兵一样认真巡视。突然，我发现有一个可疑的黑影正向我靠近，我简直不敢相信自己的眼睛。听起来有些荒唐，在我盯着万圣教堂、想要看清它的真面目时，我感觉自己随时都有可能吓到它——我的意思是，它当时看起来那么孤独，那么绝世而独立。

尚未竣工的塔楼两侧都竖立着巨大的雕像，阳光照到的一侧呈现淡淡的蓝色，而背光的一侧却是蓝紫色。我那本旅游指南上说，那是天使和古代圣人的雕像。当然，从我坐的位置最多只能看到六座雕像，我却像不相信自己的算术一样，一遍又一遍地数来数去，因为我的第一印象是七座雕像，但我认真数了好几遍后发现是六座——尽管从我的视角看最靠西边的那座雕像只露出一点儿突出的石头，但这突出的石头也许恰好是这座雕像最不可或缺的那部分。

不过，这个时刻的光线也许具有欺骗性，幻想有时会和眼睛开很大的玩笑。尽管如此，大脑经过一定的训练能明察秋毫之末，而肉眼却不一定能看得出来。如果想象力足够丰富的话，也许将来有一天，人类能够在午夜的黑暗中分辨出正在移动的影子，也能看得到月亮上巨坑的阴影。不管怎样，我终于能看得清雕刻的纹路、风蚀的细微缝隙、弯曲的弧度、镶嵌物的硬壳以及修补留下的痕迹。而所有这些，之前我根本没有注意到。事实上，大教堂的墙壁就像人的面庞，都是用经历的过往勾画的地图。

盯着这些雕像，我专心致志地审视了很久，突然间被空气和酷热催眠，竟然在稀疏的树荫下睡着了，而且睡了很久（睡眠时间的长短是根据睡眠的时钟来确定的），久到足够我做一个长长的梦。可等我醒来时，却只记得一丁点儿，而且发现我手表的指针才走了几分钟。此刻是下午四点零八分。

我吃力地站起来——全身麻木，行动迟缓——还感觉到一种奇特的惊恐，就是有时睡觉不踏实醒来后会有的那种惊恐。毫无疑问，大教堂一个小时后便不再对游客开放，整座教堂很快就会被黑夜吞噬，在黑暗中思索属于它的秘密。而我此行的目的地近在咫尺，我却在山顶上虚度了这么多宝贵的时光，真是愚蠢至极。一想到这里，我便急忙沿着陡峭的圆形山坡往下赶，绕过阳光普照的教堂墙壁，直接来到南门，却发现我刚才的预感变成了事实，因为大门已经上了门闩。看到这一幕，我的疲惫似乎瞬间加剧了好几倍。脑子一热就立马行动，我真是愚蠢！人一旦愚蠢起来，简直难以置信！

我抬起头，仰望着面前这座石造建筑美丽的外壳。无数的石头，形状各异——它们象征着曾经燃起又褪去的想象力，留至今日，成为历史的唯一见证。可我没有看到一只鸟，甚至连蝴蝶都没有看到。然而，我却发现进入教堂的一线希望。刚才我还像被猎人追寻的猎物，此刻我却像追捕猎物的猎人，急急忙忙地往阳光普照的地方赶去——我再次看到一片汪洋大海。大海近在眼前，我能听到海浪高亢的欢笑声和低沉的吟唱。事实上，直到这一刻，我才意识到大教堂西侧的门离海滩有多近。

西侧的门好像是专门为那些漂洋过海而来的朝圣者精心设计，而不是为了那些只信奉神龛、久而久之已有些倦怠和习以为常的人。我甚至都能看见那些朝圣者从他们乘坐的大船上跳到轻舟里——大船船帆放下，船锚抛入海中；还看见他们跳到海岸上，艰难地穿过沙滩，奔向对他们表示欢迎的敞开的大门——"帕提亚人，米堤亚人，还有埃兰人；居住在美索不达米亚的人，来自埃及和昔兰尼一些地区的人；罗马来的陌生人，犹太人和犹太教皈依者——我甚至真切地听到他们用我们的语言谈论上帝创造的奇迹有多么了不起。"

终于，我进到万圣教堂里面——从一个又圆又矮、装饰着锯齿形线脚的侧门进入。托梁顶端的滴水石那儿悬着一张邪笑的脸，张开血盆大口，伸出长舌头，对我表示欢迎。对于以这种方式进入万圣教堂的我来说，这倒是一种恰当的欢迎仪式。

可当我来到宏伟的栋梁下，我就立马忘却了自己，忘却了属于我的一切。我的意识被独属于这里的静默、清冷和高深莫测的暮光所占据，就连汪洋大海都无法完全容纳，无法将它拥入自己的怀抱。我头顶的上方除了洒满夕阳余晖的窗户外，广阔的空间里几乎看不到其他颜色，也没有更多的装饰。石头柱子像是被吓坏了，不得不奋力顶起圆形拱门。

不知道是精心设计，还是观看视角产生的错觉，整栋建筑的地基像是由西至东逐渐升高，最东边的黑色木制圣坛隔板上拥挤地雕刻着各种形象，恰好把唱经楼和高高的圣坛从教堂正厅里隔开。我好像刚刚从一种宇宙物质转换为另外一种物质：从如火如荼的自然世界转换到宁静祥和的世外乐土。在这里，想象力的翅膀永不停歇，从荒野飞向未知的领地。

就这样，一边看着万圣教堂一边休息，我肯定又睡着了。睡眠的洪流如此迅速地淹没我的思想，我再次睁开眼时，竟然感到一片茫然。

我这是在哪里？是什么深渊恶魔钻进了我昏昏欲睡的身体，让我处于眼下这种茫然无措的状态？刚醒来时，耳边还回响着噩梦里的喧闹声，刹那间变得如此安静。就在同一瞬间，我意识到尘世的冷峻阴森，意识到再也不会有这里的宁静祥和，顿时心中充满沮丧，同时也意识到我并不是大教堂里唯一的人。就在二三十步外，就在圣坛隔板的这一侧，站着一位老人。

从身上带流苏的深紫色长袍来看，他应该是教堂司事。然而，他好像还没有意识到，除了他以外，教堂里还有其他人。但看得出来，老人在侧耳倾听。他的头向前探着，并歪向紫红色的肩膀。我盯着他时，老人突然睁开眼睛，异常认真地察看北侧耳堂的整个上方。我静静地坐在那里，没有听到任何声响，所以他的注意力应该也没有被惊扰。突然，好像有一只鸟飞过破开的窗户，进入教堂，发出的鸣叫惊醒了我，同时也引起了他的注意。也许老人一直在等待天上访客的到来。

我继续盯着他。即使隔着一段距离，纵向天窗反射的暮光也足以让我看到他的脸：高高的鼻梁，瘦削的颧骨，微微向前凸起的下巴，但依然有点模糊。他保持同一姿势很久，我实在忍不住，决定主动上前，打断他的白日梦。

听到我的脚步声，老人警觉地把头缩回到肩膀正上方，接着转过身，一动不动地打量着一步一步走过来的我。他和伦勃朗绘画中的老人有些像：双手交叉，黑色的眉毛耷拉着，薄而长的嘴唇看上去很严肃，厚重的眼皮下专注的双眼又黑又深。而我则像个全身布满灰尘的磨坊工人，汗流浃背，衣服几乎湿透，是任何看护人都不会喜欢的那种访客。即便如此，这位老人却不失礼节地和我打招呼。

我先是为自己这么晚才到这里感到抱歉，接着绞尽脑汁解释了原因，最后胆怯地说："我看到你之前，根本没有往里走，不然我可能会被关在教堂里一整夜。如果没有月亮，晚上教堂里一定一片漆黑。"

老人笑了笑——笑得有点冷淡，然后说："事实上，先生，大教堂四点就不再对游客开放了——也就是说，四点以后就不提供任何服务了。这里的活动并不多，不过游客也不多。尤其是在冬天，你应该注意到这里有多阴冷灰暗——正如你说的那样,'一片漆黑',先生。并不是因为我曾在这里过夜才知道。不过,我通常都是最后一个离开这里。还要考虑到失火的风险和……先生,我想我原本应该早就发现你在这里了。不管是谁,在这儿多待些年,都会对这里习以为常的。"

老人说话的声音里带着假模假样的官腔,但听起来挺高兴,似乎并没有不悦,而且他也没有表现出任何想让我尽快离去的迹象。老人继续打量着我,虽然眼神看起来有点心不在焉,注意力似乎也有些分散。

我对他说:"我刚才还想,也许我应该找个地方留宿,明天上午再来好好参观大教堂。我来的这一路上可真够累人的。我来自B——"

"噢,你来自B——;先生,要是你走路过来,的确够累的。我以前常常步行去那里看望我的女儿,她生病了。现在偶尔会有人驾着马车去那里,但不像之前那么多。我们这儿离闹市太远,很少有人来打扰。我并没有说那些前来朝圣的人是侵扰者,完全没有。不过到这儿来的大多数人都只是观光客。我想说的是,有些情况下,来的人越少越好。"

我所说的话或者我的外表似乎给了他信心。我说:"好吧,我不敢说自己是定期去教堂礼拜的人,我本人也是观光客。但是——只是在这里静静地坐几分钟,我就心满意足了。"

"噢,先生,心满意足啊,"老人重复着我说的话,转过身,接着说,"我能想象得到像你这样一路跋涉而来有多辛苦,看到眼前的大教堂会有多么欣喜。但如果生活在这里,情况就完全不一样了。"

我傻乎乎地想要挽回局面,便说道:"我刚才想的就是这个,像您说的那样,冬天这里肯定很冷清荒凉——事实上,这里一年到头有三分之二的时间都是冬天。"

老人对我的观点表示赞同:"我们这儿还有暴风雨,先生——有对人有益的暴风雨,也有造成灾害的暴风雨。不仅如此,我们这里还有很多人们称之为海雾的东西。海雾从海面上吹来,日夜不息——狂风里夹杂着薄雾,就连在大白天都伸手不见五指。而且啊,先生,如果你相信我说的话,当海雾中的狂风从头顶上呼啸而过时,那才叫奇特。陌生人第一次遇到这种情况时,会被吓到。不过,先生,我们不会,天气不佳时,我们反倒更自在……这里的风力之大,你也会感到诧异的。几年前有个石匠——他也是本地人——他居然被大风从塔楼下面的屋顶上吹跑了——像一个空袋子一样,在天空里上下翻飞。但是……"说到这里,老人终于抬起眼睛,再次望向屋顶,好像边说边思索,"但是这个时节,教堂没有修修补补,因为哪里都没有裂开。"

"我不能再耽误您的时间了,"我对他说,"不过,您刚才说现在大教堂没多少活动,为什么呢?会让人觉得……"说到这儿,我机灵地就此打住。

老人说:"先生,不要觉得我是因为你才没有离去,这是我分内之事。但从你刚才说的话来看，我猜你也许已经看到几个月前报纸上的报道了。我们失去了主任牧师——庞弗莱主任牧师——去年十一月的事。我的意思是，事实上，是消失了。从那时起，他的职位一直空缺。先生，跟你说个秘密，就咱们俩知道，我们这里出了点问题——我真心希望事态不要再进一步发展。他们都是贪婪的怪物，在我看来那些报纸毫无敬意、缺乏判断力、不顾体面。他们互相抄来抄去，简直就像合唱团里滥竽充数的人。"

老人接着说："先生，我们这里从来都不希望发生丑闻，从古至今，现在尤其不希望发生，但我们必须勇敢面对自己的麻烦。你简直无法想象那些观光客们多么冷漠无情。不光是那些从海上来的观光客，我们的麻烦和他们无关——更为糟糕的是——还有那些和你我一样的英国同胞们。他们会问你一些稀奇古怪的问题，一些你本以为不会在这样的文明国度里被问到的问题。他们也丝毫不关心我们怎么会招致这样的恶果——先生，一点都不关心。说起他们，我觉得他们就像戴着现代面具的古代异端审判官，但如果有机会的话，现在的很多人都乐意看到自己的同类受苦受难。先生，这真是一个冷酷无情的时代。"

这种情况下说这样的话，听起来的确有点奇怪：毕竟我也是一个观光客。我努力保持镇静。老人好像为了表示歉意，问这栋建筑里我有没有特别想要参观的地方。"光线越来越暗了，"老人解释说，"但如果我们一直待在地面这一层的话，还能挤出几分钟时间；如果我们一路都保持安静的话，应该也不会被惊扰。"

我之前从旅游指南信息上看到的信息突然一下子都想不起来了，于是我立马感谢老人，并再次恳请他不要因为我给他造成任何不便。我还解释说，虽然我本人和庞弗莱先生没有打过任何交道，但我从报纸上看到了他生病的消息。我有点不确定地问道："他是不是……他是不是《教会与信众》的作者？如果是，他肯定学识渊博，平易近人。"

"是啊，先生，"年长的教堂司事向我伸出一只手，接着说，"不妨说，如果真有圣人的话，那庞弗莱先生就是一位圣人。不过，先生，他的状况可比'生病'严重得多——是昏迷不醒。感谢上帝，那些报纸除了能编出标题外，根本不了解内情。"

说到这儿，老人压低声音说："如果你愿意的话，这边来。"说完，他带着我沿着走廊轻轻地往前走，走到塔楼屋顶下时再次停下来，跟我说："先生，我想说的是，在这个世界上，心中还有神圣信仰的人已经没有几个了——根本就没有崇敬之心，先生。他们宁愿万圣教堂和它所代表的一切明天就被大风刮走，毁得只剩下一片废墟。正因为如此，我和别人说话时都格外小心。但有时找个人说一下自己的烦恼，这本身就是一种解脱。不然的话，为什么天主教都会为了让人诉说烦恼而在教堂里搭建一个木盒子呢？我请问你，不然的话，他们的斋戒和忏悔还有什么意义？"

老人继续说道："先生，你看，就拿我自己来说，到现在我已经在主任牧师手下担任司事超过十二年了。在那些不问贵贱、一视同仁的人看来——我的意思是，在那些不会因为职位或尊卑而区别对待的人看来——我也许可以算得上一个年长的大哥。而我们的主任牧师，先生，他是尽力满足所有人需求的人。先生，他既没有占据最重要的位置，也从不自吹自擂，更没有趾高气扬、不可一世，这些乱七八糟的都没有。可即便如此，却还是发生了那样的事情！而且毫无征兆地就发生在我们头上了；或者说，没有事预示着会出现眼下这种状况。"我随着他的眼光一同望向我们上方越来越昏暗清冷的天空。一道银光悄无声息地照射在拱顶结构上。当然，傍晚和黎明的昏暗光线都会影响这些古老的石头。拱顶结构上没有任何动静。

"先生，你应该能明白我的意思，"老人接着说，"参加礼拜的长队从那儿的教堂法衣室一直延伸到那些锻铁门，再从锻铁门到圣坛隔板下面，再到那边的祭坛里面。所有参加礼拜的人都要出示一张卡片或者得到主管司事的允许才能进来，除此以外没有别的途径可以进来。如果从右边再往前走一两步，就能从那儿看到圣坛屏风——那是十四世纪的古董，罗伯特·德·博福特主教的——是那个时代独一无二的珍品。不过，我想说的是，礼拜时从这里出来行进到那头里面时，我们通常都会靠得很近,这几乎成了惯例;看上去就像一群羊一样拥挤,只是比羊群看起来更得体、更适宜,先生。"

老人接着说:"此外,先生,在那个时候,我们可不就是一大堆人吗?如果你能明白我的意思的话,那个时候的我们就像圣歌里唱的一样,'向战场前进'[1],那个时候的我们简直就是这首圣歌的精准演示。第三司事在前面带队;后面跟着唱诗班歌手,有小男孩,也有成年人,他们都已经筋疲力尽;接下来是牧师助理;再往后是来礼拜的达官显贵和另外一个牧师助理;后面是我,先生,我后面是主任牧师。"

"直到那个时候,都没有出任何差错。那天下午,我可以担保——而且,我已经多次重复过——先生,当时从那边到这里——教堂正厅或耳堂——都没有一个陌生面孔。至少我没看到任何陌生人。换句话说,除了用肉眼不能看穿的四个诺曼石底座以外,我没有看到任何陌生面孔。是的,先生,我们就这样往前走。我转过身,准备像往常那样在庞弗莱牧师入座后弯腰鞠躬,可就在此时,让我惊愕的是,让我惊愕的是,我跟你说,他居然没有在那儿!我顿时警觉起来,先生,如果你了解当时的整个情况的话,你就会相信我说的话了。"

---

[1] 出自英国著名基督教圣歌《信徒精兵歌》,其主题来自《新约》中提到的基督徒作为耶稣精兵的说法,例如《提摩太后书》中所写:"你要和我同受苦难,好像基督耶稣的精兵。"——译者注

老人继续说道："但我当时并没有乱了方寸。我的首要职责是确保一切井然有序，避免不合时宜的状况发生，而我当时的个人感受根本不重要。主任牧师已经把这里的一切事务都交由我们处理。我知道这个，是因为那天早些时候我像往常一样穿上长袍时，主任牧师也一如既往地微笑着对我说：'嗯，琼斯，又一天过去了，又一天过去了。'他一直都对时间格外关注，先生。我们就是这样一天又一天地消耗了所有时光。"

老人接着说："正如我刚才所说，我们蜂拥着挤出大门时，主任牧师就在我身后。我眼睛的余光看到他跟上来——我的意思是说，我们都习惯了用眼睛从正面看，而不是用眼睛的余光看。等我要正面看时，却发现——他没了踪迹；而我——好吧，先生，你能想象得到，我当时多么茫然，多么不知所措。我看了看主任牧师助理欧克哈姆，并朝他使了个眼色。教堂里的仪式照常进行，我赶快去法衣室，暗自忖度：这位可怜的先生肯定是突然病倒了。可是，先生，我发现法衣室空无一人，他并不在里面。对于这个结果，我其实也没有感觉到意外，因为我原本指望事态会朝某个特定的方向发展，就是你可能会称之为正面的方向。"

老人接着说："我知道我最好保持沉默。也许不应该是由我来说这个，但幸好当时在场的主任牧师助理是欧克哈姆，不是莱·修戈尔。

你不知道啊，先生，我们敬爱的主任牧师——就像这沐浴着天恩的大教堂一样，虔诚而又脱俗——就这样一去不复返了。他再也不会出现在我们中间了。他已经——"说到这儿，老人扬了扬眉毛，抿了一下又长又薄的嘴唇，几乎是耳语道："他已经逃遁了——被劫持了，先生。"

"被劫持！"我喃喃地说。

老人闭上眼睛，嘴唇发抖，补充说："当天晚上晚些时候，先生，主任牧师在那边被发现了，就是他们称之为纪念品陈列室的里面——当时他坐在一个角落里，正低声啜泣，看上去像个孩子。谢天谢地！至于到底是谁把他劝说到这里来，或者误导他到这里，他只字未提，也没有说一句难过或伤心的话。他不认识我们了，先生——也不认识我。他变得那么单纯，对谁都没有妨害，而且所有的记忆都消失了。头脑简单，先生。"

在如此广阔的空间里，除了我和这位老人，根本没有其他人，连个飞蛾都看不到，我和他却靠得紧紧的，低声耳语，感觉挺傻的。即便如此，我还是继续把声音压得很低，问道："之前就没有任何征兆吗？他病的时间长吗？"

看到别人一脸悲伤，谁都会感到痛苦，尤其是眼前这个老人年事已高，一副听天由命的样子，看到他的脸——我同情地转过身去，却脱口而出问了他这个问题。情感就是溶剂，一下子，我俩之间的关系变得友好亲切。

"如果你愿意跟我来，先生，"老人低声说，"去我净手的地方，也许会更好。我们在那里面聊天会更舒服些。我有时会想起《传道书》里的话：'传音自有云间鸟，述事岂无众羽虫。'我们人世间的那点事啊，先生，那本书的作者几乎无所不知。"

老人转过身，在前面带路，身手矫健敏捷，让我感到吃惊。他穿着圣职人员常穿的那种薄底方头靴子，快速地往前走，在一个上面装饰着钉子的门前停下来。老人用一把大钥匙打开门，让我进到中央塔楼下面的一个凹室里面。我们爬上一个螺旋上升的楼梯台阶，然后穿过一个大约只有两英尺宽的走廊。一路上忽明忽暗，走到昏暗处，我不得不伸出手指，用指尖摸着他的黑色天鹅绒长袍，紧跟着他往前走。

沿着这个长廊一直走，我俩终于来到一个小房间里。房间很暗，我想房间里唯一的光源就是大教堂里越来越昏暗的暮光。老人像有风湿病一样抖动着手指，点燃一根蜡烛，把蜡烛放在一张陈旧的橡木桌子中央，接着推开另一扇厚重的橡木门，跟我说："先生，如果你需要的话，里面有一个洗脸盆和一条毛巾。"

我走进去，看到一个十字架苦像钉在装有护板的墙壁上，十字架下面的盆架上放着一个锡盆和一个水壶。我从来没有觉得水有这么甜。我洗了脸，洗了手，接着大口喝水。我的喉咙像经历了干旱的河床一样。

我看到房间的一个角落里放着一个失去光泽的香炉,一对七叉大烛台放在一处凹壁中,凹壁里面还放着一个捕鼠器和一本书。我站在那儿,一边晾手上的水,一边疲惫而心怀感激地看着这些静默的废弃物品。

等我出来的时候,老人一动不动地站在装有尖状护栏的窗户前,朝窗外下方看。

"你刚才问我,先生,"老人说着转过脸,微弱的烛光下,他的脸看上去苍白消瘦,"你刚才问了我一个问题,先生,如果我没理解错的话,你想问的是:事发之前有没有发生任何事,能够解释我刚才跟你说的那件事?好吧,先生,说来话长,而且这事最好只让心地善良的人知道。这样说吧,先生,万圣教堂就是我的第二个家。从小到大,我一直都在这里,马上就有五十五年了——这五十五年里,有四任主教先后去世,我至少在五位主任牧师手下供职。庞弗莱博士,可怜的绅士,就是第五位主任牧师。"

"愿我这样说会得到原谅,先生,毫不夸张地说,助理莱·修戈尔是个新手;我听说,也许正是因为他是个新手,才和欧克哈姆助理合不来。他甚至和特拉福德副主教也合不来,尽管特拉福德副主教是另外一种完全不同风格的绅士。眼下他在国外,我听说他身体垮了,先生。"

老人接着说:"依我愚见,现在需要的不仅仅是智慧和知识,更需要尝试。在我马上要谈到的状况下,我们这里的任何人说得再好都没有什么用。关起门来，坐在桌子前，手指放到嘴唇上，纸上谈兵，实质上都不能成为证据，先生。事态迅速恶化，争论不休，钻牛角尖，吹毛求疵，苛责训斥，有什么用呢？恕我直言，我希望自己能够参与到这件原本与我无关的事情中来：如果当初稍加小心的话，也许现在庞弗莱博士正安然无恙地和我们在一起呢。"

老人继续说道："不管怎么说，这位可怜的绅士已经这样了，关于采取什么行动或做出什么妥协，似乎也看不到统一意见的希望。他们一次又一次地开会讨论，今天从伦敦请来一个专家，明天又从欧洲大陆请来另一个专家。我不敢说他们知识不渊博，也不是说他们在自己的专业领域里地位不高，可是，为什么不把所有的情况公布于众？为什么要把我们知道的秘密隐瞒起来？我想问的就是这个。可是，答案是什么呢？他们就是不肯相信和他们所希望的、和他们的愿望或他们的看法不一致的东西——或让他们感到任何不适的东西，到底是为什么？只要有任何可能，他们就想尽一切办法使之不暴露在公众视野中。"

老人又说："先生，我知道的情况，莱·修戈尔助理也全都知道。我要问的是，如果他拒绝承认所有支离破碎的证据都指向的那种情况，那么，他接下来会怎样处理这件事呢？但是，先生，是我们，是我们这些知道所有内情的人，而不是那些粗心大意的外人，才有权处理这件事。所以，我要说的是：任何王侯公爵或其他权贵都不应该把大教堂据为己有，对这里的事务指手画脚，我们这些在大教堂里面供职、了解内情的人都认为他们不应该插手。但一旦态度不够坚决，稍有犹豫——那他们就会像海水一样，势不可挡地冲进来。我说的权贵，先生，指的——我没有任何不敬的意思——甚至包括撒旦本人。"老人说到最后这个名字时，平静消瘦的脸看上去像个蜡质面具。厚重的眼皮下乌黑的双眼紧张而专注地——尽管他的眼神特别难以捉摸——盯着我，脸上却流露出坚毅的勇气。四周一片安静，安静得连我俩周围的石墙似乎都显得更加坚硬了。一盆清水居然让我如此神清气爽，我自己都觉得不可思议。我靠着桌子边沿站在那儿，这样可以让烛光一直照到老人。

"到底哪里不对劲？"我直截了当地问他。

老人好像根本没有料到我会这么直接地问他。"不对劲，先生？恕我冒昧，"他似有似无地笑了一下，一只手轻轻地拉了一下长袍的天鹅绒翻领，接着说，"恕我冒昧，先生，我认为你的到来就是我的祈祷得到了回应。"

老人有些犹豫地说："我年事已高，很快就要走到人生尽头。如果你肯的话，你应该已经意识到了，在我的能力范围内，我已经没有任何人可以求助了。我刚才提到的那些绅士们内心都想拯救大教堂，而且不仅只是想想而已——他们把它当成自己的事业，这一点我并不怀疑，先生，但它毕竟是一项重大的责任。可是，他们都拒不承认我们和这件事的密切关系，拒不承认我们正在偏离正确方向。"

老人接着说道："就说眼下的情况吧。据我所知，在这个王国里，根本就没有任何神圣之地——没有一个地方能够和万圣教堂相比。也就是说，不仅仅在建筑物的宏大和历史的悠久方面不能比，在圣洁和传统方面也不能相提并论——所以，先生，万圣教堂最容易——最容易受到攻击。我的意思是，容易受到此类奇特又让人恐惧的攻击。"

"让人恐惧？"

老人答道："是的，先生，让人恐惧。上帝赐予我智慧，我坚信自己智慧的判断。我想问的是，这些黑暗势力公然聚集在一起，除了聚集在这个狭窄的山谷中，你还能想到他们会聚集在别的地方吗？首先，这里毗邻大海。先生，你知道吗，从人们能够记起的日子至今，每年潮水往海湾里面侵蚀三到四十英尺。一年四十英寸，四十英寸啊，一年又一年，不停地以每年四十英寸的速度侵蚀。先生，你看，在过去的六十年里，我一直生活在这里，接下来我还要继续生活在这里，直至百年。更别说有时候侵蚀的速度比这还要快很多。"

老人继续说："你想想，每年秋天和冬天，我们这里都会有洪水和狂风，甚至有时春天也有。在这样的季节，对于没有见过世面的人来说，这个山谷就是人间天堂。离这里最近的镇到这儿几乎没有任何通道，这就意味着每年都有好几个月，我们实质上完全与世隔绝——就像那边与陆地完全隔开的小木船一样。先生，你知道吗？距离我们现在所站的位置最近的住宅，有一英里多远，而且还是被烧毁的老旧农舍。我保证，如果你今晚一个人留在这里面（但愿这样的事情不会发生），就和被关在这差不多，尽管你不是被关在这——我保证，如果你能够得着窗户，即使你对着窗户朝外面大喊大叫，喊到你喉咙都哑了，也不会有任何人听到而来帮助你。"

我把放在桌子上的手挪动了一下。我问了好几个问题，但得到的答案要么似是而非，要么就在绕弯子，我感到越来越乏味。而且，和一个陌生人如此近距离地讲话，对方还如此言之凿凿，我一直都觉得有点尴尬。

于是，我笑了笑，说："嗯，我希望我不会让自己丢脸到那种极端的程度。在我还很小的时候，就曾经梦想有朝一日能够在教堂的讲道坛里度过一个晚上。讲道坛里有一个靠垫，你肯定知道的！"

老人肃穆的眼神一直没有从我的眼睛上挪开。"可是，先生，按照我的理解，"他说，"如果晚上天黑的时候，你待在那里面，试图向外面发出信息的话，年少好玩的你就从来没有想过下面会有任何会众听你说话吗？"

我有点尖刻地反问道："您的意思是，那个地方有鬼魂出没吗？"

我说这句话的时候，一个荒唐的想法闪现在我脑中：一群四处流浪的吉卜赛人偶然闯进像这座大教堂一样宽敞而与世隔绝的建筑物里，便在里面某个隐秘的地方住了下来。古老的教堂里面肯定都像蜂窝一样，有很多不为人知的走廊、通道和暗室，就像我俩现在所待的地方一样极其隐秘。而且，"天主教"暗含的意思不就是在规定的范围内给予无尽的热诚和包容吗？但显然这位老者只听懂了我的字面意思。

老人闭上眼睛，语气异常坚定地说："先生，我的意思是，我的意思是我们这里有邪恶的力量在作怪。"说着，他抬起一只手，"我恳求你，不要把我所说的话当成昏庸老人的随口胡诌。"说到这儿，老人又往我身边靠近一些。"先生，这些都是我亲耳听到，亲眼看到，尽管不敢确定他们是否有确凿的证据。可是，事实上，我能指望他们拿出什么样的真凭实据呢？首先，我认为这件事就像《圣经》里说的那样，'学识再渊博的人也无法说清楚，再智慧的人也找不到答案。'是这样说的吧？那我就按照《圣经》所说的来做；其次，那个或者和那个接近的东西，有没有说他们的目的是什么？那个里面说——如果我说的不对，请你直接告诉我——'恶魔是由上帝创造的，而且创造恶魔的目的就是为了复仇。'"

老人继续说："目前状况还算不错，先生。没办法继续的时候，我们就停下来。复仇。但是，关于他们的权力，关于他们能做什么，我可以给你提供非常确定的证据。如果谣言传到国外的话，那它就会成为典型的代名词。如若不然，我想问的是，为什么每一个来到这里的专家都急匆匆地离去，而且离去时都垂头丧气？他们都是夹着尾巴灰溜溜地离开这里的。你看，他们插手这件事，但又不肯相信他们看到的证据。他们编造各种借口，然后急匆匆地离开这里！"老人说到强调的词时，摇着头表示着重强调，"为什么？为什么，先生，就因为以他们的专业知识无法解释他们在这里看到的一切。"说到这里，老人已经有点喘不上来气，而且我看得出，老人情绪非常激动。老人倾斜的身子缩回原位。

我对老人说："但是，可以确定的是，任何历史悠久的建筑物肯定早晚都会出现朽败的迹象。英格兰有一半的天主教堂和一半的基督教堂，不管是历史上什么时候建造的，其实都被修复过——而且在很多情况下，修复的结果很糟糕，比如用灌浆法修复的地方。所以，为什么……所以……我想说的是，为什么你认为这座教堂的老化和腐朽是因为其他势力，而不是——"

老人转过身，突然打断我说："我要跟你道歉，先生。"他说话的语气非常谦逊，但又无比尊严。老人接着说："我笨嘴拙舌，不善言辞。朽败——负重——压力——沉降——瓦解：我听到这些词漫不经心地从一个人嘴里传到另一个人嘴里，就像游戏里的球一样被甩来甩去。他们让我感到恶心。可是，先生，我现在说的不是瓦解，而是修缮、修复；不是腐化，而是加固；不是腐蚀导致的损坏，而是有明确的进展。我可以带你看看那些地方——基本上都是乍看模糊不清的地方，但如果仔细看，那些像浮石一样松散、像海绵一样软乎乎的石头，都是用新采的石头替代的——而且，方圆二十英里内找不到这样的石头。"

"还有一些地方，面积有一平方码那么大或者更大的石块，直接被人用蛮力推回原位。现在的万圣教堂比过去三百年里任何时候都更加安全。他们的初衷是好的——他们来到这里，仔细勘查，高谈阔论，言语不凡，然后就像哑巴一样离开这里。我确信他们的初衷都是好的，这一点我承认。可他们夸夸其谈，呵呵呵地笑个没完；他们嘲笑这里，他们蔑视那里。但是，先生，他们内心的真实感受是胆怯——是惊骇，因为他们完全不知所措。这在他们的脸上表现得一清二楚。但如果你要问我他们这样做到底为了什么——我答不上来，是因为我根本无法回答。"

老人接着说道："先生，请你假设一下，假设你就是他们当中的一个，你的声名至关重要，如果你被人请来查看这座建筑，而这座建筑正在进行修补和修复，建筑的主人和建筑本身都不得安宁。你想象一下！为什么，"说到这儿，老人用手指关节敲击着桌子，继续说，"你作为一个人，但又不是我们当中的任何一个人，为什么能在离开这里的时候闭口不言？这样做难道就因为你不想让别人说出什么对你不利的话吗？你最终会不会因为相信有人长期离群索居就会在大脑里滋生一些奇奇怪怪的想法，从而把这所有的一切解释为愚蠢的错觉？

"先生，我告诉你，他们不——就连欧克哈姆助理都完全不——不相信我。可是，圣堂参事会召开会议时，他们心无旁骛地说个不停，争论不休。其他的我都能毫无怨言地忍受。我要说的是，上帝赐予我什么，都是我们应得的，我们都已经毫不隐瞒地敞开了心扉。但如果你支持盲目痴愚、横行霸道这样彻头彻尾的愚蠢，先生，那就是为什么我有时会感到惧怕。"

他继续尽力展开双肩，用手指紧紧地抓住下巴下面的长袍翻领，站在那儿，透过狭窄的内开窗盯着窗外的黑夜。

老人接着说："哦，先生，我在这个与世隔绝的地方生活了六十年，从来没有关注过我内心微不足道的幻想和本能。你看看报纸，先生。他们称之为第一次世界大战的战争结束了——如果有人敢对上帝发誓，发誓说那是一场只有人参与设计的战争，那么这个人就是一个勇猛无畏的人——可我们周围呢，我们都看到了什么？不管往哪里看，看到的只有争吵、欺骗、仇恨、鄙视和纷争。我不是学者，先生，但根据我的了解和经验，我们人类现在只是挣一点吃一点，勉强糊口。我们今天才知道昨天原本应该做什么，但对于明天该做什么，却茫然不知。"

"还有教会，先生。但愿不会发生这样的事情，但我真应该直接插手和我不相干的事。如果半个小时前你告诉我你是教会人士，我肯定不会跟你袒露心声，是因为那样不合适。但如果不跟你说一说，我的心事就太多了。光是听我说一说，先生，你就帮了我很大的忙，尽管你没办法帮助我们。几百年前，我们割断和父母之间的纽带，在我们脚下这片土地上生根发芽——依我拙见，这样做是对的。可是，不管对与错，我想问你，这样的话，我们不是更容易受到那些满世界到处乱窜、看谁可以欺负的人的攻击吗？"

老人继续说："我并不是希望你支持哪一方，但作为一个绅士，不应该嘲风弄月，真正的绅士不会因为自己无法理解就加以嘲笑。他会保留自己的意见，先生。这正是之前提到的莱·修戈尔助理让我产生怀疑的地方。他固执己见，尽管在伦敦人们对这些事情的看法可能大相径庭。他在伦敦有同伙。如果你能明白我的意思，对于他来说，这一切就像万花筒，每时每刻都在发生改变。"

老人上下打量了我一下，就好像他在心里默默问自己我是不是无家可归的流浪汉。"你看，先生，"他继续沮丧地接着说，"我能承受接下来可能出现的结果。如果需要，我可以像人们说的那样，苟延残喘，度完余生。但如果我能确信我的内心没有欺骗我或误导我，那该多好啊！告诉我最糟糕的情况，那么你就相当于帮了我大忙，我此生无法回报你的大恩大德。另一方面,如果你告诉我,我只不过是陷在邪恶的错觉里瞎摸乱窜,先生——好吧,如果那样的话,我只希望我能尽快和我的主在一起,尽快和庞弗莱牧师在一起。我们都曾经年少轻狂。可以这么说,对于他来说,这个世界已经没有什么更糟糕的了。"

老人又说道:"噢,先生,我有时会想,如果我们的童年和成长的道路与我们的祖先都不一样,那会是什么样呢?我们从小就被告知,混沌初开时,有堕落天使;但即使《圣经》里没有这样写,我们说不定出于惧怕和宽宥早晚也会知道这些。先生,我有时发现自己会带着敬畏之心盯着小孩儿看,心里想:孩子心中的宁静和天堂般的快乐,我们这些老人早就不知为何物了,而且随着时间的推移,孩子将来有一天也将失去那份宁静和快乐,就像梦暂附于肉体而终将消失一样。"

老人说话时听不出任何虚情假意,尽管他的措辞会给人这种感觉。他冲着我微微笑了一下,好像是跟我确认一下刚才所说的话。"你看,先生——我对这件事的真实看法是——我要说的是,上帝以温柔的方式对待庞弗莱博士。他已经回去了,按照我的理解,他的灵魂已经去了别处,重归宁静了。"

老人向我靠近了一两步,烛光在他的眉毛和颧骨上投下阴影,给他稀疏的头发镀上一层银白色,看上去有些诡异。他因为年老而变得浑浊的眼睛一直盯着我,眼神里似乎带着无法言表的恳切。我茫然无措,不知道该如何回答他。

老人把手垂到身体两侧,又说道:"事实是,"他警觉地环顾四周,然后说,"我能否跟你开诚布公地说,尽管这样的经历对我来说再熟悉不过,但有可能把你置于危险境地。职责归职责,陌生人之间的善举则另当别论。在我看来,你来这里的时间再恰当不过。的确如此。另一方面,如果你介意,我们可以马上离开这里。不管怎样,天黑之前我们都要离开这里。如果有人夜间工作,也最好不要打扰他。黑夜会让我们变得鲁莽:因为良知在黑暗中无法被看清楚。况且,我前面有一会儿耽搁了太久。这会儿天色已经不早了,尽管我从年历上知道今晚月亮会出来——除非天空乌云密布。我想说的是,先生,我们的全部,这么说吧,就是外在感触器官无声的、自由的证据。有时候,好吧,有时候我们都不知道能不能信任自己。"

我记得书上说,是我们眼睛的外在样貌——眼睛的形状、线条、皱纹、眼睑的角度等——赋予眼睛以不同的意义。在昏暗阴郁的烛光下看着老人的眼睛,就像对着一汪灰白色、盐分很高、荒凉的池塘沉思——更像是在平整而危险的海岸上看着海水一样。

如果我不是那么轻易相信他人,不是那么筋疲力尽,其实我早就应该怀疑老人的神智是否清醒。然而,可以确信的是,哪怕只和神志不清的人接触一下,大脑中的哨兵也会立马发出警报。那样的话,情形一下子就改变了，会立马产生一种不安全的感觉。如果年龄和阅历在人脸上留下的痕迹可以用来判断一个人是否善良、是否单纯的话，那么我面前的这位老人看上去根本不会伤害任何人，至于是否相信他的判断力，则是另外一回事。

可是，当时占据我大脑的就只有万圣教堂。站在绿色的海岬上，我一眼就看到万圣教堂昏暗的墙壁，也正是在那一瞬间，我被深深打动。有些建筑物（有些纯粹是对其他建筑物的拙劣复制，这一类建筑物早就被人遗忘）会激发人的无穷想象。比如现在，站在这个秘密房间里，烛光摇曳，四周是巨大的石头筑成的高墙，这座宏伟的建筑好像正轻柔而隐秘地激发着我的想象。

我再次看了看老人：他已经转过身去，好像为了不影响我，让我独自做决定。我禁不住想，这个老人一辈子都在这样肃穆的高墙内度过，他在多大程度上打动了我呢？听凭这个精疲力竭的教堂隐士的安排，当然仅仅是出于礼貌。他已经向我求助。就算再不情愿跟着他离开这里，我也很难拒绝他，因为不管怎样，我都不能像他提到的那些建筑专家那样离开——夹着尾巴灰溜溜地离开教堂。于是我对老人说："我多么希望能给你提供一些实质性的帮助。"

老人转过身来，他脸上的表情和刚才不一样，就好像脸上有了光泽。"那么，好吧，先生，咱们赶快离开这里吧。先生，你和我待在一起：

这就是我刚刚想让你做的唯一事情,也是我对你的唯一请求。我们已经没有时间可浪费了。"

老人侧耳听了一会儿——他的耳朵又大又平,像贝壳一样,看上去只有岁月才能把耳朵打磨成这个样子。"小心火柴和蜡烛,先生。"老人把声音压得很低,听起来像是在耳语,"但是,尽管我们——我指的是,你和我——不能走散了,但我想,还是不能有任何明火。我在想,如果你不反对的话,你可不可以抓住我的长袍?你看,这里有一条饰带——挂在这里好像就是为了这个用途。有好多地方都需要爬上去,但就算把眼睛蒙住,我也知道怎么走。可以说,我对这里的每一寸地方都了如指掌。既然这会儿敲钟的人都已经不再敲钟了,那这里更是都归我管了。"

老人往后退了一两步,双手交叠在胸前,看着我,苍老的脸上突然现出孩童般的笑容,然后对我说:"先生,我有时觉得自己像莎士比亚戏剧里的那个哨兵。很多年前,先生——我还是个小孩的时候——有一次,也是我唯一一次去伦敦,我看了莎士比亚的戏剧表演。如果说那里面有坏蛋的话,我倒认为是那个鬼魂[1],尽管他说的话冠冕堂皇,他的外表看上去也像个好人,但我能看得出来他是个坏蛋。"

---

[1] 莎士比亚戏剧《哈姆雷特》中哈姆雷特的父亲去世后的鬼魂。——译者注

尽管老人的声音像是在耳语,我却在他的声音里听到了叽叽喳喳的嘈杂声,就好像面包房里的蟋蟀发出的声音。我紧紧地抓住老人天鹅绒长袍边上的饰物。他推开门,把火柴盒塞进我手里,接着拿起蜡烛,把蜡烛吹灭。"好了,先生,你现在能否把鞋子脱下来,"老人对着我的耳朵说,"我们走的时候尽量不要发出任何声响。我不应该催促你。如果你需要我做什么,你就拉扯一下这个饰带。几分钟后就没有这么黑了。"

我弯腰解开鞋带时,听到自己的心欢快地怦怦跳。显然,我的心脏也一直在听我们俩说话!我把鞋子挂在脖子上——就像我小时候蹚水时经常把鞋子挂在脖子上一样——接着,我们就开始探险了。

我经常做噩梦,梦见自己被遗弃在某个庞大而陌生的石头建筑物最里面,到处曲曲弯弯的,完全不知道该往哪里走。正因为如此,我怎么可能认为眼下的这个冒险是件轻松愉快的事情。我得承认,我像抓住救命稻草一样把饰带抓得紧紧的。然后,我们就在黑暗中摸索着往前走——我的向导时不时地回过头,对着我的耳朵,一会儿提醒我小心,一会儿又给我打气。

有一阵子,我感觉稳步往上升,一会儿又沿着被磨得凹陷的石阶快速往下走,不久,又挨着一个长廊或螺旋式上升的狭窄楼梯艰难前行,感觉到我的肩膀直接擦到两侧的石头。尽管大教堂曲曲弯弯的里面像坟墓一样冰冷，但我很快就热得喘不上气，就连睁大眼睛努力看路都感到格外劳累。其间有一次，我俩都停下来喘气，刚好站在厚石墙上一个狭窄裂缝的对面。我们呼吸着裂缝外面带着甜味的温热空气，空气中夹杂着淡淡的野花香味和大海的清凉。很快，我俩来到一个装有防护栏的窗户下，窗户很高，透过窗户我看到外面的天空挂着星星。

接着，我们再次转向教堂里面，沿着一个螺旋扶梯往上爬。这里没有刚才黑，勉强能看得出我们头顶上方的拱形屋顶。比之前清新的空气轻柔地抚摸着我的脸颊。就在这时，我感到胸前伸来颤抖的手指，冰冷、瘦削，在我的胸前摸索，接着紧紧地捉住了我的手。

"先生，这里太安静了，死一样的安静，你发现没有。"老人说话时离我特别近，从他嘴巴里说出来的每一个字都像是从我自己的意识里传出来的信息。"这里，死一般的安静。再往前走几步，就会往下降，大概要下降六十或七十英尺。"

我往大教堂中间深渊一样的地方看了一眼，大脑立马变得格外清醒，就好像整个建筑的庞大屋顶的重量全都集中到了我们头顶上这个狭小的空间里。等我们往石崖一样的墙壁边缘靠近一些后，周围稍微亮了一点，我推测我俩可能到了南边耳堂突出的外角，因为右手边的天空似乎映射出一些亮光。另一方面，我俩对面的北边窗户大都装上了木板，没装木板的窗户好像也进行过处理，特意让窗户变得模糊不透光。我盯着窗外看，勉强能辨别出脚手架的长杆——像织毛衣的针一样——一根一根从石墙里伸出，长杆的顶端挂着气球一样的帆布。有那么一会儿，我的耳朵里一直回响着像巨大昆虫发出的嗡嗡声。但没过多久，这种声响就停止了。我想这个声音应该是从我的意识里面传出的。

"你知道吗，先生？"紧挨着我的老人低声说——我俩站在那儿，手拉着手，感觉特别怪异——"那边的脚手架已经有好几个月了。从伦敦来的最后一个专家检查了这座建筑的结构后，脚手架就在那儿搭起来了，从此以后就一直在那儿。现在，先生！——请你多加小心。"

其实，我根本不需要老人的提醒，因为我的一只手里握着火柴盒，另一只手的手指和我同伴的手指紧紧地扣在一起，我的每个感觉器官都高度紧张。即便如此，宽阔的屋顶下，我却听不到一丁点儿声响或任何动静。四周一片寂静，我想只有胡夫金字塔里面的法老墓室才会有这样寂静，但这种寂静却一直在我的耳朵最深处盘旋回荡。

我俩到底站了多久，我说不准，但有时几分钟感觉就像几小时一样漫长。就在这时，没有任何先兆或提醒，我突然感到一种奇怪、持续不断的震动。我根本无法说清楚这是什么，就好像巨大的磨石在遥远的地方不停地旋转，也像——尽管没有明确的悸动——有翅膀在不停地扇动，还像是一个硕大的陀螺在转动。

尽管年事已高,但老人的听力显然和我的一样灵敏。在我意识到空气的震动之前至少有十来秒钟,老人把我的手抓得更紧。他往我这边靠得更近了一些,问道:"你看到那个了吗,先生?"

我盯着看了又看,可什么也没看到。事实上,就连我刚才听到的声响,都有可能是我的错觉。在有些情况下,再没有比耳朵——可能某些情况下眼睛除外——更具有欺骗性了。耳朵会把声音放大、改变,甚至会无中生有。就在我意识到很低的声音的那一刻,那个声音却瞬间停止了。接着——尽管我不是很确定——似乎高处那些肮脏、宽大的帆布明显在抖动,就好像有一只巨大的手伸出去,小心翼翼地把那些帆布往一边扯。我没有时间去确定到底有没有,因为我们刚刚从一堵墙下面穿过,老人就急急忙忙地把我拽进那堵墙前面的空间里,没有停留,又马不停蹄地再次来到我刚才提到的那个狭窄的裂缝前,我们不久前在那里呼吸了几口比较清新的空气。我俩站在那儿,稍事休息。

"怎么样,先生?"歇了一会儿,他老人家开口问我,声音依然压得很低。

我低声问他:"你有没有一个人像这样走过这地方?"老人答道:"哦,走过,先生。我习惯最后一个离开这里——而且经常是第一个到来;但在这个点儿,我通常都已经离开这儿了。"

细长的窗户外是漆黑的夜,夜色中只能看到老人模糊的脸庞轮廓。

我离得很近,看着他面部的轮廓说道:"对自己的判断确信无疑,竟然如此困难。你在这儿有没有真的遇见过什么——我说的是离得很近的那种遇见?"

"我一直都保持高度警惕,先生。也许他们并不认为我还能对他人造成任何伤害——按照他们的说法,我就是最后一只老鼠。"

"可是,你是否真的遇见过什么?"我也许一直在和万圣教堂里最富想象力的守护神交流——我俩都把声音压得很低,都高度警觉,都侧耳倾听,都大气不敢出,这里面原本就让人感到有点呼吸困难,就好像心脏随时都有可能从身体里逃走一样。我再次追问道:"可是,你是否真的遇见过什么?"

老人答道:"嗯,遇见过,先生,就在这个长廊里面。他们几乎抓到我,先生。幸好前面不远处就有一个凹室——里面存放着一些雕刻品的碎片,都是六世纪的雕刻品原件上的碎片,所以都是石头宝贝,石头雕刻的头和手,这一类的碎片。我事先收到警报了,所以想办法跳到那里面去,及时藏了起来,再晚一点点就来不及了。事实上,先生,我得承认,当时我实在太恐惧了,恐惧得把脸转向里面了。"

"你的意思是说你听到了,但没有看到?那么后来……有什么东西过来吗?"

老人答道:"是的,先生,我当时简直就像个小孩,缩在那边那个角落里。我听到一种像金属碰撞时发出的叮当声——但我认为那不是金属。那东西快速地靠近，接着从这里过去，我只感觉到一阵带有恶臭的风。有好一会儿，我简直无法呼吸，再过一会儿，臭味儿就消失了。"

我又问道："没有其他声音吗？"

"没有，先生，只有远处传来一阵嘈杂声，像是有人语速很快地大声说话。有人大声喊，至少听起来像是有人在喊——没有听到任何人说话的声音。空气随着喊叫声开始震动。你看，先生，我并没有受到什么影响，我想——我当时只是误打误撞地挡住了他们的路。但是——我不知道在哪里听说过，这种情况之所以很少发生，是因为对于它们来说，对于这些幽灵来说，不管它们是好的还是坏的，它们来到这个对于它们来说是外部世界的地方走一遭，感受到的只有痛苦和折磨，而没有快乐，先生。这是我听别人说的，可我不能再说下去了。"

老人接着又说："我跟你说的这事发生在初冬季节——十一月。我记得当时山谷里弥漫着浓厚的海雾，海雾像漂浮的牛奶一样旋转着钻进那边放烛台的地方，所以我现在都不点蜡烛了。而且，如果你觉得我是在吹嘘，请你原谅，但我真的几乎都忘了什么是害怕。毕竟，不管是哪行哪业，都必须尽力而为。如果在高处没有这些阻力和障碍的话，我就没有什么可以抱怨的了。每个人的生命（经历过欢乐的青春后），先生，除了消磨时间，到底还剩什么……先生，你有没有听见什么？"

老人轻柔、单调的嘟囔声停下了，我俩静静地侧耳细听。可是，每一栋历史悠久的建筑都有属于自己的声音和回响：我听到的每一种声音，我说不清是什么声音，只是（对于高度紧张的感官而言）都有点像轻微模糊的震动，或者像是在物质世界里，一些重量和压力一直在缓慢而匀速改变的石头稳稳地压在另外一些石头上摩擦时发出的嗡嗡声，一直响个不停。毕竟，人们说，物质世界本身在时间的控制下以难以想象的速度在转动。

我答道："没有，我什么都没有听见，但请不要认为我是在怀疑你刚才所说的话，根本不是。你知道我是第一次来这里，所以这个地方对我的影响肯定没有对你的大。那么，直到现在,都没有人帮助你吗？"

老人答道："没有，先生，到现在都没有。就算在最好的时候，我们这儿的人都很少，而且也没有钱。我的意思是，没有任何实质性的经费。此外，就连最自信大胆的人都没有建议我们诉诸公众。在我看来这是很奇怪的事，先生。但只要报纸一报道，它们就把事情变成了代名词和虚假之事。可是,他们又能怎么办呢？——没有信仰作为引导，没有什么让他们闭嘴，除了纯粹出于礼貌说点什么，他们什么都不敢说。但是，我又能埋怨谁呢？好吧，先生。"老人非常厌倦地叹了一口气，接着说，"如果休息好了，你能不能跟我到屋顶上去？这是我最后一次去那里——尽管按理说我最后一次去的地方应该是塔楼。但我太老了，已经爬不到塔楼那么高的地方去了——在光滑的横梁上爬上爬下，而且那些梯子也都没有以前安全了。"

没有走多远，我俩就来到一个木质台阶的顶端，老人拉开一扇厚重的铁门。门的碰锁锁上了，但没有插上门栓。进门后，我们便立马来到这栋建筑物的铅灰色屋顶上，面前是巨大的圆形天空。西边的天空还残存着夕阳的最后几缕余晖，银白色的角宿第一星和一弯明月一起挂在潟湖一样宁静的海面上。即使站在这样的高度，依然能够听到空气中传来的低沉的海潮涌动声，像催眠曲一样。

我俩刚刚走上来的木质台阶顶端有一间阁楼套房，屋顶约有七英尺高。我们沿着边缘一点一点地往前挪，走了一会儿停下来，却发现我俩刚好面对着巨大的、哨兵一样的支墩底座，这些支墩是用来支撑尚未完工的塔楼的。

事实上，塔楼离完工还差很远，看上去简直就像一堆废墟。而且，这些废墟看起来满目疮痍，有些石头上好像还有火烧后留下的焦痕，这让我想起多年前偶然看到的一个传说。根据那个传说，几个世纪前，靠近这边的海岸不止一次被古代的斯堪的纳维亚人掳掠过。

夜晚非常安静、清澈，深不见底的那种清澈。我俩的左侧是高耸的岬角，岬角顶端长着一片孤独的树丛，下午我还曾在其中一棵树下躲避刺眼的午后阳光。灰暗的月光下，岬角上的草看上去一片苍茫。

我俩的右侧远处是一望无际的大西洋，海面平整而冰冷——看上去像一面黝黑、巨大的镜子。只有远处的一艘灯塔船从它手指一样的细长杆顶端不停地向我们发出磷光闪闪的信号。

唯一能感觉到的就是天空像个无底深渊——深渊的荒地上点缀着银河的点点星辰；唯一能看到的就是这个石头做成的屋顶，像个大海怪一样，海怪的背上站着两个人，和周围巨大的石头相比，我们两个都相形见绌。仅仅是这唯一的感觉和唯一看到的宽大屋顶就能激发无尽的想象。此外——不管是事实还是纯粹的想象——这位老司事一直暗示说大教堂现在正面临着无法想象的危险和攻击，这也让我感到非常紧张。我的两只脚像下面踩了铅块一样麻木，我的手指就好像被电流刺激了一下，瞬间传遍全身。

我俩轻轻地继续往前挪动——老人在我前面几步，我们往前走时老人一直警觉地左看右看。其中有一次，老人急促地把我往后拽，眼睛一直盯着前面的一个影子，盯了足足一分钟时间——和我们隔了一段距离——在空旷的星空映衬下，有那么一下子呈现出暗色轮廓：在昏暗的星空下看上去是很让人感到害怕的东西，我眼睛一眨不眨地盯着它，能够辨别出它在风蚀了的基座上一直不安地动来动去。

但我俩都没有继续看下去。"一切都没问题！"老人悄无声息地给我发出暗号，我们继续往前挪。慢慢地，警觉地，往前挪。从那个东西前面经过时，我注意到它伸出右侧的手，弯腰行礼，头上戴着石头冠冕。周围的一切都和我俩一样紧张、僵硬。终于，我们的塔楼巡游结束了，我俩再次来到出发的地方。我俩站在那儿，像两个密谋者，在清澈的暮色中互相看着对方。也许我的脸上还带着难以置信的神色。

"先生，"老人低声说，"我根本没想到还有别人。夜晚太静了，静得不正常，我之前就看到过那个。在宁静的夜晚，他们好像从来不打扰我们。我们得进去了，该回家了。"

在那一刻之前，我根本就没有想过晚上住在哪里，在哪里吃饭，也没有意识到我饿得饥肠辘辘。可是，一想到又要原路返回，又要从屋顶上开阔的地方摸索着回到狭窄的黑暗石墙里面去，我真是不情不愿。在如此宽大平整的屋顶上，至少有地方可以逃跑，有凹室可以藏身。为了拖延一点时间，我问老人在村里找个地方留宿是否容易。和我希望的一样，老人提出让我去他家里过夜。

我向老人表达了谢意，但我并没有立马跟着老人下去，因为有那么一会儿我感觉有个小动物——我猜是小狗，或獾——偷偷摸摸地躲到了石头支墩的后面，所以我想确认一下到底是黑暗中产生的错觉，还是真的有小动物躲在那儿。然而，那显然只是我的幻觉，因为不管那个东西是什么，它根本没有发出任何声音。四周没有任何动静，我的同伴似乎什么也没有察觉。

"你刚才说,"我追问道,"修缮……修复……大教堂的想法还没有被实施的时候,甚至有专家对发现的东西感到困惑?那时候,他们到底说了什么?"

"说了什么?!先生!"我们的声音像中午草地上的蚂蚱发出的声音一样细微,一样毫无意义。"你看一下那边你正靠在上面的栏杆,看一下腐蚀和磨蚀的痕迹——还有铅上的浅纹。所有这些都是正常的损耗——只不过是风化作用,先生——下雨,刮风,下雪,结霜,都是大自然的作用,先生。可是,如果你不介意,请你把它和这里的圣·马克雕像对比一下。你记住,先生,当初设计这些雕像的目的就是为了让它们成为教堂结构的一个重要组成部分,就像你说的,它们就像城堡上的哨兵一样——它们具有象征意义,你知道的。"

我在巨大的灰白色石头旁蹲下来,凑近看,我的眼睛离底座只有五六英寸远。可是,我得承认,我什么摩擦的痕迹都没有看到,要不然就是月光欺骗了我。我根本没有看到任何痕迹,只看到大石头上装饰着一条黑色的鳄鱼,鳄鱼张着大嘴巴,显得非常诡异;而且鳄鱼身上的疙瘩、凸起和边边角角都像是用刀子切割奶酪一样整齐划一。我站起身。

老人又说:"请你往上面看,先生。那个形状和动作在你看来是否圣洁?"

我抬起头,只见一个看上去像老鹰一样的东西栖息在那个雕像举起的手腕上——那只老鹰看上去更像个秃鹫。老鹰下面的头歪着,像是在表达蔑视——雕像的耳朵竖立在头骨上,看上去很不正常;雕像的右前臂伸开,食指指着前方,像是在嘲弄什么;冷漠的眼睛盯着天上的星星。整座雕像看起来很不友好,甚至有些邪恶,令人畏惧。我往旁边挪了挪。海风像温热的牛奶一样,极其轻柔地抚摸着我的脸。老人一边看着我一边评论说:"唉,先生,还有一两座雕像,也不是全能的主的意愿。"

听到老人这样说,我再也忍不下去了。一直含沙射影,含含糊糊,这到底算什么!我瞬间爆发,大声喊道:"无论如何,我都无法理解你到底在说什么。修缮不是为了破坏。"我的声音太大了,在如此宁静的夜晚听起来像是在厉声尖叫,连我自己都吓了一跳。

老人毫不畏惧地看着我说:"没有破坏,先生?你那样想吗?为什么没有破坏?世界上不就只有两种改变吗?——一种是修建,另一种是拆毁。助纣为虐,就是浪费权力。你想要表达的是这个吗?对于我们人类的智慧和热情来说,这难道不是最真实的吗,先生?我想,我们现在所在的位置是郊区,那么,你觉得除了外围防御区,敌人还会出现在哪里?制度也许无法被修复,先生,如果修复,或许会带来更严重的毁坏。如果内心的信仰和生命摇摇欲坠,就算用一百个大喇叭吹奏呐喊都不会有任何作用。"

不知道为什么，老人这一通词不达意的长篇大论反倒让我感到踏实。显而易见，老人的神智已经有点不清醒了：老人成了幻觉——容易理解但非常可怕的幻觉——的受害者。

我争辩道："可是，你是在理所当然地认为，如果你说的话是真的，连像我这样的陌生人都能提供帮助。我只是一个普通的观光客——请您注意——之前可能从来都没有进过教堂的门，除非多年如一日地专门搜寻古老破败的地方。"

老人把一只手放在我的衣袖上，他的手在颤抖。我看上去肯定非常愚蠢，因为我的两只鞋子像磨石一样挂在我的脖子上！

老人恳切地对我说："如果你愿意的话，先生，请你对我多一些耐心。我并不是在跟任何人布道，我也不是说外面那些偶然说三道四的人不是信众。我根本就没有这个意思。快了，先生，全能的主快要降临了。也许——恕我直言——我们最害怕的是内部的人。事实上,先生,请相信一个老人所说的话：我无法表达此刻的感激之情。是你给我了袒露心迹的机会，用他们的话说，把我的心清空。万圣教堂是我在这个俗世的家，而且——好吧，就这样吧，咱们别再说了。你不可能帮我——但你的出现就已经帮了我大忙。只有上帝知道谁能帮上忙！"

就在这时，大教堂里面传来巨大的、单调的轰鸣声和轰鸣的回响——就好像大教堂的建筑结构里面有一块大卵石或大石头在移动或发生错位而发出的声响，听起来非常刺耳，让人神经紧绷。有那么一瞬间，我感觉我们脚下踩的地方开始抖动。

抓住我胳膊的手指一下子箍紧了，老人颤抖着低声说："快来，先生，靠近点儿，我们必须得马上就走了。我们在这儿待太久了。"

我俩穿过西面那扇小门，安然无恙地再次来到大教堂外的硬地上，置身于教堂外的黑夜里。小门上面那个面带笑容的脑袋依然还在，我下午进来时它曾对我表示欢迎。我俩沿着一个凹陷的小径往前走，小径两边是一丛丛的大麻叶泽兰、茴香和铁杉，脚下是松软的沙，脚边的牛舌草和海罂粟在温柔的黑夜中静静地开放、摇曳。我们沿着小径来到沙丘的顶端，转过身去，往回看。万圣教堂，庞大而模糊，静静地矗立在山谷中，看上去有点像被海水磨损的一块史前大岩石，在被石头包围的海湾里露出地面。很奇怪，大教堂总给人一种有点像人的感觉，令人望而生畏。

空气像牛奶一样柔滑——天空像有淡淡甜味儿的大池塘——甜味儿中夹杂着荆豆、凤尾草和帚石楠的味道。四周一片寂静，只有潮水偷偷地发出一波又一波的羿声，更远处的大海和地平线下面的夏日夜光慵懒地互相打趣——忽隐忽现，像地球在和另外一个星球互相发信号——很快又消失了。这闪烁不定的光，也许再加上草地上映射的淡淡月光，就是我俩从北侧耳堂的窗户往外望时看到的那些透明的微光，当时它在我们远处的下方摇曳生姿。可见，想象力是多么容易上当受骗啊！老人耳语的声音一直在我的耳朵里回响，如果不是这一会儿的休息和冷静，我之前几乎丝毫不怀疑这根本不是映射的光，而是从某个东西的内部断断续续发出的亮光。

我俩来到一个小门前停下，门旁边是一簇簇倒挂金钟，花儿正在怒放。穿过小门，来到一个方形小花园里。"希望你能谅解，先生，但我不得不说一下。我通常的习惯是不管在外面有多少烦恼或不快，我都尽可能不带到家里。我女儿寡居，但时间并不久，所以我只要回到家里，不管发生什么，都会表现出很高兴的样子。但是……好吧，先生，我有时感到好奇——对于那些心中有数、口里不说的人来说，个人牺牲是不是他们责无旁贷的义务。先生，我可以明确地告诉你，如果我确信个人牺牲能够对某项重大事业有所裨益，我本人会非常愿意投身其中。个人牺牲对我来说算不上什么，如果……"老人没说完就打住了，而且再也没有尝试往下说。

那天晚上，在我上床睡觉之前，老人蹑手蹑脚地带我先去看他的外孙。当我俯下身去看童床上的孩子时，老人的女儿紧紧地盯着我——就像所有的妈妈看到陌生人出现在自己孩子身边时那样，脸上露出担忧的神色。

床上的孩子还很小，长得非常可爱，可爱得让人有一种不真实的感觉。只见他把盖在身上的小被子蹬到一边——就好像在这个世界上童真不需要遮盖或防护——接着又安稳地睡去，小家伙的嘴唇上、脸上和额头上都沾了睡着后流出的涎水。他的呼吸如此轻柔均匀，甚至都看不到他的肩膀和小小的胸脯在随着呼吸起伏。

　　我看着小男孩说："好可爱的小家伙！真想知道他现在在想什么？"小男孩的妈妈抬起脸，冲着我笑了笑，笑容里带着倦意，但依然难掩幸福。接着她叹了口气。

　　就在这时，从远处吹来一阵海风，海风发出轻柔的声响，持续了好一会儿。这是从今天下午到现在我感受到的第一阵海风。我看了看手表，已经是夜里十一点了。经过了白天的燥热，暴风雨似乎开始往内陆进发了。显然，万圣教堂之前忘了给自己的表上发条了。

还 魂[1]

十一月的一个晚上。对于冬季咳来说，十一月还为时尚早。冬季咳对于站讲台的老师来说，就像暗礁之于水手。咳嗽有可能严重影响讲课效果。威格斯顿纪念堂异常安静，只要蒙克教授停顿一下，就能听到细密的夜雨打在屋顶波纹瓦片上发出的声响。但对于蒙克教授来说，唯一能打断他讲座的并不是雨声，而是每隔一刻钟就会突然传来的呼啸声，声音短促、刺耳，听起来有些怪异。在往礼堂来的路上，蒙克教授就注意到一种好像铸造厂的熔炉发射的光——让阴沉的天空

---

[1] 该小说采用1938年版本。

变成了肉红色。很有可能是在倾倒熔炉里的炉渣、渣滓和灰烬。不论是什么，每隔一刻钟就准时传来的呼啸声听起来颇有些戏剧性，就好像酝酿一会儿，然后爆发，再结束。然而，这个声响对蒙克教授并没什么好处。

蒙克教授想起他曾经读过的轶闻趣事，说一个著名数学家讲课时会突然陷入沉思，长达十来分钟，而在他神游期间，课堂上的学生就在下面悠闲地做自己的白日梦。但学生毕竟是学生，不是普通的听众。蒙克教授在课堂上能一边大声朗读，一边暗自沉思，但不会为了戏剧效果而故意停顿。蒙克教授喜欢条理清晰、学术性强的讲课方式。他从来不会故意把声音压得很低，也不会特意把嗓门提得很高，更不会突然爆发，或用甜言蜜语哄骗听众，连幅度最小的肢体动作都不多。点一下头，抬一下手，甚至挑一下眉毛，只要时机恰当，都能取得出其不意的效果。蒙克教授不能接受门外汉一样的戏剧表演——用身体来传达授课内容，用舞台表演的方式讲课，或者像演说家一样雄辩。

蒙克教授甚至都没把讲桌上的那瓶水看作一瓶饮料，而是把它看作一种象征。当然，不是诗人灵感源泉的象征，而是作为一个提醒，提醒自己讲课不能陶醉其中，讲座也不是为了让人陶醉。蒙克教授暗自想：眼下正在做的事情，总共重复多少次了？二十次，至少有二十来次了。他现在已经是不折不扣的讲座老师了。

然而，就眼下的心理感受而言，蒙克教授就像初次登上讲台的新手——像新生的婴儿。这种感觉很奇怪。他讲授的内容是——埃德加·爱伦·坡的作品——自己的最爱之一。这个内容他至少讲过五六遍了，而且每一遍自己都很满意。除了满意，别无其他。当然，主要是因为讲座内容的主题思想——对于一些口味极其独特的读者来说，爱伦·坡的作品具有一种既让人排斥又无法释怀的魅力。关于埃德加·爱伦·坡的一切都有一种既浪漫又诡谲的色彩——包括他独特的写作生涯和与众不同的文学成果。

然而，每当他独自站在讲台上，弧光灯的灯光几乎从头顶正上方倾泻而下，置身于明亮的灯光下，蒙克教授便会清楚地感觉到自己是个例外——不仅仅是整个礼堂里唯一站着的人，而且是这里唯一制造噪声的人。这种感觉已经不是第一次了，但像今天这样强烈，还从未有过。这让他有点不安。有些同行会假惺惺地抱怨自己如何不喜欢讲课，蒙克教授可不会，那样就太矫揉造作了。蒙克教授喜欢站在讲台上的感觉，但他有时会想，如果能更加清楚而明确地知道自己一直讲授的内容想要达到什么样的效果，那他会更加喜欢站在讲台上的感觉。

当然，这样模糊不清的感觉也许让人难过，但即便如此，它依然包含积极的成分。作为专业人士，蒙克教授对自己的工作目标和开展方式都不是非常清楚。他并不渴望得到他人的肯定，当然不是。他追求的是精神的愉悦，而不是情感的满足。他活着的目的不是为了——按照他正在讲授的作家爱伦·坡所属的美国人的话说——与他人"心灵息息相通"。蒙克教授有自己的看法，也尝试将这些看法用语言表达出来，这样才能知道他人对自己看法的态度是赞同还是反对。然而，能够确定他人态度的依据是极其有限的。一次又一次，当蒙克教授讲完课，说出本次讲课的最后一个字，听众的掌声会应声而起，他常常坐在那儿，暗自忖度：这些人鼓掌，有多少是出于礼貌，又有多少是本能地庆幸老师终于讲完了。在热烈的掌声中，蒙克教授似乎还听到一声似有似无的叹息声。当然，坐在拥挤的礼堂里，整整一个小时一声不吭，听到讲座结束了，身体都会本能地有所反应，就像闻了鼻烟会打喷嚏一样自然而然。不过，给英国人讲课，他们的反应太难预测。

　　正是因为如此，蒙克教授不止一次想在自己的讲义里插入一两句他确信会让听讲的人感到震惊的话，或者把一整页讲义中表示否定的词语全都拿掉，也就是说，把一页中所有的"不"都去掉——就为了看看会产生什么样的效果。不过，英国的听众现在也不像以前那样容易大惊小怪了。此外……算了——今晚还是算了。蒙克教授这会儿唯一的想法就是赶快结束，赶快讲完。一种陌生的渴望控制着他，他这会儿只想离开，再也不要回来。"噢，为了鸽之翼。"他跟着赞美诗唱了起来。蒙克教授猛然间知道原因了。

210

不是因为礼堂，讲座的礼堂都差不多——都带有主日学校的气息，通常都很像车站候车室。灯光照在圆帽檐下的眉毛，隔着眼镜射进眼睛里，有些刺眼，蒙克教授感到有点儿尴尬——如果灯光没有让他感到恍惚的话，那就是灯光太耀眼炫目。不过，即便如此，他也已经习惯了。毕竟，就算站在讲台上什么都不说，也总是要暴露在学生面前。他再次许愿：但愿那些所谓的室内装潢师们在装修公共集会场所时选择别的颜色，而不要再用看上去污浊不清的墨绿色，更不要在边缘镶上巧克力色。蒙克教授以前也经常有这样的愿望，更何况，为什么他们选择的椅子会让人觉得像孤儿院？难道他们认为只有用这种椅子才能让听众保持清醒吗？

不过，生活中的事情通常如此。任何一个行业都有烦恼，比如会长。蒙克教授这会儿只能看见会长那双已经起了皱褶的牧师靴子，但并不能仅仅因为会长这会儿一动不动地坐着，就认为他一定是要么心不在焉，要么昏昏欲睡。如果会长的确心不在焉或昏昏欲睡呢？蒙克教授发自内心对会长感到同情。像会长这样的人通常都异常繁忙，疲惫不堪。会长曾经跟大家讲过他们这一类人要承受多少考验，要抵制多大的诱惑。即便如此，会长也从来没有对他的听众有丝毫抱怨。蒙克教授当然希望最后几排座位不要空那么多，但对于其他座位上的听众来说，这显然是一种表扬。所有到场的人都留下来了，而且——虽然因为戴眼镜看不清楚——那些留下来的人都听得专心致志。蒙克教授记得有一次一个爱开玩笑的朋友很认真地断言，说不可能把一次的讲座内容压缩得太短，还说为了使一次讲座达到最好的效果，至少每隔一刻钟就要讲个笑话打趣一下。让听众哈哈一笑，什么问题都解决了。但是，蒙克教授并没有使用这种办法。他既不压缩内容提前结束讲座，也不拖延时间，也从来没有试过逗乐听众。更何况，人人都在专心听讲，没有人哈哈大笑。他朋友说的理论很荒唐。那么，到底哪里出问题了？

就在他的正前方和房间那头之间，一个圆形钟表挂在两个通向礼堂门的低矮圆拱上。钟表指针指向八点四十六分。讲座马上就要结束了。于是，蒙克教授微微低下头，稍微停顿了一下，抬起头，再次看去——这一次他认真细致地观察了好一会儿。蒙克教授此刻完全明白刚才是什么让他感到不安了——是（像神龛里的雕像一样）孤零零站在两个门道左侧里面的一个人。

他是整个礼堂里唯一迟到的人。刚才壁凹里还空无一人，一眨眼那人就站在那儿了。他肯定是从外面漆黑的夜色里偷偷摸摸进来的，像影子一样。讲座者宁愿听众晚来，也不喜欢听众早退，因为晚来对于讲座者来说只意味着一种不切实际的可能性——从头开始再讲一遍；早退却是在提醒讲座者别再讲了。然而，这个迟到的人却让蒙克教授感到有点焦躁不安。猛地一下子看到他了，就没办法再忘却他的存在。

他为什么站着？为什么孤零零地站着？蒙克教授原本应该大胆地招呼他进来。说一句表示欢迎的话是最明智的选择——好吧，对于蒙克教授来说，是接受迟到者挑战的最明智选择。

不过，这会儿说什么都为时已晚。陌生人一动不动地站在灰暗的灯光下——穿着巨大的披风，手里拿着帽子——靠在圆拱的凹壁上，两腿交叉，懒散地站在那儿。他的样子看上去像是特意摆姿势，不管是否摆姿势，他就那样一动不动地站在那儿。弧光灯明亮的灯光照着教授的眼睛，加上焦躁不安，他根本没办法看清楚远处那人的面目特征。但那人转过头，探向这边，神态沉着镇静，姿态中隐隐地流露出一种傲慢，但异常专注——要么完全陷入沉思，要么正在专心致志地听讲。如果是专心致志听讲,那么对于讲座者来说会是一种安慰。可是，专心致志也有可能是正沉迷于破坏活动——比如，罗马被烧毁时尼禄就非常专心致志；再比如，谎话连篇的人和肆无忌惮的人，都是如此。可站在那里的那个人又能造成什么破坏呢？也只不过和教授一样，来到礼堂，结束了就走，仅此而已。

但是，有点奇怪的是，礼堂里的其他人似乎都没觉察到那个贸然闯进来的人。而且，显然礼堂里的听众都不认识那个人。他是为了什么才到这里来？应该不是因为这寒风凛冽的冬月天气。来时的路上一直下着小雨，教授在街灯下的细雨中一个人孤零零地来到礼堂，路上经过一个灯火通明的电影院,电影院前贴着吸引人的海报;他还从一个小剧院前厅走过,小剧院昏暗污浊——即便如此,看上去依然比两侧装有尖头金属围栏、通往纪念堂的黑砖小巷更加具有吸引力。

既然纪念堂外的商业区有诱惑性更大的去处,那个人看上去也更喜欢热闹,可他为什么不去那里尽情玩乐呢?难道他是到这里来演出的流动剧团的演员?是不是刚刚演完一场戏,出来溜达一下,消磨时光,一听到上场的呼唤就马上再上台继续表演?还是刚刚从演员休息室里出来透透气,或看看有没有比演戏更让他感到兴奋的事儿?那人的衣着打扮再真实不过,可为什么他看上去又像是在沉睡?像这样胡思乱想,真是愚蠢之极。可即便如此,蒙克教授还是深陷其中,他一边看讲义,一边快速地思索。至于是否能想出满意的答案,则是另一回事。

蒙克教授的声音——蒙克教授很喜欢自己一丝不苟演讲时的声音——他的声音在礼堂里回荡,蒙克教授觉得声音越来越响,很有可能是由精神性消化不良导致的。蒙克教授并没有突然意识到什么问题,从而对自己的讲义产生疑惑,更没有对自己的讲义感到羞耻。重新看自己的讲义时,蒙克教授趁机又读了一遍爱伦·坡的一些短篇小说、大部分诗歌和一两篇文章,还查阅了最新出版的一本爱伦·坡传记,从中核实讲义中的多处信息。撰写讲义花了远不止一个星期的时间。至少要把讲义内容进行系统安排,包括以下四个部分:(1) 时代背景;(2)

爱伦·坡其人；(3)故事和诗歌；(4)对后人的影响。蒙克教授讲座时能做到即兴发挥，但即便如此，他还是更愿意按照提前写好的讲义举办讲座。根据讲义来讲，不仅可以避免对所讲内容夸大其词，还可以避免感情用事。

蒙克教授身量颀长，带着金属框眼镜，神色阴郁，身体有点僵硬地站在讲台上，专注地回想着讲义中的各种观点和评判。这样做，不仅可以保证他在讲座时只说自己想说的话，更能保证他说出来的话没有言外之意。蒙克教授不喜欢讲座时随意发挥，他喜欢用事实说话，喜欢内容具体、明确的陈述，而不是暗示、推测、"我敢说"这样的个人猜测、模棱两可的话。蒙克教授不喜欢用抽象的理论，也不喜欢天花乱坠的吹嘘和令人亢奋的言辞。忽冷忽热的评论往往具有欺骗性，尽管诗歌也许更能打动人心，更能激发情感——不幸的是，很有可能就是这样——但分析诗歌则属于智力活动。此外,写讲义时安排好内容，组织好框架结构，讲座会容易很多。蒙克教授希望他的听众离开礼堂时能够记住一些含义明确的内容，尽管他并不指望他们记住很多。蒙克教授笑着自言自语道："捶打，捶打，捶打，在坚硬的路上捶打！"

事实上，很多听众走进这个礼堂之前，极有可能从来没有读过爱伦·坡的《陷坑与钟摆》或《钟声》以外的任何作品，尽管也许曾经听说过。有些听众可能仅仅知道爱伦·坡是《莫斯肯漩涡沉溺记》或

《一桶阿蒙蒂亚度酒》的作者，有的知道他是写《安娜贝尔·李》的感伤诗人，有的知道他是写《红死病的假面舞会》的那个厌世作家，还有人知道他是创作《厄舍府的倒塌》的幻想家。少数几个听众的文学知识稍微丰富些，但有可能会把爱伦·坡当作令人厌恶的哗众取宠者，或认为他是道德和人品都有缺陷的人——一个道德和人品都有缺陷的美国人——甚至还会认为他是个装腔作势的人，是个江湖骗子。蒙克教授承认，这样的观点，不仅得到爱伦·坡同胞的普遍认可，就连大作家亨利·詹姆斯对他都嗤之以鼻，认为爱伦·坡的诗歌"极其肤浅"。的确，不管是最新的作品，还是很久以前的作品，惊险小说就是惊险小说，耸人听闻的故事终归还是耸人听闻的故事。蒙克教授本人并不赞同这样一概而论的评价，但他也不会掩盖事实。

事实上，蒙克教授曾经说过，从大众的视角来讲授爱伦·坡，对于他来说更容易，对于听众来说，会更具有说服力，效果也会更好。蒙克教授曾经尝试过避免那样讲授爱伦·坡，而是实事求是，不吹毛求疵。蒙克教授还曾经说过，讲授爱伦·坡这样的作家，想要从他的创作生涯和作品中找到具有教育意义和精神价值的精华——在他自己的国家，这被称为升华——无异于想要从葬礼上被染色的不死草花环上嗅到带着露水的报春花和紫罗兰的清新和芬芳。要知道，爱伦·坡可是创作了《活埋》《猫》这样的小说，以及《征服者爬虫》《尤拉鲁姆》

这样的诗歌。尽管蒙克教授也赞同，讲座人的职责是对所讲课题做出说明和解释，而不是进行控诉——想到这里他不由自主地看了会长一眼——但他还是不可避免地要简单提一下爱伦·坡的道德问题。蒙克教授赞同朗费罗的观点，即生活不仅真实，而且真诚，而书籍是良药，是止痛剂，是慰藉，是逃避现实的途径，但远不止这些。同样，诗人也有其独特的价值，所以蒙克教授当然不会像柏拉图那样把诗人排除在他的理想国之外。"根本不会！"但是，就其性质而言，诗歌是蜂蜜，而不是每天都吃的饭。蒙克教授认为，美带来的愉悦并不能替代对知识的渴望，不能成为道德底线下降的借口，更不能因此而缺乏严肃的信仰。蒙克教授对党派之争毫无兴趣。然而，不管怎样，就算诗人真的产蜜，他们也不见得一定是最好的蜜蜂。他们的人品和行为，哎哟，可不像他们的诗歌那样完美无缺。

当然，在一定程度上，人如其文，不管这个人创作的是小说还是诗歌。整体而言，坡的作品很不错。但我们必须谨慎对待。文学作品的风格好坏并不一定代表作家人品的高下，伟大作品的创作者并不一定是良善之人，而艺术价值不那么突出的作品，其创作者也不一定就是品行不端的人。不然的话，有几个科学家——甚至包括哲学家——能免遭非难！而且，尽管文如其人，作品就是反映作者的一面镜子，但作品不一定能反映出其作者的全貌。可以确信的是，从罗伯特·彭斯的爱情诗中无论如何都无法完全了解彭斯是个什么样的人。一部《失乐园》就能反映出弥尔顿是什么样的人吗？即使从《失乐园》能看出弥尔顿的为人，我们能看到的也只是弥尔顿的一部分。还有拜伦、波德莱尔、贺拉斯、赫里克，难道都没有属于他们各自的心灵、思想和灵魂，仅仅只是他们的作品中所反映的形象而已了吗？爱伦·坡的作品又能反映出多少真实的爱伦·坡呢？

蒙克教授曾经说过，他不能接受玄而又玄的诗歌面纱理论。"为艺术而艺术"这样的陈词滥调，如果仔细研究的话，其内涵有比"为布丁而布丁"或"为铺设管道而铺设管道"更加深刻吗？如果没有，那么，诗歌作为诗歌，也不能仅仅因为创作于大多数年轻人更喜欢板球或篮球的时代而更好或更坏。事实上，用马修·阿诺德的话说，诗歌就是年轻的野蛮人舞文弄墨。天才也许会早熟，然而，像爱伦·坡的《致海伦》这样的诗——爱伦·坡自称是在十四岁时创作的——只有和他其他的作品进行比较才能确定它在作者所有作品中所处的位置。而诗歌的优与劣，必须根据诗歌自身的价值来判断。

教授还曾经态度坚定地说过，任何文学作品都不会因为其创作环境之恶劣——在狭窄的阁楼里，在糟糕的条件下——而具有更丰富或更高的艺术价值。有人说，诗歌和贫穷之间唯一的差别就是字母 V，即以 V 开头的几个词——"维奥尔琴（Viol）、紫罗兰（Violet）和藤蔓（Vine）"——这一类的话，教授从来都不认可。富有想象力的人也许天性敏感，时刻处于微妙的处境，很容易情绪低落——这是他为自己的旷世逸才而付出的代价。不过，这个代价是不是太大了呢？就连罗伯特·路易斯·史蒂文森——一个从头到脚再到手指尖都是艺术细胞的艺术家——也从来没有因为自己是天才而不付给屠夫钱。事实上，蒙克教授还说过比这还要犀利的话。乔叟担任要职；莎士比亚赚得盆满钵满，不到五十岁就荣归故里、颐养天年；罗伯特·布朗宁在人生的辉煌时期被当作是成功的银行家。威斯敏斯特教堂至今还埋着很多诗人的遗孤，但那里并不是声名狼藉者的瓦尔哈拉殿堂[1]。

不过，童年的爱伦·坡就已经显示出怪异和顽固。可以确定的是，在弗吉尼亚大学美丽而宁静的校园里度过的几个月和在自然风景秀丽的西点军校度过的更为短暂的时光里——当然了，学生补助的每一分钱都应该被年轻而才华横溢的爱伦·坡花光了——毫无疑问，爱伦·坡已经表现出傲慢无礼，反复无常，好口角，情绪也不稳定。假如他的品性和上述情况截然相反，那么这些优良品质会不会同样从他的作品中看不到呢？

当然，还需要考虑事情的另一面——以曼根、德·昆西、格勒律

---

[1] 瓦尔哈拉（Valhalla），英灵堂，北欧神话中奥丁神接待死者亡灵的殿堂。——译者注

治为例。哎哟，一想到他们，我们很难不把他们的作品和他们的缺陷——不光是身体的缺陷，还有道德的缺陷——联系起来。在爱伦·坡去世的1849年，曼根在贫困交加中溘然辞世；就在同一年，贝多斯也告别人世，而艾米莉·勃朗特是在前一年撒手人寰——都是以奇怪的方式走向人生终点。这些诗人、作家们都有一个共同的结局，即孱弱多病，命运多舛，情绪和创作灵感都处于极端状态。不过，事实上，是艾米莉的弟弟布伦威尔·勃朗特的不良习惯导致艾米莉生病，而不是艾米莉自身的原因；贝多斯悲惨而非正常的结局似乎证明他活着时"精神状态不稳定"。

另一方面，美德既不是获得证券交易所内部消息的钥匙，也不是教会的特权。这一点，教授肯定认同。酒馆、贫民院，还有其他挤满了不幸之人和笨蛋的场所，那里的人们连一首韵律简单的打油诗都不会写。换句话说，导致人生种种不利的原因肯定不仅仅是诗人独有的旷世奇才。

爱伦·坡在部队作为列兵、下士和中士的两年，虽然并不是自己的选择，却证明他也能吃苦耐劳、遵纪守法、责任心强。他不酗酒，勤勉刻苦，赢得了其他军官的尊重。没有天才需要经历穷困潦倒才能表现出上述优秀品质！之后很多年，爱伦·坡都清楚地记得在美国陆军的经历，并最终将那段经历写进他最不怪诞的小说《金甲虫》里，使之成为小说中最有新意、最让人过目不忘的场景之一。我们应该说,那部小说名字是《金甲虫》。一首诗创作出来,甚至对于所有诗歌创作来说,都很难得到相应的回报,小说却往往并非如此。

事实上,爱伦·坡最早创作的小说之一给他赢来数额不菲的奖金。而且,要不是编辑自作主张,爱伦·坡原本还可以赢得"最佳诗歌奖"。住在温坡街的伊丽莎白·巴雷特在病中给爱伦·坡写信:"你的那首《乌鸦》引起了轰动……大诗人罗伯特·布朗宁先生被它的韵律深深吸引。"几乎没有证据表明爱伦·坡讨厌成为受大众喜爱的作家。一次又一次的成功——"我指的是,"教授用手指敲着桌子强调说,"我指的是物质方面的成功。"——是爱伦·坡力所能及的。然而,爱伦·坡瘦弱的手指拒绝抓住这样的成功。

有人认为,成为受大众喜爱的作家意味着平庸。不过,这一观点教授并不赞同。不少伟大的作品在全世界范围内都广受好评。不过,爱伦·坡在这方面的成功少之又少,而且每次持续时间都很短暂。不过,像爱伦·坡这样一个恶名昭彰、脾气乖张的作家,也很难有其他可能性。

事实上,坡的个人魅力和吸引力有一种近乎催眠的作用,甚至有时对于当时的男性读者而言都是如此。但坡完全不能接受和自己的观点或信念相悖的人。他刚愎自用,孤僻高傲,对于心灵鸡汤之类的文字——换个说法,就是只能用作生命之轮润滑剂的文字——都嗤之以鼻。爱伦·坡年轻时很有可能受到过严厉的对待，被剥夺了他认为——当然是错误地认为——原本应该属于他的财产，比如曾经收留过他的养父的财产，他却没有从这么凄惨的经历中学到什么教训。不过，并不能说纯粹是人生的磨难才使得坡难以和朗费罗抗衡，因为不管经历了多少艰辛，朗费罗好像都始终如一地坚守自己的原则，被他的同胞们当作自己国家的桂冠诗人，而且是个心地淳朴、温和友善的人，艺术才华卓尔不凡，仪态像狮子一样大气高贵。还有，他，朗费罗，在世时赚了很多钱！

此外，如果把坡的作品和爱默生的进行对比，前者就像一座疏于照看的墓园，长满紫衫和柏树，只有忽明忽暗的月光透过浓密的枝叶断断续续地洒下来，而后者则是一座精心设计的庭院，像静谧的乡村教区牧师住所，沐浴在大西洋彼岸和煦的五月阳光下。如果把他们两人加以比较，坡缺乏爱默生的美德，而爱默生既不像坡那样天赋异禀，也不像坡那样命运多舛，这一点我们需要认识到。如果文学也像人一样，有的不健全，有的卑鄙无耻，尽管给它们下具体的定义极其困难，但为什么不试着用具体的例子加以说明呢？蒙克教授对此曾经做过初步的尝试。

从创作技巧来看，蒙克教授一贯认为自己的能力还不能完全欣赏到坡的艺术魅力，对他作品独到之处的认知还不够。所以蒙克教授在讲座时跳过了这一部分内容。不过,即便不跳过任何内容,他的听众——默默地坐在下面一排排椅子上的人——又有多少个会继续听下去呢?听众中有些是孩子,其中一个小女孩居然还抱着一个熟睡的婴儿!让我们温和地对待弱者。然而,教授曾说过,小说和诗歌都一样,技艺和艺术都至关重要,但我们不能把语言和语言承载的思想完全分开。最高艺术恰好隐藏了艺术本身。不仅如此,最高艺术还隐藏了自己的隐藏方式。那么,能否说这就是坡的写作技巧?他诗歌的主要缺陷之一不就是他对技巧完美无缺的运用吗?坡在创作时好像从来不会一蹴而就(除了他自己说《乌鸦》是一气呵成外)。我们都知道,他后期的很多作品都是耗费很多心血才完成的。

  如果说文学创作是一门艺术的话,那么,筹备一个讲座同样也是。蒙克教授之前曾经简短地讲过坡作为打油诗人的写诗窍门、语言的重复、像孩子一样对韵律的热衷和对重音格律的偏好。坡关于诗歌必须简洁的理论——半个小时内无法读完的诗不可能是好诗——以及他在这一理论指导下进行的诗歌创作,蒙克教授也曾经谈到过。教授认为,坡的这一观点有一定的道理,但这个问题最终的决定权在于读者——比如《伊利亚特》《神曲》和《序曲》的篇幅都很长,但依然有不少读者认为它们是文学精品。对于教授本人而言,好的文学作品,再怎么好都不为过。教授也赞同创作诗歌的基本目的是分享快感,而不是说教。

快感有很多种，不同的快感有不同的价值，而诗的魅力在于它们带来的感官享受——不管是让人兴奋，还是让人沉醉——所以，应该根据这一标准对诗歌进行理性分析和评判。

然而，蒙克教授把分析和评判留给了听讲座的人，而他只介绍了坡的某些诗歌创作的时间和地点，以及创作这些诗歌的意图——比如，《钟声》的创作灵感来自和女诗人惠特曼夫人一起度过的短暂而美好的时光。惠特曼夫人颇有魅力，但知名度不高，爱伦·坡曾和她有过美好的恋情，当时坡用几行诗表达他们在一起时的狂喜，此后不断扩展，成为现在大家所熟悉的名篇。介绍诗歌的创作背景不仅比详细分析诗歌更容易，而且更加切实可行。

至于惠特曼夫人，蒙克教授提了一下，又谈到了坡对其他多名女性的痴迷和依恋，也可以说是分离——和那些对他忠诚、能指导他人生的女性热恋后迅速分离——从温柔可爱但注定不能在一起的斯坦娜夫人，他年少时的偶像、诗歌《致海伦》的原型海伦，到他去世前几年身边走马灯一样换来换去的女人。事实上，在坡年轻的妻子弗吉尼亚去世后，坡不仅跟每一个交往的女人都求过婚，还几乎每次都坚持要和对方结婚。和很多诗人一样，坡经常会爱上不该爱的女人，而且每次的结局都不太好。他曾经深陷于女人的甜言蜜语而不能自拔——完全不考虑结果。所以，坡最终丑闻缠身，还遭到诽谤，但大部分情况下都毫发无损。

蒙克教授把这些和坡的妻子——超凡脱俗、山茶花一样雪白、纯洁的弗吉尼亚——联系起来。"可怜的新娘才度过十四个春秋"便嫁给了坡，婚后夫妻二人都时不时因为她的疾病而忧心忡忡，意外[1]的发生更是雪上加霜，致使年轻的弗吉尼亚很快便一命呜呼。其实，她短暂的一生只不过是埋进坟墓前的匆匆旅程，尽管她的家人尽力延长这一旅程。既然已经讲到了坡的妻子，教授自然也要讲到对于坡来说比他的亲生母亲还要慈爱的岳母克莱姆夫人，以及坡对她经济上的依赖——在外人看来，这种依赖简直就是耻辱。坡称她为妈娣（Muddie），坡写给她的信中流露出自然真挚的感情，但也和坡其他的信件一样，都喜欢用浮夸的语言。

坡的一生中，有几件事，即使略而不谈也是枉然，不可能得到世人的宽宥——都是很糟糕的过失，即使不算那些因为身体原因和药物作用而造成的恶果。既然实事求是，就要记录下来所有的事，包括只有满怀怜悯和谦卑才有可能理解的那些事。不过，教授确实巧妙地——有些遗憾地——回避了"诗人生涯中黑暗的一面"。如果花很多时间在这方面，就像用显微镜观察一滴水沟里的死水一样，会非常呆板乏味。

---

[1] 据说弗吉尼亚唱歌时血管突然破裂，险些丧生。——译者注

在其他领域里，坡也没有对他人高抬贵手。作为一个评论家，坡既评论文学作品，也评论创作文学作品的人，而且他的言辞向来都很犀利。坡鄙视愚蠢的人，嘲讽失败者，对他的敌人更是毫无怜悯之心，对于异己也缺乏耐心。不管他人的作品具有什么样的价值，在坡看来，"劣质的诗无异于犯罪"。恃才傲物，既是坡的弱点，也是他的长处。

不过，教授和坡不一样，他一直都努力让自己保持平和中正、不偏激。他非常简短地介绍了诗人在巴尔的摩度过的最后几天——阴郁而致命的几天。坡当时发着高烧，衣不遮体，神智昏迷，被几个为了政治选举而不顾他人死活的恶棍牢牢控制住，仅仅为了一张选票，就让坡在去世前几天受尽了侮辱。在被送进医院后，坡去世前曾经表达了当时的恐惧和孤独，他绝望地大声喊叫："谁能帮帮我吗？……上帝啊，帮助一下我可怜的灵魂吧！"坡早年曾经深爱过一个叫埃尔米拉的女人，并和她订婚，但她后来另嫁他人，坡在去世前和埃尔米拉再次相遇并订婚，这让坡再次鼓起希望的风帆，感到命运之神终于眷顾了自己，好像未来的人生充满机遇，但短短几个小时后，这一切都灰飞烟灭，可以想象坡当时有多么痛苦。

讲到这里，教授心中突然充满疑虑，真像是有一大群鹅正在坡的坟墓上撒欢。上帝啊，为什么此刻脑海中突然闪现伦勃朗的《尼古拉斯·杜普医生的解剖课》，而不是戈雅的《瘟疫医院》？戈雅的《瘟疫医院》让人震惊，但同时又让人感到宁静。而且，为什么偏偏在教授讲到讲义即将结束的时刻闪现——八点四十六分？

原因似乎只有一个，就是那个站在那边、一直沉默的陌生人。就在刚才，蒙克教授从课桌上抬起眼睛、从眼镜上方看那人时，那人也回看了教授，两人就这样互相审视着对方。蒙克教授并没有说任何自己感觉不合适的话，也没有说错什么，连模棱两可的话都没有说。然而，他说的话好像都寡然无味了。不管怎么，蒙克教授提醒自己：不论愿望多么强烈，但谁都无法仅凭愿望而抹去某些记忆。思想肯定就是大脑的甲虫。说出的话无法收回，讲座时讲出的话也是如此。想要收回已经说出口的话，这本身就很荒唐可笑。蒙克教授忍不住胡思乱想，成为自己一贯鄙视的那种特质——艺术家特质——的牺牲品！年纪都这么大了，才显示出这样的特质！蒙克教授来这儿的目的是给别人讲课，但从突然产生的不安来看，他这会儿是被别人"牢牢记住"了。好吧，他必须加快速度。生命和讲座一样，都是由一个又一个的时刻组成。不需要对这些时刻中的任何一两个太过关注只需耐心等待结束时刻的到来。

此刻，蒙克教授正准备对这次讲座内容下结论："我认为，坡的作品最显著、最令人印象深刻的特点，和迪恩·斯威夫特的一样，是其作品中作家本人的在场，尽管这两位作家在其他方面几乎没有什么共同之处。甚至在坡想象力最丰富的时刻，他的有些作品之所以美，就在于作品中腐烂者闪现的磷光、毁灭者的黑莓灌木和荆棘或者死亡的神秘寂静，这些可以说是美的；还有一些是让人发狂的恐怖中带着邪恶和诡异，在现实生活中，即使这样的恐怖出现在梦中，做梦的人也会被吓得尖叫着从梦中醒来——就连在这一类作品中，我们阅读时都随时能清楚地感觉到坡的存在，就好像坡本人就活生生地站在我们面前——穿着他常穿的黑色衣服，距离很宽的两条眉毛冷冷地垂着，牙尖嘴利，神色沉闷阴郁。"

教授接着说："福楼拜认为，小说中不应该有作家的影子或痕迹，这一观点显然不适合坡。从他的《陷坑与钟摆》《一桶阿蒙蒂亚度酒》《泄密的心》，到《红死病的假面舞会》《丽姬娅》《闹鬼的宫殿》，几乎每一部作品中坡都无处不在。部分原因可能在于坡异于常人的分析能力和极为丰富的想象力。这两者同时出现在一个人身上，原本就不多见，因为它们是两种互为矛盾的特质。坡从来不会妥协，却能保持自立自足，自我牺牲，绝世而独立，这一点似乎很不合常理。坡只有偶尔才会露出明媚的笑容，其余时间都阴郁沉闷、喜怒无常、充满怨气。因此，坡既是命运的主宰者，同时也是命运的牺牲品。如果说坡算不上与当时整个社会抗争的人，也很难对他做出其他定性的评价——除了文学以外——他对社会问题、对那个时代普罗大众所追求的事业、信念和理想都不怎么关心。一些事件表明，坡不相信民主，憎恶暴动，还曾提醒自己的同胞们，要警惕一个愚昧无知的共和国会招致的严重后果——这些观点也许情有可原，但太过自我，而不是贵族通常持有的观点。就出身而言，坡就是一介草民——流动剧团演员的儿子。"

教授接着又说："此外，关于坡还有一点是事实，即：尽管坡受过南方绅士传统的影响，但他并不是按照南方传统教育成长、厌恶所有新英格兰人的人，坡无论如何都算不上侏儒群里的巨人。朗费罗、爱默生、华盛顿·欧文、布莱恩特、惠蒂埃、梭罗、奥利弗·温德尔·霍姆斯，差不多都是和他同一时代的人，这些名字都如雷贯耳，还有在思想上——而不是血缘上——和他最接近的纳撒尼尔·霍桑。既然《金甲虫》就像《莫格街凶杀案》一样，都是英语文学里这一体裁最早出现的作品，那么《金银岛》也可以算得上是在它的影响下诞生的。有的人可能认为这一名单还要加上詹姆斯·费尼莫尔·库柏。也就是说，坡生活在英语文学的黄金时代——不是我们这个时代，我们的这个时代是黄铜时代。"

教授继续说道："还有值得钦佩的詹姆斯·罗塞尔·洛威尔，那个时代涉猎范围最广的评论家，他知识渊博、著作等身、品行端正、关心公共事务，是坡屈指可数的好友之一，也是自始至终对坡都很忠诚的朋友，尽管他曾辛辣地对坡的作品进行过概括性的评价：五分之三的天才，五分之二的胡话。"

一口气讲完这些话，蒙克教授感到前所未有的疲惫，也从来没有像现在这样对自己的声音如此厌倦。教授最后疲惫地说："我不是……我不是数学家，无法检验洛威尔教授对坡的这一粗俗评价是否准确，但请允许我提醒大家这一事实——在英格兰，就连只关心本地事务的人也会对和美国有关的一切都嗤之以鼻，而在很长时间内，坡在自己同胞的眼里是个可恶之人，是个被诅咒的人，这一点我们要记住。当然，自从坡去世后，在我们国家，他的作品并没有被忽略，可是他在我们国家也并不是有裨益的影响。"——蒙克教授再次肯定地告诉他的听众，而且他还指出，"不是有裨益的影响"并不仅仅因为"模仿胡话要比模仿天才之作更容易。然而，我们不能被一个人的所作所为误导，因而错误地判断他的为人。坡就像方孔里的圆楔子，聪明而谨慎的人会充分利用各种条件为自己谋取最大利益，但像坡这样命运多舛、郁郁寡欢甚至有些邪恶的诗人却不会这样。不管坡给后人留下多少宝贵的文学遗产，他活着时断然拒绝像别人那样顺应潮流、随遇而安。"

说完最后一句话，蒙克教授停顿了一下——也许只停顿了十分之一秒钟——就在这时，教授的脑中有个小恶魔正和他展开激烈的辩论，辩论的内容是他自己到底是什么形状的楔子、他的处境是什么形状的孔。小恶魔还提醒他说，除了圆形和方形外，还有很多种形状的楔子和很多种形状的孔——椭圆形、六边形、四边形、多边形。但教授早就认识这个小恶魔，因此不再理它。

蒙克教授的讲座——在他平静的职业生涯中，他第一次感到讲座就像是殉道——到此全部结束。从蒙克教授的神态和外表根本看不出他脑子里在想什么——除了激烈的辩论，还有焦躁、沮丧，甚至还有些愤怒。终于到结束语了。蒙克教授再次低下头，最后一次飞速瞥了一眼门道里的那个陌生人，突然大声地说出最后几句话。

最后一个字说完了。蒙克教授的任务完成了，他闭上了嘴巴，有那么一会儿，他默默地站着，看着下面坐着的听众——一个致力于智力活动的圣塞巴斯蒂安[1]——像被告席上的无辜者一样缄默和无助。接着，蒙克教授僵硬地转过身，表情严肃地把头向会长所在的位置倾斜了一点，然后坐下来。蒙克教授双腿交叉，闭上眼睛，把胳膊抱在胸前。尽管头顶上可恶的弧光灯还在震动，就像敲打着他的颅骨，尽管让人无法忍受的焦躁还在折磨着他的灵魂，可他终于再次安全地缩回到自己的保护壳里。几秒钟之前，蒙克教授还在众目睽睽之下，几秒钟之后，他就再次隐蔽起来。蒙克教授终于恢复了真正的自我，而且终于完全自由了。不仅如此，他终于不再自我挑剔了。

---

[1] 古罗马禁卫军队长，天主教的圣徒，被罗马戴克里先皇帝杀害。——译者注

此刻，蒙克教授正在听会长讲话。会长个子不高，脖子上戴着牧师领，即使在白色牧师领的对比下，会长穿的衣服也不是黑色，而是更接近灰色。会长方头宽肩，大大的手，长相平平，脾气温和，表情热切、有趣。会长正和大家一个又一个地拥抱，两只大手快速地动来动去。会长从容、流畅地告诉学生们，他们听的这个讲座真是寓教于乐。会长神色自若，让蒙克教授羡慕不已。会长还语速很快地跟大家说，因为对埃德加·坡先生的作品知之不多，所以他晚上也来听讲座了。会长还跟他们说，诗人的名字他很熟悉——但并不是人人都有时间读小说。会长接着说，对他来说，到目前为止，他的生活是真实而真诚的。还说他刚才匆匆地读了一个故事的开头一两页，故事名为《失窃的信》，这个故事很精巧，也没有什么害处；会长还说他相信自己能随口背出《安娜贝尔·李》的开头几行，而且不会和他一直喜欢的那首《南希·李》混淆。会长还指出，他们的讲座者，蒙克教授，好像并没有提到这一首诗，还跳过了《失窃的信》，尽管讲到了其他故事，那些故事涉及的犯罪听上去比偷拿——不对，我们要给他应得的罪名——盗窃一封信要严重。会长解释说，他说的严重的犯罪指的是残忍的谋杀。会长还说，当今的小说有太多关于谋杀的内容，但另一方面，不管大猩猩的行为有多么惨无人道，大猩猩可没有良知，所以应该对犯罪行为负责的不是大猩猩，而是人，不管人是不是由类人猿进化而来。

会长还忧心忡忡地说，犯罪故事，哎哟，现在都快到泛滥的地步了；接受了良好教育、受人尊敬的人不仅读这一类小说，还写这一类小说。会长指出，他们这样做，也是当今社会动荡的症状之一；不过，教授指的是美洲——确切地说，是北美洲的美利坚合众国；而在那个说英语的伟大国家，听上去没什么妨害、口语化的表达"骗人"，其真正含义却是将同胞的性命置于死地，这是不是应该归咎于犯罪故事的泛滥？会长推测说，不能认为埃德加·坡先生应该对芝加哥现在的糟糕状况负责，因为他知道坡是弗吉尼亚人，是南方人。会长还说，教授讲到的一个故事题为《瓶中手稿》，他觉得没有比这个题目更适合这个故事了，坡好像不仅生活在美国南北战争前，而且他生活的时代比禁酒时期早很多；然而，塞翁失马，焉知非福，根据教授说的坡先生的悲惨结局，他们就应该知道制定禁酒法案的那些人的动机是好的。会长接着说，每个人的人生都有悲有喜，家家都有难念的经，教授讲的这个诗人也不例外，坡的妻子嫁给坡时只有十四岁，但毫无疑问，《罗密欧与朱丽叶》中朱丽叶也是这个年龄，而且罗密欧显然还不是她的表哥。会长说他本人并不赞同这样的婚姻，因为我们不能草率地走进婚姻。

此外，会长表示非常赞同教授关于《致海伦》的观点：一个十几岁的少年能写出这样的诗篇，真是奇才——旷世奇才。但会长并不赞同十四岁的少年都应该像诗人一样早熟。即使也能像坡一样少年成名，最后成为著名作家，但早熟依然有很多风险，因为人最大的敌人就是自己。坡就是这样的。但会长依然恳请大家每一个人都要记住：保持内心宁静，永远比写作更好，不管写出来的作品有多吸引人，等将来某一天回想起来就为时已晚了。会长认为，灌输给大家这一严肃思想，才是今晚教授讲座最紧要的内容。

在邀请学会秘书埃里伯恩小姐提议鼓掌向蒙克教授致谢前，会长最后宣布，下一次讲座，他们的老朋友阿尔弗雷德·欧克斯先生将在百忙之中抽出时间，来讲授贝类学——关于贝壳类生物的科学，内容从蛾螺到海螺——海螺在神话中非常有名，它的名字经常被人念错；而讲到这一部分内容时，还会有电子幻灯片辅助教学。

"我请您，先生，"会长脸上挂着极其亲切、得体的笑容，突然把话题转到教授身上，"我请您，先生，接受我们最真切、最诚挚的感谢，感谢您给大家带来如此有趣、如此内容丰富，而且我还要增加一点，如此有教化意义的讲座！我们都受益匪浅！"

蒙克教授睁开疲倦的双眼，抬起头，有点虚弱地微微一笑，接着快速地把讲义装起来。几分钟后，礼堂几乎空无一人，教授也跟随着会长，沿着那五级严重磨损、铺着红色厚毯的台阶来到前厅。前厅里摆放着一排空着的木椅子，一张漆着细密纹理的桌子，壁炉架上挂着一个放在大黑框里的塑像，雕塑的是一个留着连鬓胡子的绅士。由于褪色，那人用铜板体写的名字，教授已辨认不出来。炉条上堆着灰烬。蒙克教授讲座前来到这儿时，炉条上还有火，虽然已经不太旺，这会儿已经燃尽。这个原本看上去挺不错的房间，为什么此时此刻却像是噩梦里的某个场景？教授不知道为什么。会长好像并没有觉得这里有什么问题，正忙着系灰色的羊毛围巾，而后和教授真诚地道了晚安，就转身走了，还一边往前走一边回头愉快地对教授说："嗨，蒙克教授，这里有个小朋友要见您——毫无疑问，想要从泉源汲取养分。进来吧，朋友！"说完就走了。

会长说的那个小朋友头上戴着有挂饰的深色校帽，不算挺直但透着坚毅的鼻梁上架着一副金边眼镜，正对着蒙克教授微笑。事实上，她只是想尽快知道能否拿到教授本人的亲笔签名，还想知道教授和著名电影明星米玛·蒙克小姐是否有关系。她对教授说："您看，您们两个的姓一样，所以我才好奇。"

哎呀！教授不得不说，自己在洛杉矶没有任何亲戚。教授打开那本小小的绿色和金色相间的纪念册，有点疲惫地翻到11月8日那一页，念道："唯有文字，可以永恒。——威廉·海兹利特。"那个女孩看到教授写下名字后，还不慌不忙地在签名后面加了一个点，表示强调。

女学生上气不接下气地对蒙克教授说："我们课堂上学过一些坡先生的诗歌，我觉得他的诗很可爱。我们的老师说，《钟声》的创作目的就是要让这首诗听起来像真实的钟表发出的声音——这首诗纯粹就是模仿。"

教授回答说:"是的,的确如此,这叫拟声法。"

"拟——声——法。"女学生像鹩哥一样朗声念了一遍,脸上再次浮现出腼腆而明媚的笑容,接过纪念册离开了。

女学生的脚步声好像突然加快,蹦蹦跳跳地就不见了。教授叹了一口气,从椅子上站起来,转过身,突然呆住了,一只胳膊从破旧的雨衣袖子里伸出一半。教授突然意识到,他之前隐约预见到、接着领悟到的事情,就这样出现在眼前了。

穿着黑色披风的那个绅士一直站在门旁边的阴影里,教授在此之前都没有注意到他,直到这个时候,教授才发现那人已经来到前厅,正站在涂了油漆的桌子另一头看着他。吊在两人中间的玻璃杯形电灯投下雪花石膏般的灯光,照在那人苍白的脸上和凸起的宽额头上——在黑色的长发、粗黑的眉毛和上唇胡须的映衬下,他的脸色显得更加苍白。那人看上去四十来岁,身量短小,神态悠然,散发出一种优雅气息,还带着点玩世不恭的味道。那人修长的手里抓着獭皮帽,静默无语,一动不动地站在那里,下巴——他五官清晰的脸上最不突出的部位——低垂着,靠在缎面的上衣上,明亮的深灰色眼睛盯着教授的脸。两人对峙的时候,在内心深处似乎都感到一种抽象之感,甚至有一种空虚——从外表看有点偷偷摸摸,好像两人都有点心不在焉,尽管他们都在密切而紧张地关注着对方——这种关注让教授想起他曾经读到的一句话——"他们好像把黑暗投注到那个地方"。尽管两人都没有表现出不友善,尽管蒙克教授在身高上占优势,但他发现很难直视对方的眼睛。很奇怪的是,那双眼睛好像并没有闲着。更何况,这一会儿前厅外面不仅异常安静,而且空无一人。外面格外寒冷。

蒙克教授脑中的小恶魔又开始喋喋不休了。"从三个行人中他拦住一人"[1],这句话一直在教授的意识中回荡。为什么这会儿突然想起来《古舟子咏》?可能是太冷了吧。同时,教授还意识到他必须先打破眼下的沉默。一直默不作声,已经显得有点不礼貌了。教授再次瞥了一眼那人,再次清楚地意识到那人特别像……像什么?像谁?教授没有停下来仔细回想。教授遇见过很多陌生人,怎么能指望他回想起来所有遇见过的人或者记得他们的名字呢?名字顶多就是个标签而已。

蒙克教授刚开口说:"呃……晚上好……"一个低沉、急切的声音就传了过来:"这里是什么地方?"对方问道。

"这里?什么地方?"教授惊呼道,"维格斯敦,你说的是这里吗?"

"维格斯敦……嗯,是的。是英格兰吗?"

---

[1] 出自英国著名诗人柯勒律治(1772–1834)的叙事长诗《古舟子咏》。——译者注

教授一直听着，他此刻正在遭受另一种不适的折磨：古怪的行为，从轻到重，有很多种——而眼下，教授只身一人。

只听那人说道："我印象中好像是那里，还有这些人，"他抬起手，用帽子优雅地指了指门道，"这些人对你所讲的内容并非一无所知？"

教授脸上浮现出不以为然的微笑，答道："事实上，并不是。不过，也不能指望他们……"这句话还没说完，教授就被对方打断了："你肯定对这个主题非常感兴趣，所以才会用一整个讲座来讲它。总共有五十三分钟啊！"

教授热情地接过话茬说："的确如此，很感兴趣。"

"我明白了。"陌生人停顿了一下，接着说，"我看到街对面的布告牌里显示的日期是 11 月 2 日，年份是 1932 年。你应该已经意识到了，我走了不少路才来到这里。确实有些——困难。但吸引我到这里来的不是上面标出的时间，是讲座里的名字。我指的是埃德加·爱伦·坡这个名字，当然还有阁下您的名字。不过看到您的名字时，恐怕我很难有什么赞誉之词。"

教授说："我的名字！……噢，对了，你说的是大街上的名字吧？"

"雨滴落在乌黑的地方——画面那么阴沉压抑，显得廉价而刺目，还散发着恶臭，所有这些就是所谓的现实主义吧！你可能不熟悉弗吉尼亚——里士满，夏洛茨维尔，南方。你来自牛津，对吗？那座古老的学府最近是不是也遭受了巨大变化?"

那人瘦削、挺直的身躯微微前倾——带着一种不以为然的礼貌。教授摇了摇头,然后说:"没有,牛津没有。伦敦变化很大。"

"哦,是的,伦敦。我来自……"就在这时,隔壁的铸造厂再次倾倒残渣,发出巨大的金属声,淹没了这句话的后半截。"所以,埃德加·爱伦·坡……"那人嘲讽或开玩笑似的说出这个名字中的每一个字,"所以,埃德加·爱伦·坡,在这个落后的小镇上,都还有人记得他?"

教授大声回应道:"记得他!当然了,的确记得。我讲座的所有目的就是为了告诉大家为什么要记住他。礼堂的音响,可能……"

陌生人再次打断他说:"但是,我听得一清二楚。我完全被吸引住了,我被吸引住了。遥远的记忆和回声,曾经的各种想法,都再次想起。我曾经试图打断你,不是为了夸赞你,那样你也许会觉得乏味,而是想要——时间这么晚了,如果你允许的话——想要请教你一两个问题。"

教授有些意外地扬了扬黑色眉毛,说:"事实上……"

不等教授说完,那人又急切地补充说:"呃,对了,我刚才意识到了,那个会长请大家提问——他的态度真诚、亲切。但是,教授,尽管听众席中不乏专心听讲的人,可你也许同意我的看法——他们只是被动地接受你传达的信息,而不是主动地、带有批判性地思考你所讲授的内容,至少我的印象是这样。古语说:羊每叫一次,就少吃一口。

好吧,你的讲座至少不是羊咩咩叫。不过,除了这个,我还有一些问题,也许私下里向你请教更为礼貌。我可以继续往下说吗?"

"当然可以。"教授偷偷地瞄了一眼那一排没人坐的木椅子,问陌生人,"你不坐吗?"

陌生人答道:"谢谢!我发表和别人不一样的观点时,喜欢站着说。你也看到了,我来时赤手空拳,除了能说话的舌头。所以,我们是平等的,尽管你可能赞同我的观点:一个简单的问题就有可能达到致命的效果。首先,如果我根据你最近说的话进行推测,我这样做合理吗?你说你可以用一个词表达你对最近研究的文人们的个人看法,这个词就是'鄙视',是吗?我得承认,你费了不少劲去掩饰,想要用一句话来涵盖别人对你造成的伤害。但是你说话时的语气、味道,还有发音的方式——我不可能判断错误。教授,对于评论家——对艺术家和艺术家的作品进行解释和赏析的人——来说,难道'鄙视'不是一种模棱两可、具有煽动性的评价吗?更何况,鄙视他人是一回事,诽谤他人又是另一回事。"

教授惊呼道:"什么诽谤!我唯一的目的就是讲述事实。"

"呃,所以你只是从井里打水上来。我这会儿已经开始享受到井水中沉淀物的味道了。你今天晚上有九十八个听众,我一一数过了。你给了我很多时间去数有多少听众——我指的是在你说完上一点、开始下一点之前的空隙。那样很好。让我来告诉你，你所说的诗人，他有一次读自己的那首《我发现了》——那是一篇将哲学和科学思想综合起来的随笔，极富想象力，你却一带而过，巧妙地回避了它——诗人重读自己的那首《我发现了》——那是他送给爱人的一颗宝石——是在一个风雨交加的寒夜，地点是里士满一个冰冷的大厅里，当时他正准备作一场演讲，听众只有六十个人。读完它用了两个半小时。而你和你的那些如饥似渴的听众们不仅免受这个痛苦而漫长的过程，所讲内容也没那么艰涩。且不说你讲座的题目，你把讲座内容分成四个部分：(1) 时代背景；(2) 爱伦·坡其人；(3) 故事和诗歌；(4) 对后人的影响。我说得对吧？从表面上看，这样的安排简洁明了。但你讲的时候严格按照讲义来了吗？并没有。你一次又一次地，像飞蛾扑向火一样——也可以用诗人的话说，像飞蛾奔向星星一样！谈到诗人的私生活，谈到他的悲惨童年，虽然你给自己的表达涂上了光晕，用你本人的话说，是涂上了'像变色龙一样的浪漫色彩'。而且还一次又一次地谈论诗人年轻时做的蠢事和不幸经历，他的失败，他的一贫如洗，他的丧亲之痛，他遭受的身心折磨，你认为代表他灵魂的一切内容——还有他去世时的惨状。的确，我们活着，然后死去，只能任由后人说好——说歹。但真的有必要通过讲述诗人母亲的悲惨人生去取悦你那群无知、容易受他人影响的听众吗？她是个演员，一文不名，被丈夫抛弃，年纪轻轻就凄惨地死在又脏又臭的出租屋里。而当时她的孩子，那个诗人，只有两三岁。我同意你对《致海伦》的评价，这甚至让我觉得你的机智和攻破特洛伊城的妙计有些相似。可是，你讲座里还提到他思想单纯、痛苦万分的妹妹尤拉莉亚，这是为什么呢？还有，你说趁着夜色挖掘他永远年轻、永远承受着痛苦的弗吉尼亚的尸骨，又是为了什么呢？为了刺探和窥视它们神圣的秘密？你用'病态'这个词。当你跟听众说，弗吉尼亚可怜的遗骨甚至还被一个痴迷于弗吉尼亚丈夫、想要为他写传记的人偷偷地放在自己的床底下，你说这些，到底是谁既病态且卑鄙呢？还有安娜贝尔·李的骨灰！还有无私、忠诚的老人克莱姆夫人、弗吉尼亚的母亲，那个对于诗人来说比他的亲生母亲还要慈爱的女人，为了不让自己的亲人忍饥挨饿，她甚至挨家挨户乞讨。还有诗人的披风，在纽约寒冷的冬天，那件披风白天为诗人挡风御寒，晚上当被子用，盖在他生命垂危的妻子弗吉尼亚的身上。教授，你说这是个'悲剧'，可你为什么把悲剧说成了夸张的情节剧？难道就因为他是个作家，已经不在人世，所以讲到他的生活时，就不需要仁慈之心或保持适当的沉默了吗？总有人为了在公众面前展示自己而选择介绍诗人，难道被选中的诗人就注定要一次又一次遭受某个沃尔德玛先生所承受的痛苦吗？我问你——我要问的就是这个问题。"

教授冷冷地答道："我再说一遍，你误解了我讲座的目的。你的意思是，一个人的生活环境和他的所作所为、他的人生信条与理想都没有关系。我不这样认为。知识越丰富，理解越充分。如果不讲您上面提到的那些内容，又如何能解释清楚，找到适当的理由，并得到世人的宽恕呢？"

"得到世人的宽恕！这样说来，你同样也是因为同情才在讲述诗人其人时把他长达四十年的人生——上帝给他的份额并不算多——压缩成只有十五分钟的添油加醋、危言耸听吗？也许你是为了自己内心的平和，才在评价诗人时隐晦地使用了诸如'江湖骗子''忘恩负义之人''浪子''猎财的人''玩弄女性感情的人''酒色之徒''饮酒狂'等这样的词。暗指比明说效果更强烈。但是，教授，语言具有奇特的力量，一个人所说的话不仅能显示他想要表达的内容，而且还能显示连他自己可能都不知道的一些意思和感觉。可那些思想单纯的听众对你暗指的内容会毫不怀疑。我必须得承认，我感到很困惑。诗人们有没有说过自己是圣人？就连他们中的典范是否曾经声称自己根本不是罪人？诗人不会认为人生的挫折失败有助于他的才华，你对此表示怀疑，那么，请你说出一个持有你这一观点的诗人，一个富有想象力的作家也可以。他们口头上也许会这样说——但内心里都不会赞同！嗯，对，我也赞同作品不可磨灭地反映作者，作品反映对于作者本人而言至关重要的一切。既然诗人的一切都包含在他留给世人的作品中，而那些作品本身就具有永恒价值，我们难道不应该从那些作品中去发现诗人是什么样的人吗？你刚才讲课时有遵照作品反映作者这一原则对诗人其人进行描述、描绘和说明吗？并没有，因为要做到这一点，不仅需要洞察力，还需要领悟力和再创造的能力。教授，你是个立场坚定而热情的道德家。可是，讲台从什么时候开始变成了教堂的讲坛？在讲坛上攻击和污蔑死者，同样也不需要什么勇气。"

陌生人游移不定的眼神慢慢地拉回到教授的脸上，接着说："当然，教授，如果你相信诗人死了之后再也不会归来，那就没什么了。但是，在我看来，还魂只是微不足道的娱乐而已——腐尸之类的。"

蒙克教授热切地大声说："我要再说一遍，我的目的就是揭示真相。我讨厌你这样攻击我，这和我的讲座毫不相关。"

那人答道："就我而言，我什么都不憎恶。我来这儿只是想要'从泉源汲取养分'。但即使我们承认你讲的这位诗人作为一个人、一个绅士、一个基督徒，从小到大都和幸福无缘，难道就没有其他的标准来评判他吗？和大多数人一样，和很多教授一样，他也是通过和世人分享自己创作的文学作品，来证明自己有信心不被后人遗忘——我不敢说他的作品有值得被后人记住的价值——否则，他很快就会被彻底忘记。除了诗人的悲惨经历、性格缺陷、备受折磨的心灵和不受控制的肉体外，没人敢确信地说诗人活着时可能做过什么。所以，教授，诗人活着时到底真的做过什么——作为艺术家，作为文人，作为诗人？不能确信诗人活着时真的做过什么，难道就表示他同意出卖哪怕一点点灵魂来换取面包，换取酒，或者——换取简易止痛剂——甚至毒品，用以抵抗这个和他根本没有任何关系的世界吗？诗人是为了讨好读者才屈尊写作吗？或者更糟糕，是为了取悦读者而附庸风雅吗？诗人有没有出卖自己的才华，有没有真实地表达自己的思想，有没有毫无保留地表露心迹？他是否尝试过更好地把握时机？作家独处时一定会遵从崇高的道德原则、坚持严格的审美德行和为了普通人几乎一无所知的事业而不顾后果地奉献自己，这个你应该会同意。可是，作家遵从的法则都是不成文的法则。我并不是说被你信口雌黄乱说的这个诗人在这方面就完全没有任何过错——远非如此，但你本人好像从来都没有意识到作家的生涯是痛苦的折磨。你——用'病态''沮丧''忧郁''愤世嫉俗'这样的词语——过分夸大艺术家气质，却只字不提艺术家的良知。"

教授说："即使你说的这些观点没有过于夸张，但可以肯定的是，它们也没有什么新意，而我不得不考虑台下的听众。"

陌生人反问道："难道……难道诗人仅仅把新意作为他们追求的目标并且只考虑读者的需求吗？那样的话，就不会有《失乐园》，不会有《哈姆雷特》，也不会有古希腊的悲剧了。你确定只有作家的代表作才是作家殚精竭虑写成的吗？如果是那样的话——上帝啊，救救我吧——他能，他还有必要考虑谁来读他的作品吗？我再说一遍，我不是在为坡先生辩护，但愿不要发生这样的事；他早就，用你那和蔼可亲的牧师朋友的话说，早就作古了。他在他的坟墓里只有做梦时才会突发奇想或者想要重返人世，回到他根本不喜欢，而且也不被喜欢的这个世界来。但除了这个——这些陈芝麻烂谷子，我的意思是，他这些声名狼藉的事以及可以从这些事中吸取的宝贵教训：这些和你讲座的话题有任何关系吗？"

教授眼镜后面石板灰色的眼睛透出愤怒的神情，他问道："话题？"

"你好像已经不记得了。那就读一下你自己写的宣传单，'埃德加·爱伦·坡的作品'。"

教授答道："那只是为了宣传。"

"但至关重要。你善良的一面促使你给自己的讲座取了这个名字，可你卑鄙的一面让你在讲座时选择了其他内容，你选择的内容讲起来更容易，听起来也更津津有味，更适合大众口味，但也更阴暗、更恐怖。"

闻听此言，蒙克教授的脸色一下子变得和陌生人一样苍白，心中陡然升起一股对那人的憎恨，憎恨中带着痛苦——被鄙视的痛苦。那人两眼死死地盯着教授。教授把目光从对方的眼睛移到他那带着嘲讽意味的薄嘴唇上，再从那人的嘴唇移到瘦削苍白的双手，最终认识到：

通过这种方式让自己显得漠不关心，根本就是白费。于是，教授吃力地说："我认为……我认为这是对我的冒犯和侮辱。"教授的声音小得几乎听不见。

"也许吧，"那人几乎难以察觉地耸了耸披风下的肩膀，接着说，"我想，如果你讲的这位诗人在这儿的话——教授，我的意思是他本人活生生地站在这里——他也会毫不犹豫地同意你的观点。但是，咱们能否开诚布公，哪怕就一会儿。除了你提到的作家——托马斯·洛弗尔·贝多斯和勃朗特姐妹中的一个——外，你还提到了詹姆斯·克莱伦斯·曼根，暗示坡极有可能剽窃，或者偷用了他的写作技巧。你有没有拿出任何证据，哪怕只言片语，来证明这一点？如果有，我能否问一下，什么时候规定诗人不能借鉴别的作家了？你说坡和这些诗人在梦想、视野、渺茫的希望与抱负等方面都很相似。除了对那些梦想的痴迷外，关于诗歌的意义、灵感来源、艺术价值和真实情况，你到底跟听众讲了多少呢？坡的整个一生都处在灵与肉的矛盾和斗争中，他对死亡和墓穴的迷恋，还有临死前孤零零地躺在医院的病床上，对孤独和噩梦的恐惧像是从地狱里升起的秃鹫般飞落到他的身上。对于这些，你又知道多少呢？而你的听众，当他们面对内心的恐惧和坚硬冰冷如石的孤独时，他们又能从你信口雌黄的讲授中，甚至无中生有中获得什么慰藉和信心呢？"

陌生人接着说："我现在唯一的猜测不是你对自己提到的那些作家们真正了解多少，而是你从他们的作品中到底获得了多少满足。请你相信我，亲爱的教授，你那些关于诗歌技巧的话无异于胡说八道。除了上小学时用沾满墨渍的手敲打着课桌胡诌出一两个扬扬扬格或扬扬格外，你本人不仅根本写不出一行诗，也从来没有读过诗人关于这一话题的文章。事实上，你认为诗歌的定义是什么？你看过这个诗人对诗歌下的定义吗？你把技巧和想象力——即这一领域的最高权力和神圣能量——完全混为一谈，这一点非常糟糕。是的，我说的是思考力，即使是最微弱的思考力，不也是像天上的太阳一样，具有热和光的双重光辉吗？你是否意识到你根本没有用到'智力''预测'或'灵感'，甚至差一点的，如'音乐'这样的词吗？'为了凸显真理，我们必须简单、精准、简洁；必须保持冷静、平和，避免感情用事。总之，我们必须尽最大努力让自己的情绪处于这种状态，而这种情绪状态恰恰是诗歌的反面。'你不知道这是诗人的主张吗？你也许会说，那也是你一直努力保持的情绪状态。但你知道他从来就没有为之而努力吗？你知道他为了达到这个目的曾经求助于药物或灵感之泉吗？你有什么理由赞扬那个自以为是、自吹自擂的爱默生呢？爱默生认为，诗歌就是把脱脂牛奶一样的哲学和华而不实的乐观主义用声韵和谐的语言表达出来，否则只不过是顺口溜而已。亨利·詹姆斯先生认为诗人的诗歌'极其肤浅'，你心不在焉地否定了这一肤浅的嘲笑，你又有什么理由呢？我并不了解詹姆斯先生，但根据你对他的介绍，是不是可以说他的小说是'愚蠢的、微妙的心理描写'呢？他是缪斯的崇拜者吗？是音乐的崇拜者吗？音乐，再次引用诗人的话，'音乐与令人愉悦的思想相结合，便是诗歌；缺乏思想的音乐，仅仅是音乐；思想，缺少了音乐之美，就是散文，尤其是就其意义的确定性而言。'"

教授问道："这是谁说的？"

"哈！你觉得有道理吗？还是胡言乱语？"

教授辩解说："我只有一个小时的时间，又不是一整个晚上。"

"可是，"陌生人说话的语气稍微缓和一些，"把创作目的、类别和价值都不一样的诗歌进行对比，到底有什么用呢？难道驴子在这个宇宙里就没有自己的圣殿吗？难道不是每件艺术作品——对，甚至包括你的讲座——都独一无二吗？难道对比本身优于单纯的智力活动吗？我真应该就这些问题制定法规——但愿上帝别让这样的事情发生，尽管上帝阻止了很多事情的发生。我唯一想问的是：你怎么能那样？相信我，你跟大家讲的关于写作的洞察力——你称之为'创造'——有可能让敏感的心因感到绝望而痛苦万分，你关于写作的那些话无异于对思想的背叛。只有知识匮乏、连基本常识都没有的人，才会说那样的话。你真的有从书上看到坡从来不张开嘴大笑吗？很有可能你根本没有。你应该没有注意到,听到你这样说,听众席中至少有一个人忍不住笑,我真的无法想象他还遇到过比这个更加想要哈哈大笑的时刻。"

陌生人接着说:"'问题'——问题!现代科学将取得巨大胜利,同时也将成为统治一切的暴君——你讲的这位诗人可能是作家中第一个预见到这一点的人;而且他不仅仅是在天文学、物理学和心理学领域进行探索的新手。我一直期望有后人能够认识到——哪怕是极其模糊地认识到——这些,可惜我的期盼都落空了。诗人的想象力也许是黑暗的产物,但他的思想里真的没有一点闪光的东西吗?教授,如果你有机会和他面对面站在一起,就像现在,此时、此刻、此地——我问你,我恳请你跟我说一下真心话,你会认为他的理性思考里没有一丝光明吗?你会吗?你也许会原谅他的挥霍无度,同情他的悲惨处境;你也许会赞同八十年[1]的涤罪依然无法抵消一生的不良习惯;诗人的天性充满矛盾,喜欢独处,和痛苦的灵魂相伴时会感觉更加快乐,这一点你应该也会赞同……但我必须克制自己,免得惹人生厌。请恕我最后一次引用诗人的话:'我们依然拥有难以遏制的渴求……它属于人的永恒……它不仅仅是对于我们眼前的美的欣赏,而是为了到达美之上……为了获得其本质属于永恒的美的一部分而付出的巨大努

---

[1] 从爱伦·坡去世到该小说中设置的还魂时间,时长约为八十年。——译者注

力……'"

陌生人继续说道:"'那些为诗歌和音乐而流下的眼泪,并不是因为过度的快乐,而是因为我们不能抓住当下而产生的某种任性、不耐烦的痛苦;就在此时此刻,在我们居住的地球上,那些通过诗歌、通过音乐而获得的神圣而彻底的狂喜——短暂而不确定的瞬间,因为我们无法捕获这样的瞬间而流泪。'教授,这些话都是埃德加·爱伦·坡的原话,显然你根本不知道。我——我本人至今也没有理由对这些话所包含的真理产生怀疑。"

蒙克教授曾经担心这个陌生人即使不是疯子,也不能算"正常人"。现在,这种担心变成了确凿无疑的事实。两人的眼光,或者说是从眼睛里往外瞭望的视线,再次相遇。"你究竟是谁?"两人异口同声地冲着对方大声喊道。这一次又是教授没有应答。但教授对这位审查官的厌恶——一种短暂的憎恶——转变为不信任。教授原本应该同意这样的问答形式,讲座结束后也应该有问答环节!可事实上,教授根本就没怎么听陌生人说的最后几句话,他只想着赶快跟那人说:对于你提出的建议,我深表感激,但显然我们对这些问题的看法不一致,而且时间已经晚了,我得走了。最后,教授甚至还挤出一丝生硬但并非不亲切的笑容,接着说:"我们生活在两个不同的世界,你和我,恐怕我们永远也不会看法一致。不过,即使你不相信,我也要说:你对诗歌的兴趣和喜爱,我同样也有;你敬仰坡,一定程度上,我也敬仰坡。"教授凄苦地瞥了一眼孤零零地放在椅子上的帽子,然后说,"至少我希望我们能好聚好散。"

"但愿如此。"那人边说边裹紧披风,缓缓地抬起似乎很沉重的头,接着说:

"公鸡已经啼叫了一遍,

拍打翅膀,

年轻人对老人说,

兄弟,让我们期盼……"

那人又说:"我也要走了。我们偶然相遇,但愿我们不要把这次相遇变成灾难。这次相遇,就和你今晚做的梦一样,你可能会觉得自己处在诗人所描绘的情景里,我恐怕你不会从中感到快乐。今晚我也感到——好吧,就在这里,在属于阁下的宝地,我也没有感到什么快乐。街上难道就没有一丝邪恶吗?不过,我亲爱的教授,什么是醒着,什么是做梦?其实只不过是意识所处的不同状态而已。就连现在,此时此刻,从某种程度上看,也是如此,你的世界——你称之为真实的世界,可还有那个等着你的未来世界,它同样存在。看法、观点、短暂的喜好、瞬间的偏见——它们都和霉菌一样,在黑夜中默默生发。但想象力的月亮,不管月相多么变幻无常,一直闪耀着光——即使是借来的光——

照亮一切,公正的、不公正的。我们后会有期。"

那人阴郁、令人生畏的脑袋抖动了一下,瘦弱而固执的嘴巴似有似无地笑了笑,从披风下伸出没戴手套的手,放在涂了油漆的木桌子上。蒙克教授犹豫了一下,但只犹豫了那一下。也许教授是个挑剔的人,算不上一冲动就采取行动的人,但他并不胆怯,也并非心胸狭窄、不能原谅他人。教授的手指触到陌生人伸出的手,碰了一下,立马收回,不是因为他后悔这样友好的举动,而是因为碰到那只手时感受到的彻骨冰冷。教授全身打了一个寒战,感到一阵眩晕。他把手放到眼睛上,有那么一瞬间,教授感到周围的世界消失了——不存在了。

蒙克教授再次睁开双眼时,那人已经不见了。终于,只剩下教授一个人了。教授站在那儿,愣愣地看着前面,依然有些眩晕。过了一会儿,教授看了一眼静静地躺在桌子上的打印稿,接着瞄向炉条,愣在那里,陷入沉思。教授的手指在外套口袋里摸索,碰到一把小折刀。约雅敬[1]就是冬日里坐在自己家燃着火的壁炉前,一边用小折刀裁,一边往火里扔,毁掉了先知耶利米的手稿。和《启示录》中的天使之书

---

[1] 出自《列王纪》,约雅敬(Jehoiakim),古代中东国家南犹大王国的第十八任君主,在神面前行恶,且庸碌无能,割断并烧毁耶利米的书卷,以为因此便可以减轻书卷中严重的警告。——译者注

不同，教授的讲义已经不像之前那样动听了。没有火柴，眼下可用的只有几块不成形的焦煤。晚上的讲座原本就让他感到疲惫，但随后完全意想不到的口角似乎快要耗尽了他的生命。关于坡作为作家是不是天才这一点，他的看法改变了吗？一点也没有。关于坡作为一个普通人的看法呢？教授意识到，自己一直都不喜欢坡，也不信任他，现在甚至憎恶他，但这并不重要。教授突然有一种荒唐的感觉，感觉到自己一无用处，这种感觉动摇了他，吓到了他。生命由无数个时刻组成，最后一个时刻只是一个短暂的顶点。而此刻教授感到自己像是已经死了一样，极度空虚，像被掏空了内脏的动物尸体一样，挂在屠夫的铁钩上。在这个冰冷而丑陋的前厅里，教授对自己的看法，甚至对自己未来的看法，像变戏法一样，就这样彻底改变了。万花筒的原理——其实不就是戏法吗？此刻只剩下几片单调的玻璃碎片，连戏法都没有了？一直以来，蒙克教授都过着有规律、目标明确的生活，他清楚地知道，药物，不管效果多么强烈，不论用什么做成，最终都将失去效果，今天晚上讲座结束前一直拥有的信心也同样会消失殆尽。教授也许会，应该会很快就恢复如初。但同时……好吧，他会等到明天，明天他的想法应该就不会再像现在这么冲动了——明天他也不会再像现在这样感到彻骨的寒冷了。

教授僵硬地弯下腰去拿帽子，却瞄见那个干瘪的、长着瘤子的驼背看门老人正在门口往里张望。"啊，你在这儿啊，先生，"老人非常亲切地对蒙克教授说，"一直没有看到你，我还以为你昏过去了，有时会有人昏倒。你不用担心，先生。"蒙克教授犹豫了一下，接着顿了顿。这时隔壁的铸造厂再次传来清理渣滓的响声。

教授问看门人："刚才那——那位绅士是怎么离开的？"

"绅士吗，先生？我没看到绅士。除了半个小时前一个来自圣安妮学院的漂亮女学生外，我看见其他人都像排水管里流出的雨水一样冲出去了，他们后面还跟着莫蒂默牧师。这会儿外面放晴了，先生，天上还有星星，起风了。我一直在和朋友聊天。"

教授说道："呃，好吧。谢谢你！"接着，教授低声对自己说："呃，太好了。"

陌生人与朝圣者[1]

回首过往，我发现，

太多过错，极少赞扬，

也无缺憾，

(一些甜蜜的回忆，如梦如幻，

却好像从不属于我)

如果非要选择，

交替的白昼与黑夜，

后者更适合我；

睡眠，在我看来，

---

[1] 该小说于1936年3月初次发表于《耶鲁评论》。本文采用被收录于1936年《铃声响叮咚》的修改版。

优于醒着:

风雨过后才感到平静,

纵使在有蠕虫的灌木丛中。

——威廉·华兹华斯

时间比菲尔普斯先生以为的还要晚,一天又要过去了。不算艰难,但也是平淡无奇的一天,和之前的几千个日子一样,在他的茅草屋和大教堂之间度过。茅草屋有三个房间,在这个季节,看上去不像房子,更像是一簇簇花丛。菲尔普斯先生穿着缀有很多扣子的长袍,手里拿着钥匙,沉重的门在身后合上,和往常一样在南边门廊上停下来,举目远眺,看着前方平整光滑、郁郁葱葱的群山静静地沐浴在光影中,山谷里点缀着矮矮的荆棘和刺柏。眼前这宁静祥和的群山就是他永远的伴侣,永不改变。

斜照的阳光下飘过几朵乌云,在山顶投下阴影。苍穹下,几只海鸥正在盘旋。菲尔普斯先生隐约听到几声田凫鸣叫声,哀婉动人。崎岖不平的路上,有一个孤单的人影正向教堂方向走来。菲尔普斯先生立马盯着这个人影,有点不敢相信自己的眼睛。

那人低着头,缓慢而稳健地往前跋涉,时而踏着车辙间的草丛,时而在车辙里踉踉跄跄,暮色中却没有看到他扬起任何尘土。和历史悠久的建筑一样,这座古老的教堂也会吸引一些奇怪的来访者,可几乎没什么人会这么晚来,尤其是从那个方向——大海的方向——过来。菲尔普斯先生专注地看着前面那个人影。有那么一下子,也就那么一瞬,他警觉起来,担心远处走来的那个人是否完全清醒。

休假旅游季还没有真正到来,所以菲尔普斯先生这段时间很少到这栋建筑里来。这栋房子由他负责,对此他一直都乐此不疲。然而,正向这边走过来的那个人完全不像度假的人,因为他从头到脚全是黑色的装扮。尽管如此,作为教堂司事,从事圣职多年的菲尔普斯先生一眼就能看出,那个人并非同道中人。这样更好,因为作为听众,非圣职人员往往更加热心,他们可能会举止怪异,但怪异并不意味着在宗教信仰方面不正统。然而,此时此刻走来的那个人看上去并不怪异。年迈的菲尔普斯先生喃喃自语道:"上帝啊!这人到底是谁啊?"

菲尔普斯先生不想让那人看到自己像蜘蛛迫切地等待飞虫一样,便往教堂里面退了几步。他竖起耳朵,静候对方到来。终于,咔嗒一声,教堂墓地前的门锁响了。菲尔普斯先生探出脑袋,观察外面。陌生人正站在一个栅栏状墓穴前,不过看上去并不是在读碑文,而是在确定这里是否只有他一个人。事实上,当看到走廊下的门开了几英寸的小缝时,那人脸上的五官奇怪地扭动了一下。那人又有点踌躇不前了——像一只动物,小心翼翼地,生怕前面有陷阱。对于菲尔普斯先生来说,这是走上前去的最佳时机。

"晚上好，先生！"菲尔普斯先生走出去，愉悦地对那人说，"傍晚的景色可真美啊！"

陌生人一动不动地站着，简直就像敌人到来时"装死"的动物或昆虫。夕阳斜照下，那人黑色帽檐下深陷的双眼看上去有点儿斜视，他紧紧地盯着菲尔普斯先生看，过了好久才咕哝了一声，接着又陷入沉默。山那边传来波浪拍打海岸的声音，打破了周围的宁静，听上去像是轻轻的叹息。

"这里是兰格里奇的圣斯蒂芬教堂吗？"那人终于嘟嘟囔囔地问了一个问题，声音压得很低，菲尔普斯先生几乎没有看到他嘴巴动。

菲尔普斯先生温文尔雅地笑了笑。他现在知道，当时那人问的是兰格里奇，可他自己脑中当时略过的却是坚定的信念。"是的，先生，这里是兰格里奇，您要找的村子离这里只有几分钟的路程，转过路那边，树丛后就是。这是圣埃德蒙德教堂。"说着，菲尔普斯先生抬起手，用食指指了一下身后这座漂亮的教堂。

"先生，你可能已经注意到我们头顶上方壁龛里的十字箭头和张着嘴巴、戴着王冠的头像了，就是狼爪中间的那个。你也许知道，先生，国王陛下的躯干是在他殉道后五十年左右才被发现，然后和他的头颅安放在一起的。真是残忍！祭衣室里还有一块古老的碎玻璃，表明他殉道前曾经开心地和一群腿有残疾的人一起,那群人全都拄着拐杖!"

教堂司事宽松的裤子上没有任何皱褶,裤腿上沾满了灰尘,两只黝黑肿胀的手在袖口那儿垂着。多年如一日地待在室内,加上身体原因,他看上去面色苍白。可这位来访者更加苍白,像是用蜡做成的,嘴唇毫无血色,厚重的眼皮下两只眼睛像光滑的玛瑙。他的眼皮好像经历太多的人间沧桑,需要好好休息一样。他的脸上似乎写满了深藏的秘密,只有长期隐居才会在脸上留下如此沉重的倦态。然而,菲尔普斯先生断定陌生人不是面朝黄土背朝天的农民,也许是领读经文的信徒,但又不完全像。

"先生,我刚才正准备锁门呢。你看,钥匙还在我手里。不过,你要是有什么特殊的事情……"

陌生人把目光从被岁月侵蚀的石头头像上移开,缓慢地转向菲尔普斯先生,然后抿了一下嘴唇,像背诵一样地说:"事实上,我在……在寻找一则碑文……一直在找。不过,我知道这会儿天色已经晚了。你得走了吧?"说着他抬起头,像是确认一下暮色,眼睛却偷偷地逡巡着窗户拱棱上方伸出的一排滴水兽,一个挨一个地仔细审视,看完了才望向他刚刚走过的路。

菲尔普斯先生对陌生人说:"怎么了,先生?没事的。像古诗里写的一样,'纵使长日疲劳,我们终将晚祷'。不过,如果有什么能帮到你,我很乐意效劳。你看到了，我们这里的碑文可不算少——里里外外都有。事实上，长眠于此的人数现在肯定已经超过了那边村子里的人数。先生，近期我们又失去很多亲人，却没办法补偿。羊群里都是羊，却没有几只小羊羔。我有时想，也许不久的将来，这里就只剩下我和这座教堂了！如果你能告诉我你的姓名，或者年份和地点，找到你需要的那则碑文，也许并不困难。夏末时节，来自世界各地的游客蜂拥而至，大多数只是慕名而来，但确实有少数人是来寻祖追根的，找盾徽，续家谱，只要和祖先有关的一切都可以，不一而足。不过这也没什么奇怪的。有一次，来了几个从美国远道而来的人，其中一位女士非常健谈，我几周前帮她查找家谱，居然追溯到1616年——先生你应该记得，那可是大诗人威廉·莎士比亚去世的那一年。那位女士对这个结果非常满意。"

陌生人看上去一直在听，但一句话也没有说。简直没办法把眼前这个人和纹章研究联系在一起，教堂司事暗自觉得有趣。有些人尽管提供了丰富的个人信息，但都和祖先或家谱无关。这个人，至少从外表看，倒是和自己的祖上极其相似——松松垮垮的黑色衣服、橡胶帮靴子、盾形领巾上别着石榴石领针，加上毫无形状的黑边帽子，这一切都让菲尔普斯先生想起家里那张照片上的父亲。照相那天，父亲穿上了自己最好的衣服，到县里的照相馆，按照热心摄影师的指示，在一幅画着大花瓶的画布旁摆好姿势，拍了那张完全可以用在葬礼上的照片。照片被放大，装在相框里，照片已经有些泛黄，就摆在教堂司事拥挤的小客厅的壁炉架上。

眼下如果是葬礼，这个葬礼仪式可算是登峰造极了。教堂司事——手里握着一小把泥土——曾经主持过很多葬礼，却从来没有遇见过一个像眼前这个陌生人这样哀悼的人。他如此悲伤，几乎让旁观者感到难以承受——悲伤之情深不可测，像大西洋的海水一样深不见底。那人把眼光转向别处时，眼里留下一团淡绿色残余图像，只有怀着深深愧疚的伤痛才能让他的眼神失去灵光，眼神里的悲痛才会如此深重。菲尔普斯先生一遍又一遍地打量着眼前这个陌生人，但越是打量，越是觉得他难以捉摸，只觉得他像个容器，不管往这个容器里倒进去多少液体，都不会盛满溢出。不过，只要有个人听自己说话就比没有强；自己可要小心对付，希望借此机会好好发挥。

菲尔普斯先生用圣职人员惯用的姿势，温和地邀请来访者随他进去，并真诚地跟他解释："也许，我们可以先看看里面。你看，先生，我们这里有一些极其精致的诺曼碑文——有一些还是诺曼早期的。有人说比诺曼征服者还要早，虽然人们关于具体日期一直争论不休。还有那个，先生，那边分堂里有个独一无二的屋顶，屋顶上装饰着天使雕像。我听说，全国只有三个能和这个相媲美。圣坛屏已修复，做工非常精细，但没有重新染色；还有那些让我们引以为傲的长椅；顶花保存得相当完整。先生，那些高高的长椅可能有些损坏——有人在上面睡觉，打呼噜，孩子们在上面打打闹闹——但那些诺曼时期的椅子，我可从来不让外人碰。还有那些黄铜纪念碑，也一直被精心维护着。当然了，大部分碑文都是拉丁文，不过可以在小册子里找到对应的英文，如果——"菲尔普斯先生殷勤地补充说，"如果你需要的话。事实上，就像我常常说的那样，从教堂地下室到教堂顶上的钟楼，处处都是历史。是的，先生，的确如此。恕我直言，可以说，这座教堂对我来说就是我的第二个家。不管你是否相信，教堂里如果有陌生人进来，即使我没有看到那人，也没听到任何动静，我依然能感觉到那人的存在。"

这时，陌生人却眼神空洞地盯着对面墙上石头里嵌着的一块灰色大理石。大理石顶端是一个小天使的头像，方方正正，离这么远，下面刻的字完全无法辨认。

"'历史'，"陌生人闷闷地重复着这个词，就好像这个词的意思不值得一提，"是，可是……事实上，历史根本就不存在，唯一存在的只有现在，当下。"他接着说，"关于这一点，我读了很多——可以说，光是近期我就读了数以百计的碑文。"那人沙哑的声音越来越低，低得都快听不到了。

"真的吗，先生？"教堂司事得体地说，"我看到你已经发现了一则碑文，事实上，每一位到访者都会被它吸引，尤其是女性。"

菲尔普斯先生快速地移到两个长椅中间，声音沙哑但庄重缓慢地读道：

"天真烂漫的孩子

在此安息；

集天地之精华，

却在垂髫之年离去。

聪慧灵敏，

温和可人，

原本未来可期；

此刻却无声无息，

就连破晓的云雀

也不能把他唤起。"

"'就连破晓的云雀'，"教堂司事重复着这一句，继续往后看，"先生，您猜一下，为什么在这静默的群山中，在阳光和煦的春天里，却从没有听到云雀的鸣叫？毫无疑问，过去也一直如此。"陌生人一直认真地听着。"尽管离开时是'垂髫之年'，先生，如果这个孩子一直活到现在，他应该有一百二十四岁了！一想到他，眼前浮现的就是他去世前天真烂漫的样子，每次都会感到非常难过。我知道这和碑文毫不相干，"菲尔普斯先生看了一眼正听他说话的人，接着说，"可老态龙钟才是我们去世时留在别人记忆里的样子。对于年老体衰之人来说，先生，这样说可真是让人感动。然而，不管多么想要重回青春，却没有人能返老还童。"

"人生莫不如此，"站在菲尔普斯先生面前的这位来访者声音沙哑地打断他，就好像连他自己都不习惯听到自己的声音。"可什么是年龄呢？年龄只不过是个面具。事已成事，无法改变。茧会破，茧里的幼虫将生生不息。您刚才说的'历史'，其实就是年龄。年龄和历史，就是我们每一个人所拥有的一切。"

教堂司事已经发现那人说的这些话和自己刚刚说的没什么关联，但他打定主意要讲给那人听，而不是听那人讲，于是便表示赞同："当然了，先生，"他又接着说，"看这里，三十六年后，这里又埋了另一个孩子。他去世时才七岁，这个年纪，连未来的人生会有多精彩都还没有弄明白。"菲尔普斯先生再一次避开陌生人的眼光，兀自读道：

"一个不苟言笑的孩子

在此安息，

他的名字

叫依曼努尔。

活着时不曾笑,

终日宁静令他高兴;

他一定在偷偷地笑

——笑着睡着。"

教堂司事读完碑文接着说:"然而,先生,你会注意到,不管他生前是多么严肃的孩子,刻碑的人还是在这里——这里——还有这里——刻了孩子通常会玩的玩具——拨浪鼓、仿真听诊器、陀螺等;这样做的目的很明显,先生,但和碑文毫不相干。那边,紧挨着这个,"菲尔普斯先生说话速度很快,似乎要用这种方式阻止对方打断自己,"你看,这个石碑从顶部到底座刻着垂柳,那是——"他用手指着说,"那是那个孩子的妈妈,她的孩子就埋在她的旁边。先生,在我看来,孩子的父亲却没有在这里。可我没办法告诉你为什么会是这样。这样做肯定有他们的理由,不管这个理由是充分,还是不充分。"说完他又往下读道:

"亲爱的朋友,如果您也失去了丈夫,

请您在此处驻足,

对着这些安放尸骨的冰冷石头,

为我祈福。

愿上帝保佑你,

百年之后安息时,

你的爱人

永远和你在一起!"

念完碑文,教堂司事紧接着说道:"我一直都说,不管来访者是否孀居,这碑上刻的碑文都很难不引起注意。他们就这样紧紧地靠在一起,关于他们的记忆,已然很少。"教堂司事水汪汪的灰白色眼睛快速瞥了一眼,像狗追随熟悉的味道一样继续往前带路。"看看这个,"他一边把修长的食指放在和墙齐平、只有半块手帕那么大的一个碑上,一边解释,"这是我们教堂里最小的墓碑,碑文最短,是一个裁缝的。我想,如果他现在能够起死回生,在我们这儿也不会有多少生意了。他姓黑柯尔,全名威廉·黑柯尔。据说他是个独眼老人——就和他用来缝纫的针一样,只有一只眼睛,先生。"

"针和线终收起,

年迈的裁缝在此安息;

愿他的双眼不再迷离。"

教堂司事念完又说："碑文简直没办法更短了。接下来这一位是塞勒斯·德维特——他的墓碑是这里唯一的纪念碑。但这里只有纪念碑，遗骨被安葬在外面。不是因为有任何轻视才这样做，先生，而是有很多人的确喜欢被安葬在露天的室外。据记载，他生前是这个教堂唱诗班的指挥，一直担任了十七年，所以碑文里提到的号角只不过是个比喻。"教堂司事准备读碑文时特意把嗓门提高了一点，像是要和刚说的话内容匹配：

"醒醒吧，基督的信徒们！

上帝赐予我们欢愉，

召唤我们，

让我们在泥土覆盖的地方安息！

纵然手持乐器，

也不应惊扰此处独有的静谧。

墓碑下安息的

塞勒斯·德维特

常用祝酒词和圣诞颂歌，

让祭坛充满欢乐；

别再尖叫，吹响他的号角，

开启新一天的美好。"

读完碑文,教堂司事继续说道:"先生,这碑文里提到的时光,你可能还记得,当时教堂的管风琴和我们现在的完全不一样,至少在乡村教堂是这样。就我个人而言,尽管你看到的那个乐器有三层手键——我们在它身上花了好大一笔钱,可我还是喜欢老式的小提琴和单簧管。当然了,这要看——"说到这里,菲尔普斯先生压低嗓音,像泄露秘密似的说,"演奏乐器的人。不过,不管谁演奏,我从没真正关心过他到底演奏得如何。"

过了好一会儿,陌生人才看了菲尔普斯先生一眼——这一眼就足以让他继续下去。"这里,先生。"教堂司事像个兴奋的小学生一样,快速移到南边走廊,接着说,"就是这里。说到年龄,这里有帕尔。不过,我得先给你提个醒,先生,我们这里的托马赛可不是传说中那个有名气的托马赛,那个托马赛一生见证了英格兰十位国王加冕,据说在他一百二十岁时还有了个孩子。我想说的是,和《圣经》里记载的族长们相比,这根本不值得一提。我们这里的这个帕尔——威廉·帕尔——去世时差三天就一百岁了。先生,我相信,对于他的亲人来说,他的离去令他们伤心而又烦恼,他的亲人肯定都渴望把他如何长寿的故事传播到国外。我听人说有的希腊人也长寿,活到百岁,只是不记得他们的名字了。好吧，先生，关于威廉·帕尔，我们就说这么多吧。你应该注意到了，他的墓碑是'精美的大理石'，上面刻的碑文就算不站在墓碑正面也能轻易辨认，对于我来说，从后面往前倒着看也都能认得出！碑文是这样写的：

> 一位百岁老人在此安息，
>
> 他的双眼常常眯起，
>
> 他的头发寥落疏稀；
>
> 手拄拐杖，双腿踉跄——
>
> 见证岁月的累积；
>
> 时光无声无息，
>
> 曾经年少精壮，
>
> 终将期颐老苍。
>
> 多年前离去，
>
> 除却这块石碑再无残余。
>
> 他的名字叫帕尔：
>
> 于1763年故去。"

看到陌生人一直矗立在那里，年迈的教堂司事缓慢、庄重地又大声读了一遍，读完第二遍接着说道："事实上，这堵墙外面，一码左右的地方，有一个和这个相似的碑文，那个墓碑总是吸引附近的人，至少在我看来是这样的。过几分钟我就带你去看一下，碑文是这样写的：

活在世上三十六载，

再活十年不属意外。

灯芯熊熊燃烧的油，

被无情劫走；

难言的阴郁——

用孱弱的身躯作标记。"

教堂司事读完碑文又说道："这个碑文恰好说明，看待人生遭遇的角度不止一种——关于这一点，我们在接下来要看的碑文中还有所体现。先生，请您随我往这边来，可以吗？"

菲尔普斯先生停顿了一下，以便增强朗读下一则碑文的艺术效果。"我们面前的这个墓穴，先生，"他接着说，"被普遍认为是我们这里——不光是在圣埃德蒙德教堂，还是我们附近——最能体现墓穴艺术的代表。而且，还不仅仅是艺术效果。医生跟我说——先生，我指的是医学知识丰富的专业人士——从解剖学的角度看，每一块人体里应该有的骨头，他的骨架里都有——简直像一具雪花石膏制作的骷髅架。你可以看出来，它就是人去世时最好的代表——肩上扛着长柄大镰刀，手里挑着灯笼，我听人说过，即使在黑暗中他也可以照常工作。村子那边那个庄园的上一任主人是威洛比·布兰克森爵士——布兰克森家族的历史可以追溯到中世纪——那栋房子差不多是和这座教堂同一时间修建的。"

陌生人凑近了一点儿，茫然地看着墓穴上华丽的饰品。

菲尔普斯先生继续读碑文：

"呜呼！哀哉！

再也无法回来。

呜呼！哀哉！

即使能再，

智者宁愿离开；

唯有此言，再无此外！"

读完碑文，教堂司事接着说道："考虑到这些雕刻所花的成本，我不得不说，这个不太让人满意，至少对于我来说是这样的，先生。碑文和雕像不相匹配。此外，数一下那边两排墓碑，你自己也能看出来，他去世时留下了九个年幼的孩子，还不包括已经夭亡的年龄最小的婴儿，那婴儿手里捧着一块头骨。十个孩子啊，先生，对任何一个母亲来说都是沉重的负担。母亲们要么格外注重培养孩子的品性，要么就什么都不是。这位母亲的确把有的孩子抚养得很成功，你看看这墓碑两侧的大理石——那边一个是伯爵夫人，这边一个是海军上将。可事实上，时代变迁，一个时代广泛认可，另一个时代却觉得浮夸得不合时宜。"菲尔普斯先生转头看着陌生人，希望得到他的认可。陌生人浅灰色的眼睛毫无光泽，直直地盯着教堂。菲尔普斯先生赶紧接着说："比如这边这个，一首蹩脚的打油诗，居然放到现在，哪个教堂的墙上都不会让人这样刻的——私生活简直像亨利八世一样混乱。凭良心说，关于他，我们也只知道这么多。"教堂司事说完就开始读碑文：

"丽贝卡·安妮，
约伯·霍德森绅士的妻子，在此安息。

汉丽埃塔·格雷斯，
也将安息此地。

还有简，曾是霍德森的妻子，

尽管只做了三年时日。

还有卡罗琳（曾用名德芙）。

还有上面提到的丈夫。"

读完碑文，教堂司事继续说："先生，我曾听主教大人亲口说，这可是妻妾成群的最佳范例！"

夜色渐浓，教堂里的光线也一点点消失。夕阳的最后一抹余晖早就从纵向天窗拱廊那边的石墙上褪去。一个模糊的小黑点无声无息地在屋顶木头上掠过。宏伟的教堂里一片肃穆、阴冷，静静等待夜晚的到来。

到这里来的访客——有的愚昧无知，有的轻浪浮薄，有的爱追根究底，有的无所不知，有的走马观花——接待他们是菲尔普斯先生的日常工作。可他从来没有见过像面前这位如此寡淡无趣，无论说什么都毫无反应的访客。那人身上还有一种令人难以觉察的泥土味，就好像他刚在地下室里睡了一夜。那人够不够聪明，有没有听懂教堂司事刚才的讲解，还是这位先生听力有点问题，抑或只是和他的向导逗个乐，想在干正事之前打发一下时光？菲尔普斯先生非常清楚，只要随便问对方一两句，也许立马就能找到答案。然而，菲尔普斯先生一句也没问。

耐心终将得到回报,即使今天的沙漏中所剩沙粒已不多。

于是,菲尔普斯先生友善地笑了笑,语气中带着一丝埋怨地说道:"先生,如果你早来几分钟,我还可以带你看看我们的地下室。有不少人远道而来,只为看看这里的地下室。只是这会儿太晚了,地下室肯定漆黑一片了。而且,牧师都格外担心会失火。"说着他把头往一边侧一点,长长的下巴上浮现出不以为然的天真笑容,"这个,还有后面这个。况且,就连教堂外面的墓地也都一片漆黑了。"

陌生人做了一个几乎难以察觉的动作,似乎表明根本不用着急,他也根本不关心时间早晚,就好像教堂和其他可以借宿的地方并没有什么不一样的。他跟随教堂司事来到西堂下面的钟楼里,和之前一样眯起眼睛,往上看着那从屋顶上松松垮垮垂下来的钟绳。

菲尔普斯先生再次停下来,接着说:"这里,先生,这里就是我几分钟前提到的那个墓碑。大概四五年前,且不说具体时间吧,来了一个脸色灰白、像是没有发育好的矮个老顽童——看到他时,我心里有些顾虑——那人先是认真听我介绍,而后不慌不忙地告诉我,我颠来倒去,说的都是些废话,上帝啊!——他的原话是'我对你们这儿的什么石头、什么骨头一点都不感兴趣',那人说完了还往地上啐了一口。我估计那就是个疯子,他已经堕落了,他的身体里住进了魔鬼,先生。我看了他一眼,再也没说一句话,就直接带他到教堂大门口,然后转身愤然离开。"

菲尔普斯先生接着又说:"一方面,那只是一个极端的例子;另一方面,我们每个人都需要敬畏坟墓——这是自然而然的事。先生,只有当我们快走到终点时,对于什么是真实,我们才会有不同以往的看法。如果您赞成我的观点,环顾周遭,那些你曾经认为可以依靠的人和事,现在都不是那么回事了,都不是原来的样子了。比如说,先生,醒着和睡着——也就是沉睡——之间的差别其实极其微小,只隔着薄薄的一层。喝下去一小口药的工夫,不仅灯熄灭了,灯照过的一切也都变了。一两个月前,先生,我有过一次类似的经历——那次我只是长了一颗蛀牙,先是外面一片黑暗,接着是清醒。如果那一刻真的到来,就像我们在一片没有被人踩过的松软积雪上行走,突然踩到了薄冰——非常薄的一层冰,我们小时候叫这样的冰为'猫才敢踩在上面走的冰'——我们就这样踩上去了。带来死亡的水,请注意,无论这水有多冰冷,都不是——不是,带来生命的水。信仰就是信仰。那么,请你猜一猜,当那些异教徒在基督教堂里的石碑上看到那些和他们的宗教信仰完全相悖的文字时,他们会怎么想?我可不会跟每一个来访者都说这些。那样既不合适,也不符合规矩。况且,也没几个人在乎。但对于这个问题,就在我们周围的这一小块土地上,至少有五种截然不同的看法——截然不同。这里埋着一个孩子,姓布莱克斯通,全名蒂莫西·布莱克斯通。关于这个孩子，我们自己就知道如下内容：'出生时弱不禁风，三岁时夭折'，但墓碑上却刻着：

  噢，死神，请您留意

  在此安息的孩提。

  活着时小心翼翼，

  噢，我的老幺，蒂莫西。

  经过此处如若畏惧，

  请您蒙面离去；

  以免惊醒他幼小的魂灵，

  为我哭泣！"

  教堂司事读完这则碑文又说道："一个孩子——请注意，先生，一个幼小的孩子——的魂灵。毫无疑问，这是他的妈妈在哭诉，或者一个替他妈妈诉说的人。然而，可怜的宝贝，即便这样，我们觉得他依然受到了惊吓，遭受了荼毒——而且是很久以前就已经不能再伤害到他的荼毒！"

  陌生人再次举起手，张着嘴巴，转过身来，好像要劝诫菲尔普斯先生，菲尔普斯先生却抢先大声说道："等一下，先生，如果你不介意，紧挨着的墓碑上，你也看到了，刻着'O.A.'——只有这两个首字母和生卒年份——1710–1762——再没有其他任何信息了！

  姓甚名谁——
  纵然获悉，也只能告知矗立的石碑。
  一无所悉，
  又有何惧。

  总有人驻足叹息：
  为何没有痕迹？"

  读完这则碑文，菲尔普斯先生立马说道："这只是一种解密方式。你说的没错，当我们遭遇人生低谷时，对于'为什么会这样'，总会有千百个说法。如果你能理解我的意思，我想说的是，我们是否还无法接近异教徒的所思所想？然而，你听着——没有对比，就没有鉴别。这一则碑文和刚才两个恰好相反：

  人啊，请告诉我，
  您是否曾在黑暗中躺着，

是否审视过伸手不见五指的沉默,

是否品味过空洞的毫无着落,

就像在无人涉足的海洋深处

隐匿在海洋深处的痛苦?

只有脆弱的感知,

算作活着的证实?

困苦不堪时,

您是否曾向上帝祈祷

祈祷他向您昭示

他的到来——

还有造物主对您的爱?

是否曾祈祷他以任何方式

向您昭示

无尽的慈爱与怜惜,

即使像流星划过苍穹?

噢,如果您像我当初一样未曾,

请您马上行动!马上行动!马上行动!

以免夜幕降临时万物皆空,

以免再也无法经历如此美妙的情景。"

"还有这里,先生,就在我们脚下,"菲尔普斯先生说着用鞋尖拍了几下脚下的石头,接着说,"这里埋着理查德·韩李德。他的碑文,我认为非常精美雅致,虽然其中的几个字,你也看到了,已经被撞钟人踩来踩去给磨平了。"菲尔普斯先生解释完便读道:

"上帝同意,
我的尸骨安葬此地。

请您告诉我,
为何这些骨头
站立行走,
有血有肉!"

读完碑文,菲尔普斯先生补充道:"最后这句,作为人,我们都能感同身受。"接着他又说道,"先生,这则碑文是我母亲的最爱:

噢,永别了,我的最爱!
再美的语言依然苍白
一颗空虚的心,

只要拥有最爱的人，

过去，现在，快乐开怀。"

读最后一行碑文前，菲尔普斯先生停顿了一下，接着读完最后一行，然后说道："好吧，先生，现在继续我刚才说的话题。当我们悲伤时，我们都能感觉到、意识到。但我经常扪心自问：那些异教徒，那些被我们称为离经叛道之人，看到在这小小的石碑上镌刻着那么多看似自相矛盾的文字，会作何感想？事实上，当我们谈到真理——本丢·彼拉多说：'真理，到底是什么？'——就好像我们每一个人都有自己的指南针。从一出生就是，先生。指南针的指针并不是正好指向北方，你注意，从来都不是正好指向北方，而是有一点偏差。人生的帆船不停地航行，忽而向左，忽而向右。在我看来，我们能做的，就是要认识到这艘船并没有停止不前。"

说到这儿，教堂司事有点上气不接下气，他那苍白的脸上突然浮现出一丝惊惧，愣愣地停在那里，就好像为了充分理解这长篇大论中所包含的真谛——他自己的指针从来没有像今天这样偏离正确指向。

陌生人终于再次开口说话："您忘了吧，这些石头上的每一个字，都是活着的人镌刻的，而不是死去的人，但刻上的这些字都是关于死者自己的。在我看来，一丝同情，一点宽容，哪怕仅有只言片语，都比什么都没有要好上千百倍。至于从那个世界再回来,如果是小孩,也许没什么可能。可其他人呢,您认为,他们也永远不再回来?"陌生人说的最后几个字充满挑战和质疑,虽然说话的人想把那几个字压回肚内,但没有成功。他的话语在寂静的教堂里空洞地回响——比菲尔普斯先生刚才的长篇大论具有更强的震撼力。

"来,来,来……"教堂里的回声渐渐平息——事实上,就好像这座古老的建筑当初在修建时特意调整好每一块石头的位置,以便它们共同构成一个巨大的乐器,发出连伊丽莎白时期的戏剧家和诗人们听了都会觉得心旷神怡的美妙声音。陌生人沉默良久,但毫无表情的脸上,那双乌黑的眼睛显然期盼着对方做出些回应。教堂司事把手伸进长袍口袋里,从里面掏出一大块手帕,又塞回兜里。他这是在拖延时间。

"我赞同你说的话,先生,"教堂司事的脸上挂着笑容,有些怀疑地说,"死去的人当然不可能写自己的墓志铭!如果能,他们也许,嗯,也会像我们这样边走边读。在我看来,面对像拉萨路[1]一样死而复生的人时,关键是你能提出什么样的问题,你最希望他回答你什么样的问题,这才是最重要的。你的问题,从字面上看,我不能否认有可能会发生这样的事情。但愿这样的事情不会发生!反常的事情发生时,我们可

---

[1] 拉萨路(Lazarus)是《约翰福音》中的人物,他病危时没等到耶稣的救治就死了,但耶稣断定他将复活,四天后拉萨路果然复活了。——译者注

能并不能立刻察觉到有异常，但会有预感。这里只有我一个人时，我甚至能听见小鸟跳来跳去的声音，能听到枯萎的树叶随风飘落到石碑上，发出的声音还在教堂里回响。我这样说，你一定会感到吃惊。当然，我很少会像今天这样，这么晚还没离开。我也不否认，我时不时地会幻想住在这里的其他人……"教堂司事把眼光转向陌生人，突然感到困惑，没能把最后一句话说完。"但是，但是，先生，人的眼睛很可能具有欺骗性！"

"的确如此，"陌生人声音低沉、语气坚定地接着问道，"但有没有可能有人根本不希望被看见？"

教堂司事不喜欢别人穷根究底，但他曾经在很多牧师手下做事。

"先生，按照我的理解，你想说的主要包括这些。首先，"教堂司事说着把一根食指放在另一个食指上，接着说，"已经离去的人数无法和我们这些还活着、等待离去的人数相比。其次，没人能保证我们所看到的——如果能看到的话——就是那些去世的人的鬼魂，而不是别的什么。外面的海龙卷据说就是这一信仰的见证。最后，还有一个问题：什么样的目的才能把那么少的人召唤回来——几乎就是沧海一粟，也许只有难以承受的痛苦才能把他们召回？抑或是，对生的极度渴望？或者是生前仍有未尽的责任？请你注意，在那种情况下，我们当中还有谁能安然无恙？"

陌生人缓慢地抬起头,看着教堂司事,说道:"活着的人有与生俱来的本能,有看不见的冲动,被欲望驱使,被困难征服,被鼓动着去做一些看上去无可避免的事。可那些已经去世的人难道就不会这样吗?有什么证据……难道只有'责任'吗?他们也可能和活着的人一样,知道目的,而且必须去追求。况且,有一种情况可以确信,"陌生人犹豫了一下,接着说,"那就是在走向终点时遇到了非常棘手的麻烦和——恐惧。"

铅灰色的窗户外,归巢的雨燕在暮色中疾飞,发出尖厉的鸣叫,是对陌生人刚刚那番话仅有的评论。

菲尔普斯先生终于不安地说:"好吧,先生,我承认你把我问住了。虽然我们还是没有说到你刚才想问的问题,可我不得不锁门了。如果外面还有光线的话,你能否到教堂外面墓地里看看那里的墓碑?但是,首先,"菲尔普斯先生像旧时代的人那样弯腰鞠了一躬,然后说道,"我想我刚才应该没有耽搁你,先生。您能否在这个访客登记簿里写下你的名字?"

已经磨损的登记簿躺在桌子上。教堂司事翻到当前页,亲自拿起笔在墨水瓶里蘸了蘸。陌生人接过笔,停顿了一下,没有再抬起眼睛,把上半身弯向登记簿。

菲尔普斯先生礼貌地往后退,并打开教堂大门;陌生人看上去很不情愿，但依然很快走到门口，经过菲尔普斯先生身边时，在有限的空间里尽力和菲尔普斯先生保持一定的距离，将身子挤出门外，走进教堂外的院子里。不远处的青山上再次传来田凫的鸣叫声，甜美中带着凄凉。从阴冷的教堂内出来，来到走廊里，感觉很温暖，像温热的牛奶摩挲着脸颊，空气中混合着不远处青山上泥土的淡淡芬芳和山那边海水的清新气息。清亮的昏星孤零零地挂在西边天上，灰暗的天空中夕阳的余晖还没有完全褪去。有那么一会儿，教堂司事静静地尽情欣赏着眼前的美景。

教堂司事刚才好像完全忘记了周围的一切，这会儿突然又想起来刚刚经历了黑暗的心路历程。他感到身心疲惫，从未有过的疲惫。让他感到欣慰的是，教理回答总算结束了。来访者很少有人主动问东问西，即使有，也都是预料之中的问题，很容易回答——一般都是关于生卒日期、墓碑风格、墓碑磨损、宗教仪式等这一类的问题。仅仅因为前所未有的身心疲惫，菲尔普斯先生此刻感到后悔，后悔自己没有早点找个机会对陌生人说祝他一路平安。刚走出门廊，教堂司事就发现陌生人已经消失得无影无踪了，这同样让他感到诧异。哪里都看不到那人的踪影，教堂司事只好绕到教堂东面。教堂司事有点凄楚地暗想：那人突然消失，难道只是为了不给小费吗？

菲尔普斯先生想起之前遇到过很多像这样暴露人类本性的事

情——比如，有虔诚而富有的朝圣者心不在焉地争论给六便士小费够不够。菲尔普斯先生若有所思，温和的长脸上浮现出轻蔑的笑容，很难用听上去不荒唐的语言来形容。从某种角度看，菲尔普斯先生是一个艺术家，收取小费并不是他提供服务的唯一动力。更何况，银行里的存款足够他颐养天年，根本不需要辛苦到这么晚。他完全可以趁此机会打趣一下："蚂蟥有两个女儿，常说：'给呀，给呀！'"[1]

不对，应该是那个陌生人的无礼，或者不友善，惹恼了这位老人。不仅如此，还有其他原因，但没那么容易描述。他是否应该就这样让陌生人离去，还是去追上他？陌生人不是第一次进教堂——关于这一点，菲尔普斯先生非常确定。可那人为什么要假装呢？难道那人希望确认教堂里只有他一个人？为了什么目的呢？菲尔普斯先生停止自言自语——自言自语是他最喜欢做的事，这才意识到陌生人给他留下的印象有多深刻。

衣着打扮、言谈举止、走路的方式——在菲尔普斯先生漫长的人生里从来没有见过如此与众不同的人。除了这些，还有一点与众不同之处，弥漫于所有其他特征里，但更加难以捉摸。菲尔普斯先生耽于幻想，而且一直如此。可能是因为他工作的场所和他日常的生活环境

---

[1] 出自《箴言》："蚂蟥有两个女儿，常说：'给呀，给呀！'有三样不知足的，连不说'够'的，共有四样。"——译者注

都更适合活跃的夜生活。夜幕降临后，菲尔普斯先生便会产生奇特的感觉——审视着不远处的群山在天空下连绵起伏的巨大轮廓，以及远处无边无际的大海。置身于宏伟的教堂内，听着教堂里回荡的钟声，却不能在教堂石墙内唤起一丁点儿人的气息。在这样的夜晚，菲尔普斯先生像白天一样清醒，至少他认为自己是——也许他是从梦里走出来的。有时，他的身体还有些摇晃，就好像刚刚起床活动那样。这时，菲尔普斯先生突然有些怀疑——那个陌生人，他神智正常吗？他一直保持缄默，神色警觉，躲躲闪闪，深不可测却又毫无光泽的眼睛总是直勾勾地看着前方，偶尔做个动作又让人感到惊异。简单地说，那人离开教堂更好。

想到这儿，菲尔普斯先生急忙往外走，乌黑的长袍褶边擦着草地，发出似有似无的沙沙声。尽管年已古稀，在起起伏伏的土丘间穿行时，菲尔普斯先生依然行动敏捷。那人早就没了影踪，这一点菲尔普斯先生已经预料到，因为从那人的外表看，他做什么都不足为奇。可就在菲尔普斯先生绕着圣母堂的外墙走时，却再一次看见了那个陌生人。他正伫立在一个墓碑前沉思，但显然他知道教堂司事正看着他。

宏伟的古老教堂阴面更加森冷。那人就这样一动不动，孤独地站在绿草映衬下的暮色中，像蜡像一样，虽然不如一般人那样真实，但比他周围的一切都显得更加真切，就好像他特意这样打扮，专门为了扮演人生舞台上的某个角色，但表演得有些夸张。不过，眼下这会儿，更夸张的是菲尔普斯先生！不管怎么说，在这栋建筑的里面和外面，教堂司事都有随意走动的自由，他绕到圣母堂墙外，并不是为了窥视谁。菲尔普斯先生小心地咳了一下。然而，陌生人却毫无反应，要么根本没有听到，要么听而不闻。他一动不动地站在墓碑前，近视一样，凝视着表面已经风化了的墓碑。这个墓碑上的碑文，菲尔普斯先生能够轻松地背下来，并且一字不差：

"活着时像黑夜，

看不到星和月；

亲朋似仇敌，

他乡胜故里。"

教堂司事有点摇晃地把头缓缓转向旁边的墓碑，那里埋葬的是苏珊·哈伯特——"本教区终生未嫁的姑娘"：

"请在我胸前堆满迷迭香；

活着时被爱情遗忘，

迷迭香吐露的芬芳，

却能让死神神驰心荡。"

把她埋葬在这里时，不知道在她的坟旁种了什么植物，可不管当初种了什么，现在连残枝片叶都没有了，只剩下一簇簇青草，点缀着几朵野花，覆盖着几乎已经平整的坟头。

"打扰了，先生，请原谅。"教堂司事先开口说话，但说话时并没有靠近陌生人，"这一块墓园里并没有几处碑文，也几乎没有人来这里。如果你告诉我名字，也许……也许我能想起来，因为我在这儿已经很多年了。不过，我可以确定，你要找的墓碑应该是在教堂南边。"

陌生人愣愣地盯着菲尔普斯先生，但似乎眼睛后面又没有任何思想活动。他看上去不像真实的人，更像是人的复制品。菲尔普斯先生事后回想时，突然产生这样的感觉。"名字？"那人终于开口说话，重复着菲尔普斯先生刚刚提到的内容，就好像从深不可测的记忆之井中费力地拽出这个冰冷之词，"名叫安布罗斯·曼宁……听说是自杀。还听人说……"陌生人停下来，没有再说什么。

"啊！"教堂司事喊了一声，毫不掩饰脸上的沮丧，"也许，先生，也许你能告诉我是哪一年？"

"1882年。"

"那样的话，"教堂司事犹豫地说，"我们站的地方没有错。"尽管陌生人说出名字时声音很低，而且不带任何生气，但教堂司事还是听到了。那人说的这个名字在这位老人的记忆里被唤起，被轻声念出，声音在他记忆的每个角落里回荡。这个名字，教堂司事曾经见过，或者听说过，但是在哪里呢，到底是在哪里呢？"是这样的，先生，"教堂司事解释道，"在那个年代，也许现在依然如此，他的遗体不能被埋到教堂里；自杀的人都不能，先生。自杀者的安葬仪式比较特殊，但整个仪式都是在坟墓旁举行。我想起来多年前有过一次，当时大雨滂沱，海浪翻滚。不过，"教堂司事像是对那人表示歉意，又补充了一句，"都已经过去五十年了！"

说到这里，教堂司事对自己的工作感到前所未有的厌倦。自己不明智地流连了这么久——只是为了能有一个人听他说话。教堂司事真想回到自己的小屋里去，去享用那早已没有热气了的晚餐，但他又不愿把这样一个陌生人留在教堂墓地里。只剩下两个墓碑了，再等那人看完两个墓碑，教堂司事就彻底自由了。所以无论如何，他都要耐心地等那人看完最后两则碑文。他俩站在一棵生命力顽强的古老紫杉树下，紫杉树枝条下垂，两人都不得不微微倾斜着身子，陌生人从头到脚都裹在一层薄薄的灰绿色披风里。教堂司事念道：

"亲爱的过客，请不要暗自琢磨

这里到底埋葬着哪一个!

死神照料下

又有什么可怕。

噢,我恳请你——还活在人世的你

不要在这些危险的幽灵中迷失自己!"

菲尔普斯先生有点焦虑地打量着眼前的陌生人。陌生人看上去像是昏昏沉沉,全身僵硬,梦游一样。菲尔普斯先生对那人说:"我本人,我从来没有感到这里有任何'危险'。就像你几分钟前所说的那样,碑文是还活在世上的人——而不是死去的人——把想对他人说的话刻在石碑上的,尽管我承认我自己从来没有那样想过。是的,至少,碑文是由那些曾经活在人世上的人刻下的。最后,"见陌生人毫无反应,教堂司事接着又说道,"最后一个,"他用手指指着最后一个墓碑,斩钉截铁地说:"最后一个是'N. F.'——你看到了吧,先生,这个名字的首字母也和你刚才提到的那个人的名字首字母不一致。他也很可悲!不论从哪个角度看。我记得在我很小的时候,就曾经听到别人提起这则碑文:

这里埋着自取其辱

亲手结束自己生命的 N. F.

时间是 1875 年 10 月 31 日。

为你自己的灵魂考虑,

赶快离去!

在天堂和地狱间

在荆棘遍布的荒野里

踟蹰独行的自杀者

孤苦伶仃,未被宽赦。

噢,请您离去;别再犹豫;

以免让无法安息的灵魂惊扰清醒的你!"

陌生人(似乎已经完全消化了石碑上刻的文字)奇怪地晃了晃脑袋,温和地环顾四周,最后仰起苍白的脸,看着教堂塔楼里微微泛着光的时钟指针。好像是感觉到了陌生人的邀请,塔楼里的时钟就在这时敲响了——到了晚祷的时间了。菲尔普斯先生感到困惑,对陌生人的沉默寡言还是有些恼火,便有点冷冷地对他说:"这个出口最近。"陌生人依然像没听见一样,眼神空洞地瞥了菲尔普斯先生一眼,转过身去,从昏暗的树下朝台阶走去。台阶连接着小溪上的一座独木桥,独木桥通往不远处的群山。

菲尔普斯先生看着那人的背影,直到他消失得无影无踪——从视野中渐渐消失,好像是被静止不动的厚厚树叶吞噬了。没有一丝风,只有绿叶没有花的青草一动不动,小溪里的水在狭窄的沟壑里静静地流动,长脚秧鸡在低矮石墙外的草丛里鸣叫。所有的一切都一如从前。终于,教堂司事转身,慢慢地走回到南面走廊上。那人会不会又回到教堂里面了?他会不会推迟到明天早上再来达成他此行的真正目的?想到这里,菲尔普斯先生感到一阵厌恶,根本没办法再待下去。可是……

菲尔普斯先生把钥匙扭了几下,打开门,跨过门槛,迈进黑暗的教堂里,停顿了一下,关上身后沉重的大门,又停顿了一下,才不慌不忙地把门锁上。菲尔普斯先生从教堂法衣室的橱柜里拿出一个碗形黄铜烛盘,点上烛盘里的蜡烛,然后打开一个小小的铁制保险箱,把登记簿放到桌子上。登记簿封面上的金色字体——"兰格里奇,圣埃德蒙德教堂,埋葬登记簿"——颜色都快褪光了。教堂司事把眼镜放到长长的鼻梁顶端,像石碑一样静静地站了一会儿。烛光照亮了他狭长的脸,凿出一道道皱纹。从事这份圣职许多年,工作满足了他对人世的好奇,经年累月,他的脸看上去慈祥宁静。教堂司事把手指在舌尖上蘸了一下,打开登记簿,翻到写着"1882年1月1日"的那一页。

教堂司事一页一页地翻看,手指在每一页上缓缓地往下滑动,直到看见"11月4日"。他没有记错,至少没有完全记错。"11月4日。

安布罗斯·曼宁。"教堂司事只看到这两条简短的信息。不仅如此，连这少得可怜的信息都是错的，因为有一条红色的细线划过这个日期和名字，旁边用另一种字体潦草地写着几个字："信息未知。未埋葬于此。"

有好一会儿，菲尔普斯先生——光溜溜的圆形额头上，眉毛高高耸起——认真地审视着这一条记录，因为他完全想不起任何这样的记录。上次偶然翻到这条记录是什么时候，距今已经有多少个年头了？"嗯，未埋葬于此，"菲尔普斯先生自言自语道，"真奇怪……为什么没埋在这里，那……到底埋在哪里了？"

"埋在哪里了？"不知道从哪里传来极其微弱的回声，好像在回答教堂司事提出的问题。教堂司事多年如一日，做事习惯从没被打乱。尽管有点心烦，可他还是把登记簿放回铁匣子里，锁上，伸出消瘦的手指挡住蜡烛，走出法衣室。狭窄的桌子上摊开放着访客登记簿。是教堂司事刚才打开的，还没有合上，登记簿旁边放着笔，笔尖已经干了。菲尔普斯先生低头看了一眼那人刚才写名字的那一页，上面最后一行显示的内容是：海威克姆，波特西栋1A室，海伦·简·维尔克森（太太）。如此看来，那个陌生人趁着教堂司事礼貌后退的时候钻了空子，只是弯腰假装在登记簿上写下了名字。那人不可能忘了写名字，完全没有理由忘记。

教堂司事灰色的眼睛空洞地在这一页上逡巡。他感到有点冷，有点空虚，还有点焦躁和压抑。他站在那里，陷入沉思，心中陡然升起一种陌生感和疏离感，这么多年从来没有过。这时，从他非常熟悉和热爱的这栋建筑里传来微弱的声音，吸引了教堂司事的注意。那声音很小，像是窃窃私语，就好像一小块灰泥从屋顶上掉下来，落在菖蒲上时发出的声音一样细微。教堂司事把头侧向大门，那扇门，他在几分钟前才锁上。

教堂司事屏住呼吸，又仔细地听了一会儿，然后吹熄蜡烛，蹑手蹑脚地走到门缝那儿，一动不动站在那里，像小猫躲在老鼠洞口一样，静静地守了好一会儿。终于，他悄无声息地把钥匙慢慢地伸进涂了油的锁孔里，把门打开。门外空无一人。他刚才听到的声音也许只是幻想。古老的走廊上空空荡荡，走廊外的天上不知道什么时候出现了几颗明亮的星星。教堂司事瞬间感到一阵难以言说的释然，但还是没有完全释怀，以前从来没有感觉到的一种苦楚正折磨着他。可怜的人——教堂司事的内心在剧烈地斗争。那个陌生人充满渴望地来到这里，看上去饥肠辘辘，急需帮助，却什么也没有得到，只好无奈离去。菲尔普斯先生现在才意识到，自己极其讨厌那个陌生人，只是为了满足自己滔滔不绝的欲望，才一直忍耐着。从最坏的角度看，那人面具一样的脸上除了像动物般的耐心、固执，以及冷淡、无动于衷，并没有显示出任何一丝邪恶的表情。当然，那人的脸上也看不出任何希望，看不到丝毫友善，只有某种着魔一样的专注，难以用语言描述。那人应该已经寻找墓碑很多年了。到底是为了什么呢？

教堂司事暗自思忖：自己居然根本没有想到给那个陌生人倒杯水喝，哪怕是一杯冷水。简单的几句安慰，随口的几句鼓励——对于那人来说并非毫无价值。其他的动机不说，最基本的一个道理，谁能知道——自己永远不需要他人的安慰和鼓励？

图书在版编目（CIP）数据

绿房 /（英）沃尔特·德拉梅尔著；刘敏霞译. ——
上海：上海文艺出版社，2023
（域外故事会科幻小说系列）
ISBN 978-7-5321-8836-9

Ⅰ．①绿… Ⅱ．①沃… ②刘… Ⅲ．①幻想小说－小
说集－英国－现代 Ⅳ．① I561.45

中国国家版本馆CIP数据核字（2023）第160398号

绿房

著　者：[英]沃尔特·德拉梅尔
译　者：刘敏霞
责任编辑：杨怡君
装帧设计：周艳梅
责任督印：张　凯

出　　版：上海文艺出版社
出　　品：上海故事会文化传媒有限公司
　　　　　（201101 上海市闵行区号景路159弄A座3楼 www.storychina.cn）
发　　行：上海文艺出版社发行中心
　　　　　（上海市闵行区号景路159弄A座2楼206室）
印　　刷：上海中华印刷有限公司
开　　本：889毫米×1194毫米　1/32　印张9.75
版　　次：2023年10月第1版　2023年10月第1次印刷
ＩＳＢＮ：978-7-5321-8836-9/I·6963
定　　价：35.00元

版权所有·不准翻印

上海故事会文化传媒有限公司 出品（01159）www.storychina.cn

想看更多精彩故事？
扫码下载故事会APP

上海故事会文化传媒有限公司所有图书可办理邮购，免收邮费（挂号除外）
汇款地址：上海市闵行区号景路159弄A座2楼206室（201101）
收款人：上海故事会文化传媒有限公司出版发行部
联系电话：021-53204159
如发现本书有质量问题，请与印刷厂质量科联系 T:021-60829062